共和国青海记忆丛书

向上的纬度

xiangshangdeweidu

古岳 著

青海人民出版社

图书在版编目（CIP）数据

向上的纬度 / 古岳著 . -- 西宁：青海人民出版社，2021.10
（共和国青海记忆丛书）
ISBN 978-7-225-06216-7

Ⅰ.①向… Ⅱ.①古… Ⅲ.①纪实文学—中国—当代 Ⅳ.① I25

中国版本图书馆 CIP 数据核字 (2021) 第 206749 号

共和国青海记忆丛书

向上的纬度

古岳 著

出 版 人	樊原成
出版发行	青海人民出版社有限责任公司
	西宁市五四西路 71 号　邮政编码：810023　电话：（0971）6143426（总编室）
发行热线	（0971）6143516　/　6137730
网　　址	http://www.qhrmcbs.com
印　　刷	青海西宁西盛印务有限责任公司
经　　销	新华书店
开　　本	890 mm × 1240 mm　1/32
印　　张	9.125
字　　数	200 千
版　　次	2021 年 12 月第 1 版　2021 年 12 月第 1 次印刷
书　　号	ISBN 978-7-225-06216-7
定　　价	42.00 元

版权所有　侵权必究

序　言

这是为一本书补写的序言。

细心的读者一定会发现，这本书其实就是《玉树生死书》的一个增减本，所删减的也不是局部的文字，而是有四个章节整体删除，这样字数就减下来了，基本符合出版社给我限定的篇幅。我曾为《玉树生死书》写了一个序歌和尾声，其实也是这本书的两个章节，而并非序言后记之类的文字——原书中的尾声也已删除。我才决定补写一则序言，也重新写了一个尾声。

青海人民出版社正在编辑出版一套反映新青海精神高地的系列图书，"玉树抗震救灾精神"是一个重要的组成部分，因为前一本书的缘故，从2019年初，他们让我再写这样一本书，一拖再拖，未敢动笔。直到2020年底，他们再次催促，并建议在《玉树生死书》的基础上进行删减和修改，我才鼓足勇气，翻开《玉树生死书》重新阅读。斟酌再三，我依然无处下手。一个可行的办法是整章删除，先试着删除了一章，似乎不会影响到结构和故事的完整性，又删除一章,最终,整整删除了四章,十余万字,就成了现在这个样子。

如是。至少有40人——我没数,也许会超过50人的事迹已经看不到了。这本书写的是玉树抗震救灾精神,而他们不仅是这种伟大精神的践行者,某种意义上也可以说是这种伟大精神的现场塑造者。其中包括马顺清、旦科、张建民、匡湧、贾永中、王玉虎、吴德军、张国强、昂格、东坝阿宝、王勇、白加扎西、布达哇、仁青才仁、董晓琪、才仁公保、尼玛……

好在精神还在。而且,无论是否书写,玉树都不会忘记他们,历史也不会忘记他们!假如——因为篇幅要从书中删除一些故事,我去征询他们的意见,相信他们一定会先说出自己的名字,而后才有可能列出其他人的名字。特此向他们致敬,向玉树抗震救灾精神致敬!

那么,什么是玉树抗震救灾精神呢?

2010年4月14日玉树震后,一场轰轰烈烈的抗震救灾和灾后重建的伟大斗争随之展开。从中央到地方,到祖国各地,亿万中华儿女感同身受,心系玉树地震,情牵灾区同胞,千里营救,万里驰援……那是感天动地的抢险救灾,那是艰苦卓绝的灾后重建。玉树不仅创造了人类救灾史上的一个奇迹,也见证了中华民族世所罕见的凝聚力和新时代中国强大的国家力量。各族儿女三年多的浴血奋战,在那片高寒极地的地震废墟上谱写了一部惊心动魄的悲壮史诗。

最后,我们把伟大的玉树抗震救灾精神凝练总结成了十六个字,这就是"大爱同心、坚韧不拔、挑战极限、感恩奋进"。青藏高原无疑是地球表面隆起高度的海拔极限,玉树则将人类抗震救灾精神提升到了一个全新的高度,这也是一种海拔,一种向上的精神纬度。

这精神也是我之所以写《玉树生死书》的原因。"4·14"玉树地震以及随后几年间发生在玉树的那些事情，不仅在玉树和青海的历史上，即使在中国和世界上也算得上是一件大事。一个写作者或作家，对这样一件历史性的重大事件不能视而不见，否则就是失职。差不多两年多的时间里，我一直期待能听到一个消息，希望有一个人能写写玉树地震，当然不是轻描淡写，而是倾注足够的心血。因为，我很清楚，不仅在中国、在青海，就是在玉树，比我更有资格写这样一本书的也大有人在。

可是，据我所知，直到2013年玉树灾后重建收官之年开始的时候，还没有一个人着手做这样一件事。于是，我才下决心写这样一本书，全面记录三年多来发生在玉树的那些事情。这是波澜壮阔而又感天动地的一段历史，是生与死的悲壮史诗，是这个时代最动人的中国故事。

我之所以选择生与死的较量作为本书的主题来完成表达，是出于对生命尊严的虔诚礼赞，也出于对生与死的无限敬畏。整整三年多的时间里，成千上万的中华儿女在玉树那片高地上时刻面临生与死的严峻考验。在采访和写作中，他们曾经面临的考验不断拷问着我的灵魂。一次写作能面对如此考量，无疑是在经受一次神圣的洗礼，这是一个写作者的无上荣光。

当然，我所描述的一切还远远不是真相。在玉树采访时，一个人告诫我，那是事实，但不是真相。看来事实和真相还不是一回事，若果真如此，那么，在很多时候，我们也许很难做出客观冷静的判断。这样的判断同样需要过人的智慧，很显然，我并不具备这样的智慧。除了一个写作者起码的良知和责任心之外，我所能做的就是尽可能冷静地叙述和表达。

  从整体上讲，我是在为玉树、为我们这个国家、为我们这个民族、为我们这个时代写一曲颂歌，因为一场突如其来的大灾难以及灾后的救援和大规模重建，一定程度上，它看上去已经具有了史诗一样的格调和力量。这不是说我的文字，而是指发生在玉树的那些事情。那些事情本身的意义足可以超越所有的文字，这本书如果还有一定的思想艺术价值和意义，则完全是因为那些事情。

古岳
2020 年 12 月 15 日写于西宁

目 录
MULU

序　歌◇1

第一章　葬礼进行曲
　　　　玉树死亡报告◇13

第二章　悲歌与叙事
　　　　那个远去的康巴汉子◇56

第三章　颂辞与叙事
　　　　一个牧人的灾难记忆与家园挽歌◇90

第四章　叙事与素描
　　　　发生在玉树的中国故事◇121

第五章　牧歌与叙事

　　牧人、房子、村庄、城市和玉树之树◇168

第六章　颂辞与叙事

　　生命极地上的援建大军◇206

第七章　赞辞与慈悲的咒语

　　嘛呢石·风马——精神家园的舞者◇241

尾　声◇279

序 歌

每一个日子都只有一次

　　玉树，我不知道世上
　还有没有比你更奔放的舞蹈
　还有没有比你更沧桑的白塔
　还有没有比你更辽阔的天空
　还有没有比你更自由的心灵
　　玉树，没有别的原因
　　只因为在你的废墟深处
　掩埋着一代代祖先的遗址
　如果让我，选择你的重生之地
　　我还会毫不犹豫地选择
　　就在你曾经死去的地方
　　　在那里获得新生的
　必将是我们永恒的生命之乡！
　　　　——摘自吉狄马加《玉树，如果让我选择》

"她叫什么名字？"我问。

"抱歉！我没法告诉你。"他低下头，沉默了一会儿，然后说，"我们不提亡人的名字。从那以后，她的名字只在我心里。"

"对不起。"我一边向他表示歉意，一边懊悔自己怎么会提出这样一个愚蠢的问题。其实，我很清楚这样的禁忌。我就是在这样的环境中长大的，我们也不提亡人的名字。

坐在我对面，跟我说话的这个人叫久扎西，今年39岁，瘦高个儿，一个浓眉大眼的年轻男子。他戴了一顶遮阳帽，帽檐压得很低，使那两道长长的眉毛只露出了一小段，在一双水汪汪的大眼睛边上戛然而止，像两只停在湖边的鸟儿。

他的准确身份是玉树县规划办主任兼发改局副局长。我在听说他的故事之后，过了很多天才跟他联系的。是否真的要见他，并听他讲述那一段凄美的爱情故事，我一直犹豫不决。因为，对久扎西来说，讲述这段故事无疑是一次痛苦的折磨。

他痛苦是因为，这段故事太过于甜蜜。以至于时间过去三年之后，他还沉浸在其中不能自拔。他至今都不敢相信那个悲惨的结局。对任何人来说，回忆已经失去的幸福时光是一件极其痛苦的事情，对久扎西来说，更是这样。

这是一个令人沉醉而又心碎的故事。久扎西坚信，这是世界上最完美的爱情故事。

也许这仅仅是一个巧合，我与久扎西见面的那一天正好是他爱人的生日。整整一个下午，我们一直在静静地交谈。到晚饭时候，我们的交谈还在继续，我提议找个安静的地方一边吃饭，一边继续我们的谈话。

久扎西一口拒绝了,他坚定地说:"今天不行。今天是她的生日。我曾发愿,每年的这一天都做三件事情:一件是到寺院为她点一盏灯;一件是到江边放生为她祈福;还有一件是到敬老院为每一个老人送一点钱,为她积德。希望她在另一个世界里依然过得很幸福。"

他说,这一天,因为工作上有很多急事要忙,前两件事自己没顾上,是朋友们去做的,剩下的这一件事,他必须自己去做。然后,他还要到与爱人经常去的扎曲河边走一走,坐一坐。要不,他会很不安。

说起他与爱人相识的经过时,久扎西显得很激动,他觉得这就是缘分。

他记得很清楚,那是1998年8月19日。那时,他还在玉树县仲达乡工作。县上要在他们乡实施一个农业综合开发项目,抽调了八名干部负责此项工程。其中有一个姑娘,就是他后来的爱人。

那是他们第一次见面。也不知道为什么,在第一眼看见她的那一刻,他就觉得,这个姑娘就是他的爱人。他在心里,已经等待了很久,今天终于见面了。他有这种感觉的时候,他们两个人甚至还没有说过话。可是,他已经幸福得不知道该做些什么。

9月8日,在他的人生历程中是一个特别值得纪念和铭记的日子。这一天,他们开始恋爱了。原本没有说破的话都已经说开了。

2000年10月27日,经过两年时间的热恋,他们走进了婚姻的殿堂。之所以选在这一天举行婚礼,是因为这一天是他的生日。一切都是那么的美好,已经走过和将要来临的每一个日子好像都是为了实现他们的每一个愿望。他们幸福极了。

久扎西毫不掩饰地说,他们是世界上最幸福的两个人。他不相信，这个世界上还有比他们更幸福的人。那简直太不可思议了。

婚后，久扎西还在仲达乡，而新娘却已经回到县上。虽然，从县城结古到仲达乡并不遥远，但毕竟还是有一段距离，不是任何时候想见就能见的。他们彼此约定，每个星期至少要见一面。一般都是久扎西想办法到县城与爱人会面，遇有特殊情况时，他爱人就会想办法到仲达乡赴约。

即使这样，他们依然觉得见得太少，还有很多话要相互倾诉。可是，那个时候，仲达乡还不通移动电话，联系不方便，他们想到了一个办法，写信。可是，仲达乡也不通邮路，怎么办？他们就将写好的信，让路过的人想办法捎给自己的爱人。

结古到仲达，虽然只有不到70公里路，也有一条简易公路，但通行仍然不大方便，没有通达班车，每次赴约，只能找便车前往。仲达乡在结古上游通天河谷地，地处闭塞。有时候，一整天都不会有一辆车经过那里。于是，这两个新婚恋人的赴约之路就显得非常艰辛。但是，它丝毫没有动摇过他们坚持赴生命之约的决心。

中间，有几个星期，乡上有一些事缠住了久扎西，他无法如约去见自己的爱人了。可是，他爱人好像预感到了一样，到乡上与他相会。有几次，她从那么远的地方打了一辆摩托车就赶来了。还有一次，她打了一辆出租车，可是，没走多远，听说是要去仲达，司机说什么都不肯前往。无奈之下，她给久扎西一个有车的朋友打电话，让他送一下。朋友倒是很痛快，但是，车开到半道上出了点事故，走不了了。她又找另外的朋友帮忙，费尽周折才到了仲达。

每次，她到仲达，吃那么多苦，久扎西就心疼。她却说，一点都不苦。到仲达是来回味爱情的滋味的，怎么会苦呢？仲达是他们恋爱的地方,那里的一草一木,一山一水,都留有他们爱的记忆。还有那些古老的房子,以及他们一起种下的树,都曾见证了一段奇缘。她每次去仲达,他们都要在那一片山野之间重新走一遍,尽管,那些地方他们已经走过很多遍,但每一次重新走过时,他们都会有新的感受和发现。每一次经历都像是一次铭刻,那就是日渐深刻的爱。

从他们相知相爱的那一天开始,他们都有一个共同的愿望,那就是一定要珍惜相聚相爱的每一个日子。因为,对任何一个人来说,每一个日子都只有一次,错过了一天,就少了一天相爱的时光。那对两个相爱的人是一种永远无法弥补的缺憾。那简直是一种罪过。他们不想为共同的美好生活留下任何的遗憾。

执子之手,相聚相爱,是一件多么美好的事情。他们再也想不出,这世上还有比这更加美好幸福的事情了。只有把每一个日子都百分之百的过好了,把每一分每一秒都化作爱的收获,加以珍藏,才能对得起生命,对得起这样一份爱的眷顾和赐予。

为此,他们一同精心谋划着每一个日子要怎么过才不枉此生。他们从一开始就想好了,就有了一个至死不改的约定,那就是要努力去做每一件能给自己也给别人带来快乐的事情。如果人生是由无数个美好愿望组成的一段岁月,他们一生的追求,就是让每一个愿望都变成现实。他们愿意将所有的愿望揉进每一个日子里,然后,再把每一个日子分割成一分一秒来过。他们觉得,只有这样,才不会虚度光阴。久扎西说:"我现在唯一感到安慰的是,我们在一起的日子里没有浪费过任何时间。每一天都过得很精彩。无论是精神上还是物质上,我所能给她的都给了。"

虽然,有时候,他们也吵架,但生气的时间绝不会超过一两个小时。而且，每次吵完架，他们彼此间不但没有隔阂，反而更加懂得怎样珍惜了。

游历人间美景，是他们的愿望之一。婚后的几年时间里，他们已经走遍了大半个中国，从最南边的海滨到最北边的草原，从三山五岳到大江南北，到处都留下过他们携手相伴的身影和足迹。他们生在草原，但他爱人却喜欢大海，所以，他们第一次出去，目的地就选在南海边，去了三亚。一开始的几次出游，除了他们两个，没有别人，他们把那几次远游看作是一次爱的长旅。后来，他们出行时，会带着老人——他们有一个还没来得及实施的计划，带着双方信佛的父母一起去游历中国几大佛教名山和圣地。再后来，他们有了一个可爱的儿子，他们出行时的队伍也不断壮大起来了。久扎西告诉我，当你学会跟别人分享你的爱的时候，你的爱会焕发出更加迷人的光彩，你的人生也会显出更加丰富美妙的色彩。

如果不是所有人的话，这至少也是让很多人艳羡的一种精神生活。它几乎已经到了奢侈的程度，说它奢侈是因为，的确很少有人能够将一种情感、一种爱演绎到如此淋漓尽致的程度——至少他们自己有这样的感觉——那几乎是一种望之都令人沉醉的境界。

我沉醉在久扎西沉醉的叙述里。

而此时，命运之神正在敲响久扎西和他爱人沉醉其间的那一扇门。

那是一栋石木结构的二层小楼，久扎西和他的爱人就睡在一楼。2010年4月14日晨，玉树第一次地震时，他们两个都被摇醒了。

她在耳边絮语："好像地震了，要不要紧？"

他也在耳边絮语："不要紧。地震一般第一次厉害，后面就是有的话，也是余震了。"

接着，他们又睡了过去。他们不想让任何东西影响到他们甜蜜的生活。

不知道过了多长时间，地震再次袭来，与他们想象所不同的是，这第二次的地震根本不是余震，而是一次更大的地震，一次足以摧毁一切的地震。

在感觉到地震的一刹那，久扎西还没反应过来，就看到整个一面石头墙由外向里唰一下推了过来。他们所睡的床紧挨着这面石头墙，久扎西的爱人睡在里侧，几乎是挨着墙睡的。灾难已经降临，他感到自己心爱的人有危险，他想用自己的身体护住爱人。可是，来不及了。在感到地震的一瞬间里，那沉重的石头墙体已经倾泻而下，他被挤出床外，扔到了床下。几根折断的木头落了下来，他被死死地卡住，无法动弹，其中一根折断的椽子戳在他的肋骨上，他甚至听到了肋骨咔嚓一声折断的声音。一块玻璃插在腿上。同时，床已经看不到了，以前放床的地方，已经是墙体上崩裂的石头。石头已经堆得有屋顶那么高了。

他开始喊叫爱人的名字。没有人答应。他想往爱人所在的方向挪过去，可是，他怎么使劲都动弹不了。他又一声声喊叫爱人的名字，依然没有回音。他绝望了。他不再喊叫，也不再挣扎。既然心爱的人已经没了，他不可能还活在世上。那一刻，他渴望的不是生，而是死。最好是立刻就死掉，那样他就能见到自己的爱人了。

后来，他真的昏了过去。等他醒来时，人们已经将他从废墟里挖了出来。他在那座石头房子底下埋了整整六七个小时，是几个僧人和邻居把他挖出来的。他右小腿骨折，膝盖被玻璃割破了，膝盖骨掉在外面，肋骨也断了，右脚上的小拇指也被削掉了……但是，他还活着。活在绝望和痛苦里。

在下午4点左右,他被送到体育场救治点。那里到处都是伤员,一顶帐篷里挤了十几个人,医生很少,顾不过来。而且,很多伤员的伤势要比他严重得多。一个医生给他拿了点止痛药,就回去了。

而他的爱人,就从那堆石头底下,永远地离开了这个世界,再也没有睁开眼睛。爱人没有了,他觉得好像整个世界都没有了。但是,他一直无法接受这个现实。他不相信,也不愿相信,他的爱人已经不在了。他感觉,她还在,只是藏起来了,他看不到。

人生无常,一觉醒来,他和爱人已经是生死两重天了。爱人的离去,几乎将他摧垮。巨大的伤痛似乎使他陷入了麻木的状态,他甚至感觉不到自己身体上的疼痛。可是,他意识到,自己还活着。

第三天,他拄着一个拐杖,到通天河边为爱人送葬。原本想天葬的,可是,天葬台上已经堆满了尸体,那些鹰已经来不及收拾如此惨烈的残局。他只好选择水葬了,让长江之水送爱人远行。

久扎西明白,有生就有死。以前,他们也说到过生死。

爱人说:"如果有一天,我们两个人必须有一个人先死的话。我希望先死的是我。我不能让你把我一个人留在世上。"

他说:"我不会让你先死的。我会和你一起死,我绝不一个人活在世上。"

"那我们的儿子怎么办?如果我们都死了,他太可怜了!"

……

最后,他们说定:"谁要是先死了,另一个人一定要好好活着,不能丢下儿子一个人。一个人把两个人的爱都给他,就像另一个人还在一样。"

2000年3月,久扎西通过招聘考试调到了刚刚成立的玉树县城管局,那时,他们的儿子江才文章还没有满月。在久扎西看来,一家三口在一起的日子,比以前更多了一份欢乐。每天晚饭后,他们都会带着儿子到河边草地上玩,或者,带他一起去转山。

震前,儿子已经被送到西宁他岳父、岳母身边去了;震后,仍由两个老人照顾着,他顾不上。儿子现在已经上学了。因为灾后重建任务繁重,他一年半载都难得见上儿子一面。通电话成为他们相互沟通的主要途径,他一个星期跟儿子通两次电话。他从电话里能听出来,儿子身上发生的一些细微变化。儿子的性格都变了,刚上学时,经常打架。父子之间偶尔见面或每次通电话时,他能感觉到,他们的交谈中已经没有了往日的轻松和愉快。他们都在有意回避一个话题,那就是有关孩子的母亲。这成了他们之间交流的一大障碍,无法逾越。一开始,是久扎西在有意回避,他打心里不愿意接受这样一个现实。到后来,他的情绪也传染给了儿子,两个人都清楚发生了什么事情,又都心照不宣。

虽然,久扎西不愿面对,但是,他从儿子身上感觉到的一些变化非常糟糕。他答应过妻子,他们两个人无论谁先走了,都不能让儿子受到任何伤害。可是,现在的情况是,儿子幼小的心灵已经受到了伤害。他切身地感受到了那种疼痛。不能再这样继续下去了,他必须把一些话告诉儿子,让他尽可能地走出过去的阴影。他决定要跟儿子一起面对现实,但是,当真的面对儿子时,他仍然开不了口。

他终于下决心跟儿子说这些话,是因为儿子又一次打架。再这样下去,儿子迟早会出事的。他小心翼翼地开了口,没敢提起儿子打架的事,只是说:"儿子,我要告诉你一件事,你要好好记住。

妈妈在世时，我们曾立下一个誓言：如果有一天爸爸妈妈有一个人不在了，还在的那个人要把两个人的爱都给你，不能让你受到一点点的伤害，更不能让另一个人有一点点的担心。"

儿子静静地听着，父亲颤抖的声音断了。他看到了父亲脸颊上滚落的泪水。沉默，寂静。过了一会儿，父亲才接着说："现在，妈妈已经不在了，就剩我们两个人。我们两个人已经经历了这样一次灾难，妈妈肯定会非常担心的，我们不能再让她担心了。"

从那以后，孩子又变回去了。再也没惹过事，没打过架。

我听说，久扎西的妻子是一个美丽的女人。震后，无论是救灾的帐篷里，还是临时搭建的板房里，久扎西办公的地方都会挂着一幅妻子美丽的照片，照片用镜框装着，挂在非常醒目的地方，他一抬头便能看到。虽然，她已经不在人世，但是，久扎西一直觉得她依然在自己身边，从不曾离开过。

过去的这三年多时间里，久扎西一直住在办公的地方。一是因为很忙，几乎每天都要忙到凌晨两三点以后才能休息；二是因为他不愿意独自待在一个人的世界里。他不愿想到过去，也害怕面对未来。想到过去就会想到妻子，面对未来时，又会想谁与共度。

久扎西说，这三年多来，很多人都累垮了，甚至连命都没了。大家都渴望着灾后重建的工程能早日结束，好让自己能有时间好好睡一觉，歇一歇。可有时候，他却真的希望这灾后重建的工程能一直持续下去，永远不要结束才好。那样，他就能没完没了的忙碌，不会有丝毫闲暇面对自己的生活。以前，他最不喜欢的就是忙碌，他喜欢闲暇的时光。因为闲暇的时光里，他能与爱人一起分享人生的喜悦。可是，现在，他最不喜欢的就是闲暇的时光，他喜欢忙碌，喜欢拼命地干活。他不知道，当整个灾后重建结束了，所有的一切都恢复到往常的宁静以后，他将怎样去生活。

"三年时间不算短，可她在我梦里只出现过一次。我渴望能多梦见几次，可她再也没有出现过。那一次的梦很短暂，她只说了一句话：'不要担心我，我很好。'说完，我就醒了。"说到这里，他的眼泪就下来了。之后，有好一会儿，久扎西没有说一个字。

等他调整好情绪，再次看着我时，我才问："听说，你妻子非常漂亮？"

"是的。"他毫不掩饰。

"听说，你办公的地方一直挂着她的照片。"

"是的。"

"很大吗？"

"很大。"

说着，他掏出了钱包，从里面取出两张照片递给我。一张是他和妻子在海边的合影，背景是蓝色的大海，大海像草原一样无边无际地起伏着。他搂着妻子站在沙滩上，妻子的发梢上似乎还缀着水珠。他搂着的女人果然非常漂亮。另一张是儿子的头像，一个活泼可爱的孩子。我把两张照片放在笔记本上拍了下来，背景上依稀可辨的那些文字就是久扎西讲述的故事……

我想，2010年4月13日夜里，在玉树，一定有人做过一个非常奇特的梦。如果这个人已经不在人世，那一定是自己的那个梦带走了他的生命，或者直接把他从现实世界永远带去了梦里。久扎西的爱人就是这样的一个人。如果他还活着，那么，那个梦无疑将伴随他度过所有的人生岁月。久扎西就是这样一个人。

有离开就会有抵达

有远行就会有思念

思念开始的地方生长青果

远行停止的地方生长惆怅

那就从你离开的地方开始思念吧

沿着河流朝着雪山的方向顺时针行进

走进那条山谷

经过你经过的地方

……

山谷草地上我为你而设的白帐篷

千年以后仍无人居住

心灵深处的某个地方一直空着

连风都害怕从那里经过

——摘自古岳《从勒巴沟到文成公主庙》

第一章　葬礼进行曲
玉树死亡报告

没有桑烟飘摇的祭台上落满了瓦砾
我在苦苦地找寻一条小巷，一扇窗户
一扇窗户打开着，阳光能照在地上
我匍匐在地，我想听到马蹄的声音
而马的嘶鸣却深埋在废墟里
——摘自古岳《五月叙事：写给父亲的玉树》

1

这就是灾难。无论你多么美丽，多么善良，突如其来的灾难就是为了毁掉一切，要不，它就不成其为灾难了。

然而，灾难还远没有结束。从那以后的这些日子里，一个又一个噩耗接踵而至。在奋力抗震救灾和灾后重建的间隙，我们还不得不为一个个突然倒下的亡者送行。他们走得那么突然，那么猝不及防，以致我们还没有擦干刚刚为一个逝者流下的眼泪，又继续为另一个逝者流泪。

我所记得的第一次葬礼举行的时间是2010年5月6日，地点在香港。

香港义工黄福荣在地震发生前一周抵达玉树。4月14日清晨，他先给孤儿院的孩子们洗漱和穿戴，之后带着孩子们在院子里做早操。7时49分，大地剧烈震动。黄福荣高喊："孩子们，地震了，要远离楼房，快跟着我跑！"他边喊边挥手，孩子们在他的指挥下，向安全的地方跑去。这时，有人大喊："屋子里还有老师和同学……"黄福荣对身边的老师说："你们在这里别动，照顾好孩子们！我去救人！"他又冒险向废墟折返，救出了三名孤儿和一名教师。自己却被在余震中轰然倒塌的楼体压在了下面，不幸罹难，年仅46岁。

玉树震后，他是第一个为之捐躯的平民英雄。生死瞬间，他把生的希望给了孩子，却把危难留给了自己。

他是在玉树抗震救灾中牺牲的第一位英雄。他被埋在废墟里的时候，玉树有成千上万的骨肉同胞也已经被埋在废墟里了。幸运躲过大劫难的玉树人，来不及伤痛，已经开始救人了。那时，余震还在继续，灾难还在继续。整个玉树一片混乱，呼号哭喊、满身泥土的人流已经塞满了大街小巷……但是，人们还是听到了黄福荣罹难的消息。

接下来的几天里，每时每刻，遇难者的消息铺天盖地，道路两旁和无边的废墟里，死难者的遗体随处可见。悲伤和剧痛已经紧紧地攥住了玉树。所有在这场灾难中活下来的人，像是一块巨石压在了心口，透不过气来。可是，即便这样，人们还是没有忘了这个匆匆而来、又匆匆离去的香港义工。在无数个不幸的消息中，他的离去仍然引起了人们格外的关注。在一片冰冷的世界里，他像一缕火苗，让人们感受到了一丝温暖。

4月15日、16日，很多玉树人自发前来送别英雄。17日，在西宁，青海各界民众为黄福荣送行。上百名志愿者来到殡仪馆，把一朵朵黄白色菊花轻轻放在他的身边，怀着依依不舍的心情吊唁告别，送他回家。

5月6日，香港红磡世界殡仪馆设灵公祭。灵堂正中的横匾上写着"典型尚在"四个大字，两边的挽联写着"五更归梦三千里，一日思亲十二时"。灵前摆放着国务院副总理回良玉、国务委员刘延东、全国政协副主席廖晖、中央政府驻港联络办公室主任彭清华和青海省副省长王令浚等敬献的花圈。公祭仪式在下午4点开始举行，许多市民陆续进入灵堂，表达对黄福荣的哀思。

公祭仪式简单、低调，其亲友在现场打点。数百名当地义工及社工到场致祭，其中还有不少从内地专程赶来的义工朋友。黄福荣生前舍身拯救的两名孤儿白吉和俄周曲朋，连同另外两名孤儿江巴才仁和代青文毛专程赶到香港参加了悼念仪式，并与青海省副省长王令浚一同向黄福荣家人移交他的生前遗物。

黄福荣的家人希望到灵堂的市民简单向黄福荣鞠躬告别后离开，不希望市民花钱在花圈挽联上，呼吁大家捐钱协助地震重建及救援工作。至于丧礼的帛金，将会拨归红十字会的"黄福荣传爱基金"。一位70岁的婆婆在现场接受电视采访时表示，她虽然不认识阿福，但觉得他很伟大，作为同样热心公益的义工，她一定要来送别阿福。

5月7日,黄福荣安葬于香港柴湾华人永远坟场。从停灵的殡仪馆到墓地,有不少香港市民肃立雨中,为阿福送行。

2

在此后的日子里,在玉树、在祖国大江南北的某个地方,因为玉树,不期而至的葬礼一直不曾间断过。这些亡者并非为玉树而生,却都为玉树而死,都因为玉树提前结束了他们的生命。我听到了送葬的队伍不断缓慢行进的脚步声,听到了不绝于耳的葬礼进行曲。

据州民政部门统计分析,自2010年4月14日玉树地震后,平均每三天就有一个人在抗震救灾和随后开展的灾后重建中献出了宝贵的生命。最保守的估计,这份死难者的名单至少可以列到300位以上。这无疑是一份无比沉重的生命清单,也是一种无比昂贵的生命代价,更是民族心灵的一次次抚慰和伤痛。这是数百位英烈用鲜血和生命写成的民族史诗。如此巨大的牺牲,在整个人类救灾史上,均属罕见。

按照国家惯例,一次地震中的死亡人数超过300人,震级达到7级,则视为重大自然灾害,国家应急预案启动一级响应。玉树地震之后的伤亡超过了一次大地震,那么,这是否也是一场灾难呢,我不能确定,但肯定可以说是一场大灾难的延续。尽管,它是每个公民在民族大义面前自觉英勇赴死的英雄行为,但是,对亡者、对亡者的亲属来说,他们难道就是为了身后的这些赞誉去赴死的吗?显然不是。如果生与死之间还有选择的余地,我相信,他们肯定会选择生，而绝不是死。

从"4·14"之后，我们一直在为一个个英灵送行。送行队伍都从玉树启程，而后从那里走向祖国的四面八方，走向他们最后的那一个驿站、那一个渡口，去了另一个世界。

我所记得的最后一次葬礼，举行的时间是2012年12月7日。

一个名叫李成环的美丽女子离开了我们，她10月份刚刚举行完婚礼，蜜月还没有度完，就迎来了自己的葬礼。人们称她为"最美新娘"。此次玉树之行，对李成环、龚大锬这对新人来说，就是一次特殊的新婚之旅。只是，谁也没想到，这次玉树之行竟成为他们人生最后的旅程。

只有25岁的李成环曾是兰州市第二十四中学的一名代课老师，她爱人龚大锬是兰州一名城管协管员。新婚的小两口放弃蜜月之旅，把省下来的16000元钱全部拿出来，为玉树灾区的孤儿和困难学生送去了700双过冬的棉鞋。

不幸的是，从玉树返回途中，夫妇俩和其他几位爱心人士遭遇车祸，龚大锬身负重伤，幸免于难。而怀有身孕的妻子李成环因伤势过重而抢救无效，献出了自己年轻的生命……她用无私的爱温暖了江源玉树寒冷的冬天。

夫妇俩都是临时工，俩人每月的工资加起来也仅有2200元。结婚前的这些年，俩人省吃俭用积攒下来的2万多元钱都捐给了玉树灾区。正是这份无私的爱心，让夫妇俩心心相印。

这是李成环的第一次玉树之行，而她的爱人龚大锬已是第二次去玉树了。

玉树震后第三天，龚大锬便拿出仅有的积蓄，购买了药品、棉被、大衣和食物等救灾物品,从兰州驾车赶赴玉树救灾。一直到第19天,因为要送一对患重病的灾区夫妇到兰州治疗,他才不得不离开玉树。这是他的第一次玉树之行。

  一年之后的2011年12月,他第二次去玉树。他和一位爱心人士带着自己筹备和募集来的救灾物资,将其送到玉树的孤儿和特困学生手中。那天,当那些书包、铅笔、作业本、文具盒……摆放在三张大桌子上,看着一个个孩子领到这些学习用品时高兴的样子,龚大锬像个得到意外奖赏的孩子,流下泪来。

  那天,现场的一个细节,再次深深刺痛了龚大锬。数九寒天,两名孩子的鞋子破了,大拇趾露在外面,站在雪地里瑟瑟发抖。他当时就下定决心,来年一定要为孩子们送来棉鞋。于是,就有了这对新人的这次玉树之行。

  2012年11月24日,小两口与另外三位爱心人士一起,把700双过冬的棉鞋送到了玉树八一孤儿学校的孩子们手中,看着穿上新棉鞋欢笑、奔跑的孩子们高兴的样子,他们的心里也充满快乐。新婚宴尔,甜蜜之旅,又多了一份快乐,带着这样一种美好的心情回家,该是一件多么幸福的事情啊!

  可是,祸从天降,灾难总是意想不到。

  25日9时50分,当他们开车行至果洛藏族自治州玛多县花石峡路段时,突降大雪,车子在冰雪路面上失控,翻下了公路。"车子连翻了三个滚后才停下!我感觉左臂骨折后,用右手挣扎着爬出来,并急忙查看妻子和朋友,这才发现妻子被甩出了车外,躺在四五米远的雪地里,鼻子、耳朵和嘴都在流血……"龚大锬事后回忆说。

危难时刻，几名路过的藏族同胞立即停车跑下公路营救并报警。当地交警、120急救车迅速冒雪赶往事发现场，众人合力将昏迷的李成环抬到车上，火速送往就近医院抢救。当晚，海南藏族自治州人民医院抢救室里灯火通明，救治组医务人员全力救治。由于肺部感染，为了让李成环得到更好的救治，医院决定将她转到西宁治疗。

12月4日11时50分，李成环被送往西宁。

14时许，救护车抵达青海省人民医院急诊大楼，早已等候的急诊、胸外、五官、骨科等五个科室的专家和护士们，紧急抢救。但是，因为伤势过重，九天九夜的全力抢救，最终还是没能挽回这位美丽新娘的生命。

打着绷带的龚大锬抱着已经停止呼吸的妻子，双膝跪地，号啕大哭……

在场的医护人员、连日来全程跟踪采访的当地记者、专程到医院看望的西宁市民，无不泪流满面，为这个美丽生命的突然离去惋惜、祈祷。

李成环离世后，甘青两地群众自发地以各种方式缅怀这位"最美新娘"。

12月5日晚，在西宁市中心广场上，很多群众自发聚集在一起，他们手捧菊花默哀，祈福这位来自兰州的"最美新娘"一路走好。

当晚现场，青海义工联、夏都志愿者和梦寻缘网络群体的志愿者和众人将菊花摆成心形，围成圆圈默哀。当路过的市民知道这里在为李成环祈福送别时，也加入了进来。"她是天使。""李成环老师一路走好，大爱无疆。"……现场的人们诉说着对李成环的思念和不舍。"我们要一起去送李妈妈。"12月6日，在玉树八一孤儿学校的操场上，孩子们相约，为他们的李妈妈写下祝福语，祝福他们的李妈妈一路走好。

中华志愿者协会和社区志愿者委员会在吊唁信中写道："新娘李成环献爱心途中不幸去世的噩耗让我们深感悲痛与惋惜。在此，我们表示沉痛的哀悼。愿爱心人士一路走好，愿更多的志愿者将这份爱心传递下去，以实际行动彰显志愿者的大爱无疆。"

"天堂纪念网""纷纷雨"等，为了祭奠李成环，专门在网上建起"青海玉树最美新娘志愿者李成环天堂纪念馆""兰州最美老师李成环纪念馆"。短短两三天，已有数千名热心网友先后登录祭奠网站，为她献上了自己的敬意与哀思。

12月7日10时30分，青海省西宁市殡仪馆内庄严肃穆，挽联低垂，李成环亲属、生前同学及甘青两省社会各界人士从四面八方闻讯赶来专程为她送行。来自甘青两地的政府领导、志愿者、社会爱心人士怀着悲痛的心情泪别"最美新娘"，陪伴她走完最后一程。人们噙着泪水，缓缓走到她的遗体前，献上寄托哀思的菊花和圣洁的哈达。

当天上午8时许，西宁市三江花园，一辆辆出租车停在门口，每辆出租车上都插着两束菊花，挡风玻璃上贴着"爱心天使一路走好"的心形图标。当天由16辆出租车组成的爱心车队特意为李成环送行。

一大早，很多西宁市民得知李成环遗体告别仪式将在西宁市殡仪馆举行时，他们来到三江花园门口，默默地目送李成环。青海义工联盟、青海师范大学青年志愿者协会、青海大学爱心社的20多名志愿者也加入到了送行者的队伍中。

在李成环的灵堂前，10多位藏族老人手捧哈达，默默地站在一旁为她祈福，他们当中有很多人来自李成环生前捐助过的玉树。"我们都听说了李成环老师的事，特别感动，不知能为她做点什么，就来送她最后一程吧，希望她一路走好。"来自玉树的公保尕松说。上午10时，当李成环的遗体被缓缓地抬出房间时，老人们将手中的哈达献到李成环的棺木上。

在殡仪馆，青海省卫生职业技术学院的藏族学生们也早早地来为李成环送行，他们说，李成环是青海大草原上的美丽天使。

上午11时许，由志愿者、出租车司机、政府领导等组成的送行车队载着李成环老师的遗体来到西宁市殡仪馆。为迎接李成环，殡仪馆早早地做好了准备。从大门口到昆仑厅的路上悬挂着"李成环老师一路走好"的条幅。在昆仑厅的两侧，一些市民早早守候在一旁，他们有人手捧着菊花，有人抱着李成环生前的照片，还有人拉着"怀念李老师"的巨幅条幅。一条横幅上写着："大爱震撼高原，江源永将铭记。"

昆仑厅里庄严肃穆。李成环静静地躺在洁白的菊花丛中，沉静安详，宛如在甜美的梦乡。她的照片端正地摆放在大厅中央，两侧是社会各界送来的花圈。

"三江呜咽，昆仑垂首，天公垂泪，日月无光，今天我们在这里怀着无比悲痛的心情，沉重悼念李成环同志。因为无私的大爱，她将自己25岁的青春年华在青海画上了完美而感人的句号；因为无私的大爱，她感动着她的亲人、朋友、相识和素不相识的人们，为她的短暂人生，送最凄美的一程。"青海省红十字会党组书记、常务副会长孙林在悼词中说。

默哀，鞠躬，哀乐响起。白发人送黑发人，在追悼会上，李成环的母亲几次昏厥过去，现场的医生几次紧急抢救……来自兰州市的杨虎娃站在李成环的照片前，泪流满面。他们共同经历了车祸，同样的经历，不一样的世界。李成环走了，他活着。

3

黄福荣是最美的义工，李成环是最美的新娘。这是两个平凡生命的葬礼，也是两个高贵灵魂的远行。

震后，每次去玉树，走在人群中，不经意间，蓦然回首时，我仿佛还能望见他们的身影，他们好像依然在那里奔走、忙碌。有很多时候，我感觉，在玉树，还有许许多多的黄福荣和李成环，他们都是普通平凡的生命，却都有着高贵圣洁的灵魂。他们像一簇簇圣火，原本分散在古老中国的各个角落，因为受一场灾难的牵引，开始汇集，从四面八方向高原腹地集结，而后，熊熊燃烧。火光照亮了莽原，温暖着大地。

平日里，在行色匆匆中，我们也许并没有在意他们在自己身边存在的意义，但是，当我们目送他们远去时，却真切地感受到了他们传递给我们心灵的持续温暖。以致，我们确信，在未来的日子里，我们将不得不时时伫望他们渐远的背影，并把他不断定格放大成整个民族心灵的投影。如果我们久久伫望，一定会发现，这是一个无比庞大的队列。这个队列浩浩荡荡，自我们的身旁一直伸向遥远视野的尽头。那是我们精神家园不散的魂魄吗？那是我们灵魂深处生生不息的血脉吗？

有道是，位卑未敢忘忧国。其实，这些美丽的灵魂从不曾远离我们，他们一直就在我们的身边。只是因为受到民族危难的急切召唤和心灵的指引，他们才从四面八方向一个特定的地方集结，似乎他们时刻准备着要为这样一个生死关头挺身而出。这才是这个伟大民族的心灵。

多年以前，我曾为一个美丽的西安女孩写过一篇报道，与李成环一样。2008年，年仅29岁的年轻女子熊宁，在自愿赴青海玉树草原救助遭受雪灾的藏族同胞时，遭遇车祸身亡。多年来，她一直热衷于慈善事业，用自己的善举感染着周围每一个人。熊宁遇难的事在网络上传开后，上千名网友留言寄托哀思,他们把熊宁称作"爱心天使""西安最美丽的女孩"。

在震后的这些日子里，一次次走向玉树，倾听一个个为玉树献身的感人故事时，我曾想到过熊宁。我问我自己，在熊宁、黄福荣、李成环之间是否有一种内在的联系？当我把几十个，甚至几百个熊宁、黄福荣和李成环的故事串联在一起的时候,我被深深地震撼了！

不仅因为他们舍生取义，也不仅因为他们慨然赴死，而是他们平日里的普通和平凡。他们一直就生活在我们每个人的身边，像自己的兄弟姐妹，可是，我们并没有在意。在凡俗庸常的生活中，很多时候，我们甚至忽略过他们的存在。直到有一天，从某个方向——譬如汶川、譬如玉树、譬如芦山等——突然传来他们决然离去的消息，我们这才醒过神来，这才开始打听他们曾一路走来的故事。一般来说，在缅怀和追忆的时候，我们都显得很慷慨大度，总是以最华丽的辞藻和最优美的语言在赞美他们的行为。

可是，他们已然走远。说不定，已经有另一群熊宁、黄福荣和李成环又从很远的地方正向我们走来。在一种似曾相识的对视中，我们甚至有可能与他们再次擦肩而过。直到又一个不幸的消息传来，自己的心灵被温暖、被感动的时候，我们仿佛又一次被一种强大的电流所击中。我们受到了一种激励。在一次次的激励中，我们傲然向前。向前。向前。在不断向前走去时，我们甚至感觉自己也很伟大。那是因为，我们总是被一种伟大的力量所激励着。

4

我坚信，在汶川地震和玉树地震后，每天电视屏幕上持续播出的那些凄惨、悲壮的画面，曾经让全中国的人都泪如雨下。2010年4月中下旬，在玉树灾区的一顶顶救灾帐篷里，我每天都能感受到泪雨纷纷的情景。

那半个多月里，我一直坐在帐篷里。除了有两三个下午，抽空到震后的那些废墟上走了走，看了看，其余时间，我哪儿也没去，哪儿也去不了。一开始，帐篷里没有铺盖，也没有椅子和桌子，我们每个人都席地而卧、席地而坐。

具有讽刺意味的是，作为一名记者，那些天里，我每天所做的工作并不是去采访，而是坐在地上，修改发往报社的那些新闻稿，然后，递给身边的报社领导，让他审订。那些稿子铺天盖地，每天都要忙到凌晨两三点以后，有好几天忙到了四五点以后，才将最后一篇新闻稿发往夜班。到后来，我都快要崩溃了，有很多人都快要崩溃了。令人遗憾和痛心的是，我不是因为地震，而是因为那些新闻稿。

黄金72小时——最初的那些新闻稿里，只有一个主题，救人。一分一秒，死亡的人数都在不断增加和攀升。当然，还有幸运获救的伤者，他们一个个从废墟里被挖了出来。每一个获救的生命都被我的同事和同行们当成了一个重大的新闻去搜寻和挖掘，那过程也像是在搜救生命。

不记得是哪一天了，应该是已经过了黄金72小时一两天之后的事情。我突然听到一个消息，一群武警战士在一片废墟里成功救出一个老阿妈。她还活着。便紧急派出记者去采访。随后，几乎所有的新闻单位都把这个惊人的消息报告给了全世界。可是，第二天，我就听说这条消息有失误。说这消息不真实的人恰好是那位老阿妈的家里人。说老人并没有真的被埋在废墟里，她只是上了岁数，震后在废墟里晕倒了——说不定也可能是睡着了——身上并没有压着什么东西，只是落上了一层尘土。但是，事情已经无法挽回。在当时混乱的状况之下，人们顾不上细究这些。

大约是震后的第三天下午，我穿过结古镇的一片又一片废墟，一直走到扎西大同的山坡上。那里有一个天葬台，天葬台上的白塔已经倒塌。有一尊佛像从山坡上滚落之后又端坐在废墟瓦砾之上，我不知道，是有人将它扶正了，还是它自己坐起来的。一路走去时，我看到沿途还有不少刚刚挖出来的亡者遗体，大多都用一块毯子或别的什么东西遮盖着。所有的废墟上都有一群一群的人在奋力刨挖，有解放军、武警、消防战士，有当地老百姓、匆匆赶来的各地志愿者和救援人员，也有寺院的僧侣，有老人也有孩子……有的废墟里，也有人在为亡者送行。走过一片废墟时，我看到有三位僧人坐在瓦砾中间念经，他们面前除了经文，还有一张小供桌，上面点着酥油灯,还摆放着其他一些祭品。很显然,他们正在为一个亡灵超度。

那天午后,我走过结古镇红卫路丁字路口。那里堆积如山的废墟上,站满了人,还有好几台大型挖掘机在不停地伸展着手臂。身着迷彩服的救援大军和夹杂其间的僧人以及其他各路救援人员,在那堆高耸的废墟上站了一圈又一圈,远远看上去就像一个巨大的漩涡。最外层,还有一群过路的行人围观。我走近前去,看到那个漩涡的中心在那堆废墟的半腰上。那里已经挖出了一个洞口,一群解放军战士在那洞口上忙碌着。有人已经爬进洞里,从里面不断传出话来,说里面还有人,好像还活着。我听旁边的人说,废墟里有生命的迹象。这些人整整一个下午都在搜救深埋在这堆废墟里的生命。

我感觉埋在里面的生命快要获救了。我甚至听到了心脏跳动的声音。那堆废墟足有两层楼高,如果里面还有人,他也许就在这两层楼的底部。我无法想象里面生命所承负的重量,更无法想象一个生命在如此的重压之下怎样熬过了一天又一天。他的嘴里应该已经填满了尘土——很多从废墟里挖出来的人都给我讲述过这样的切身体验——他无法呼吸,也无法吞咽口水——当然,很可能他已经没有口水可以吞咽了——他的手臂、腿脚无法伸展,他的背上、腿上、腰上甚至头上都压着楼体坍塌断裂的构件和砖头瓦块,说不定还有坚硬的混凝土预制件紧紧顶着自己的胸腔和腹部,说不定还有一根锈迹斑斑的钢筋已经刺穿他身体的某个部位……生命何其顽强又何等脆弱!我听到身边很多人为之祈祷的话语。我挤进人群,尽量靠近那个中心。我想看看,一个人被埋在废墟里两三天之后挖出来时,他会是个什么样子。我这样做并不是想证明自己的冷漠与无情,而是想见证一个生命的奇迹。我希望生命的奇迹一直存在。那些日子里,所有在玉树的人都一直盼望着这样的奇迹能出现在每个人的身边。

可是,这天下午奇迹并没有出现。大约一个小时之后,埋在废墟里的人终于被挖了出来。他被挖出来,被一双双大手小心翼翼地托举着送出那个透着阴森森凉气的洞口之前,一辆救护车拉响着紧急救护的鸣叫声由远而近,停在了我的身后,一张用来抬伤者的床板也早早地放在了那个洞口……伤者终于安放在那张床板上了,可是,他已经没有呼吸,他的心脏早已停止了跳动。顿时,在那废墟上等待生命奇迹的人群像一株株遭受冰雪袭击的青草,一下子就蔫儿了下来。救护车再次鸣叫着向另一个方向驶去,去迎接另一个生命可能生还的奇迹。我离开那里,穿过人群走回自己的帐篷时,茫然不知所措。我和一些人不断撞在一起,但是,我没有抬头看过。我灰头土脸地走,心情沉重无比。那堆高耸的废墟一直堆在心里,压得我透不过气来。

这只是玉树无数个救人现场中的一个角落。总体上讲,我们从废墟里救出了很多的人,也有很多的人最终还是没能救出来。我们成功救出的生命也许比死在废墟里的生命要多很多,但这并不意味着那些生命的死亡就一定是一种必然。如果不是为所有的生者开脱,那么,作为生者,我们就没有理由不去背负每一个死者留下的悲痛。这是死者的不幸,也是生者的不幸。死者以生命的终结完成了一种宿命,而生者却必须以一种自觉的自我救赎来继续我们的生活。这也许就是我们的生活不能越来越轻松的缘故。

生与死的拷问与掂量一直是困扰人类命运的一道难题。地震等突发性重大自然灾害把生与死的尖锐矛盾瞬间迅速放大到极限程度,而后摆在了我们的面前,稍有迟疑,就没有了抉择的机会。那么，我们迟疑过吗？我相信没有。因为，生死关头，我们不敢迟疑。

写到这里，我突然想到了莎士比亚《哈姆雷特》里那段经典的台词：

> 生存还是毁灭，这是一个值得考虑的问题。默然忍受命运的暴虐的毒箭，或是挺身反抗人世的无涯的苦难，在奋斗中结束了一切，这两种行为，哪一种更高贵？死了；睡着了；什么都完了；要是在这一种睡眠之中，我们心头的创痛，以及其他无数血肉之躯所不能避免的打击，都可以从此消失，那正是我们求之不得的结局。死了；睡着了；睡着了也许还会做梦；嗯，阻碍就在这儿：因为当我们摆脱了这一具朽腐的皮囊以后，在那死的睡眠里，究竟将要做些什么梦，那不能不使我们踌躇顾虑。人们甘心久困于患难之中，也就是为了这个缘故……谁愿意负着这样的重担，在烦劳的生命的压迫下呻吟流汗？重重的顾虑使我们全变成了懦夫，决心的赤热的光彩，被审慎的思维盖上了一层灰色，伟大的事业在这一种考虑之下，也会逆流而退，失去了行动的意义。

这无疑是有史以来有关生与死的最深刻的思考。可是，在玉树震后的那些天里，人们每时每刻所面对的问题要比这更为复杂和严峻。有那么多人突然之间从我们的眼前消失了。因为一场灾难，他们的一生一世不得不提前结束。那个时候，我们才清楚地意识到，人原来也可以大批大批的集中死亡，而不是一个一个的自然亡故。

后者是一种自然规律,而前者则呈现了生命的无常。后者呈现的是生命自然消亡的过程,而前者则尽情展现无常的真相,那是另一种死亡的真相。

这是一份玉树藏族自治州公布的有关玉树地震中死亡人数的统计报告,现摘要如下:

4月15日17时统计负责人:郭艺生

1. 死亡1142人;

2. 失踪417人;

3. 受伤2655人;

4. 重伤1341人。

4月16日17时统计负责人:陈钊

1. 死亡1184人,增加42人;

2. 失踪417人,未增加;

3. 受伤11744人,增加9089人;

4. 重伤1192人,减少149人。

4月17日17时统计负责人:陈钊

1. 死亡1481人,增加297人;

2. 失踪349人,减少68人;

3. 受伤12487人,增加743人;

4. 重伤1564人,增加372人。

4月18日17时统计负责人:陈钊

1. 死亡1708人,增加227人;

2. 失踪251人,减少98人;

3. 受伤12224人，减少263人；

4. 重伤1606人，增加42人。

4月19日17时统计负责人：郭艺生

1. 死亡1944人，增加236人；

2. 失踪216人，减少35人；

3. 受伤12135人，减少89人；

4. 重伤1434人，减少172人。

4月20日17时统计负责人：郭艺生

1. 死亡2064人，增加120人；

2. 失踪175人，减少41人；

3. 受伤12135人，未增加；

4. 重伤1434人，未增加。

4月21日17时统计负责人：郭艺生

1. 死亡2183人，增加119人；

2. 失踪94人，减少81人；

3. 受伤12135人，未增加；

4. 重伤1434人，未增加。

4月22日17时统计负责人：郭艺生

1. 死亡2187人，增加4人；

2. 失踪90人，减少4人；

3. 受伤12135人，未增加；

4. 重伤1434人，未增加。

时间到了2010年5月30日，这个数字又有了新的变化。这一天，青海省政府举行新闻发布会，再次确认了玉树地震死亡人数。截至5月30日18时，经青海省民政厅、公安厅和玉树州政府按相关规定程序核准，玉树地震已造成2698人遇难，其中已确认身份2687人，无名尸体11具，失踪270人。已确认身份的遇难人员：男性1290人，女性1397人；青海玉树籍2537人，省内非玉树籍54人，外省籍96人（含香港籍贯1人）；遇难学生199人。

其实，玉树地震最终的死亡人数可能超过了3600人，因为州县民政部门实际发放的地震遇难者抚恤金补偿人数是3592人，其中包括了四川、西藏等地在这场地震中的遇难者。我想，这个数字中可能还不包括地震当天早晨立刻护送返乡的那些穆斯林亡者，依照他们的丧葬习俗和宗教信仰，亡者必须尽快安葬。他们顾不上等待灾情调查和死亡人数的统计。据我所知，我老家附近甘肃某个村庄的几个穆斯林同胞就在那场地震中遇难，当晚，他们的遗体已经运回老家安葬。我敢肯定，当天早晨就已经离开灾区的穆斯林亡者不止这几个。

我不知道，有多少人在读到这些不忍目睹的数字时，把它还原成了一个个鲜活的生命，而后想到过他们就是我们的骨肉同胞，都有父母和兄弟姐妹，也都有自己的名字。几天前，他们还都在我们身边，而现在却已经不在了。他们已经永远离开了这个世界，我们再也看不到他们了。我们忙着为他们送葬，葬礼一个接着一个。他们渐行渐远，他们成了记忆——说不定会越来越淡远。

史提分·雷温说："当你的恐惧碰到别人的痛苦时，它就变成怜悯；当你的爱心碰到别人的痛苦时，它就变成慈悲。"

这是一片充满慈悲的土地。这里土生土长的藏族人为亡人都施行天葬。可是，因为一场突如其来的灾难，亡者的遗体已经堆积如山，没办法一一天葬，只好集中安葬。但是，因为信仰和风俗，必要的安葬程序还是不能少的。最早意识到这个问题的人并不是死者的亲属们——当时，他们还被笼罩在灾难的阴影里——而是附近一些寺院里的僧人。他们不仅在震后的第一时间里开始全力救人，同时也开始处理亡人的事情，让他们尽快上路。他们安置获救的生者，也安顿亡者的灵魂。每挖出一个遗体，他们就运到寺院跟前，为其超度。也有些遗体是由亡者的亲属们自己送到寺院的。一一超度已经不可能了，只能集体超度，而后集中安葬。来不及天葬，就施行集体火葬。

结古寺是一座藏传佛教萨迦派寺院，也是玉树最有影响力的藏传佛教寺院之一，有僧众 600 余人。地震时，留在寺院的僧人也有 560 多人。地震后的第一时间，他们冲下山坡，开始救人。一直在救人。把救出的伤者送去医院抢救，把挖出的遗体送回自己的寺院为他们的亡灵超度。结古寺前后为 1800 多亡者超度，其中大部分是僧人自己送回寺院的——这其实是所有亡者的亲属最希望他们做的事情——也有一些是亡者亲属送来的。信奉藏传佛教的藏族人对灵魂的关怀程度远远超出了亡者遗体的处理。一个人一旦死亡，其遗体就成了一堆皮囊，而他的灵魂才需要护送和安慰。世俗意义上讲，寺院以及宗教就是专门处理灵魂事宜的机构和人群。他们为远行的灵魂播撒慈悲。

那些刻骨铭心的日子里，死亡的阴影一直笼罩着玉树大地。即使在这场地震中幸免于难活下来的那些人，也并不是与死亡有着多远的距离，恰恰相反，他们每个人都曾与死神擦肩而过，甚至与它有过更亲密的接触。他们看到了它狰狞的面孔，也看到了它"甜蜜的微笑"。那一刻，死亡离他们每个人都是那样的切近。感觉，它时刻都守在自己身边，只要你稍不留神，它就会将你拉进它的怀抱，再也无法挣脱开来。它无处不在，说不定，会在什么地方等着你。很多时候，你会在不经意间，就会向它所在的地方走过去，像是与它约好了在什么时间、什么地方见面一样。濒死的感觉就像溺水，有点恍惚，有点不确定，但却很真实。仿佛有一道门一直在那里敞开着，里面不断有人在向你热切地招手，让你进去，外面好像也有一双无形的大手在往里推你。你得狠劲地挣扎，很坚定，才能停住自己往里行进的脚步。在那个时刻，停住脚步是一件很难的事情，死亡在很多时候是一种巨大的诱惑。很多人只向前迈出了一步，就走进了死亡，再也没有回来过。

相比之下，活下来是一件非常艰难的事情。因为，生者不仅要面对生存的严酷现实，还要面对众多逝者带来的巨大伤痛。为一个个亡者送行就显得非常的悲壮。这就是生命的真相。

5

数以千计的亡者，这是一支多么庞大的死亡队列？为这样一支庞大的队列举行的葬礼不可谓不悲壮。从某种意义上讲，直到现在，这场葬礼还在继续。

有一天，在跟一位玉树的老阿妈聊天时，她对我说，地震后，有很多时候，她很羡慕那些亡者，因为有那么多人在为他们诵经祈福，这该是多么大的福报啊！

从某种意义上讲，死亡远比活着来得容易。因为生者不仅要承受自身的苦难，还得承受亡者留给他们的痛苦。而对每一个劫后余生的玉树人来说，他们所要承受的苦难还远不止这些。

在这里，我们来认识一位普通的玉树人。他叫桑丁秋达，是扎西科建委会德秀格社区主任、玉树县上拉秀乡副乡长。地震时，床边的衣柜倒下来压在他和妻子卓玛昂姿的身上，救了他们的命。从自己家里跑出来时，他们首先想到的是放在老人身边的一双儿女，就径直向丈母娘家奔去。儿子没事，但一岁的女儿却被压在废墟里。女儿挖出来了，但是没有气息，身为医生的妻子对着女儿的鼻子呼气吸气，女儿哭出来了。

那一刻，桑丁秋达觉得，他是世界上最幸福的人了。可是，也就在这个时候，桑丁秋达清醒地意识到，并不是所有的家庭都像他们一样幸运，他们一家人都逃过了一劫，但是，有许多家庭都在那一瞬间里失去了亲人，有许多无辜的生命还埋在废墟里生死未卜。他得去救人！这是人性的两个层面，自然意义上的桑丁秋达为女儿的获救庆幸，而社会意义上的桑丁秋达却必须去肩负生而为人、救人生命的义务。于是，一个原本普通的心灵里就装满了人间大爱。

隔壁邻居有4个孩子和1个大人还埋在废墟里。他和另一个亲戚一起先用手刨，后来找到2把铁锹挖。4个小时后，4个孩子和1个大人都被挖了出来，其中3个孩子获救。在救出第三个孩子时，一堵墙倒了下来，砸在了桑丁秋达的左腿上。当时，没顾上去看，后来抽空去医院时，才发现他左腿已经骨折，当时就打了石膏。然后，他又去救人了。以后的几天里，他一直在救人，救人，救人！第三天，他给乡上打了个电话，得知加吉娘生态移民点灾情严重，急需救援。

他就奔赴加吉娘救灾,当时,那里的死亡人数已经超过80人。那时,已经有大量救灾物资运抵玉树灾区,他就在那里一边登记接收,一边把那些救灾物资发放到灾民手中。之后,他一直不停地发放救灾物资、调查灾情、安置灾民……

之后,他又转战扎西科管委会德秀格社区——一个抗震救灾的临时基层组织。11名来自全州各地的工作人员和15名社区老党员组成的一个临时党支部,就是这个团队的全部力量,桑丁秋达担任社区主任和党支部书记,工作更忙了,白天黑夜都在救灾点上。紧接着,灾后重建又紧张地开始了,管委会变成了建委会,他还是德秀格社区主任和党支部书记。德秀格作为统一规划、自行建设的一个社区,与统一规划、统一建设的社区相比,还多了一项施工建设的任务。

经过一年多艰苦卓绝的努力,到2011年9月初,德秀格社区2700人、525户居民房重建工程,除了有几户的房址因为牵涉到整个结古地区的临时供水管道而无法修建之外,已全部竣工。无论工程进度还是工程质量,在整个玉树重建区都堪称典范,那是桑丁秋达和他带领的社区团队用心血和生命完成的一个工程,为此他们付出了高昂甚至惨重的代价。

这种代价里甚至还不包括他们点点滴滴的无私奉献,譬如,桑丁秋达每个月3700多元的工资,地震后的一年多时间里,一分也没给家里,全贴到救灾和灾后重建的工地上了。桑丁秋达说,卓玛昂姿是个好妻子,尽管自己家里也不宽裕,一家人住在一顶12平方米的帐篷里,但她从来没问过他的钱都到哪里去了。而且,还经常让他把分给家里的救灾物资送给那些孤寡老人,说比起他们,我们还是好过一些。2010年10月,卓玛昂姿从桑丁秋达的言谈中觉察到,社区里有些孤寡老人非常需要帮助,就给他发来一条短信:"需不需要给他们送些米面和油?"尽管只有短短13个字,但是,桑丁秋达却像是自己得到了无私的帮助一样,感到无比温暖。随后,他们就给那些老人送去了15袋面粉。

对桑丁秋达来说,2010年这一年的时间是漫长的。因为灾难,记忆总是要回到最初的那一刻,一遍又一遍地重复那一幕幕不忍回眸的悲惨经历,它切割着他的生命,撕裂着他的心灵,那种刻骨铭心的疼痛使他须臾不得安宁。有很多时候,他怀疑,此生自己还能否走出那场地震带给自己的阴影。他想,也许只有燃烧自己的生命才能驱散那阴霾。

这一年又是短暂的。因为抗震救灾和灾后重建,即使把自己全部的生命都投进去,不要有一分一秒的浪费,还是觉得时间不够用。虽然,分身乏术,但是,有很多时候,人们仍然感觉原来的那个桑丁秋达已经变成了许多个人,几乎是在同一时刻奋战在很多个不同的地方。人们刚刚还看见他走进了灾民的帐篷里,一会儿又出现在灾后重建的施工现场……

2010年9月,桑丁秋达的身体不时地亮起红灯,便血、腹痛、脸色暗黑、形销骨立,原本并不健壮的身体看上去更加瘦弱了。2010年11月15日,桑丁秋达积劳成疾,最终累倒在了重建工地上,他被查出患有肝硬化。2011年4月24日,桑丁秋达住进青海省第四人民医院。德秀格社区很多老人得知他住进医院的消息后说,他们每个人每天都要念诵一万遍嘛呢,来为他祈福。

早在2011年5月,我就开始采访桑丁秋达。当时,我接到玉树州委的一个电话说,有一个玉树的干部累倒在灾后重建的工地上,已强行送到省第四人民医院治疗。放下电话,在去医院的路上,我就想,省第四人民医院是一家传染病医院,我要见的这个人会是个什么样的病人呢?

6

我找到了桑丁秋达,一个清瘦英俊的康巴汉子。之后,与他进行过多次长谈。因为病痛,他脸色已经发紫发黑。说话间,他得不时地停下来歇息和喘气,所以,每次的谈话都显得很困难,有时候,我感觉他已经没有力气说话了,就打住,让他休息几天再继续我们的谈话。我让他在有力气说话的时候给我打电话,但是,有几次,等了好几天才会有他的电话。我才知道,他得歇上好几天,才会攒够力气,和我有一两个小时的交谈。

还记得,那天下午,到医院之后,我才想起忘记问病人的名字了。但转念一想,一个玉树下来的病人,应该很好打听,就直接去病房找医生。可是,这一问,却把我吓了一跳!整个省第四人民医院所有的住院病人中几乎有一小半都是玉树下来的,都是累倒在重建现场的,而且,几乎都是肝病,乙肝,或者肝硬化,都是重病号。

也许正是这个发现,使我一直不敢动笔写桑丁秋达这个人,至少我得专门去一趟玉树,就把桑丁秋达的事暂时放下了。此前,在和许多来自玉树的朋友们的交谈中,我已经意识到一个严重的问题。那就是许许多多的玉树人不但在地震中造成了巨大的财产损失,付出了生命的代价，而且，更要命并感悲壮的是，还有许许多多的玉树人在震后的抗震救灾和灾后重建中，付出了更加昂贵的代价。

很多人因为过度劳累，生命已经严重透支；很多人因为过度疲惫，精神已经处在崩溃的边缘；很多人因为高度紧张，生理和心理都已经出现严重的问题；很多人在震后繁重任务的巨大压力下，正走近生命的极限。

这是一个不容忽视的严峻现实。

2011年9月，我再次抵达玉树。我所看到的一切，在某种程度上已经证实了我的判断。玉树是生命的极地，因为自然生存环境的极端严酷，在这里，所有的生命既呈现顽强的一面，也无法掩饰它的脆弱，人也不例外。

这一年初，玉树州672名干部在青海省心脑血管病专科医院的体检结果显示，全州30岁以上干部职工不同程度地患有高原性心脏病、高原红细胞增多症、高原性肺水肿、高血压、风湿性关节炎、肺心病等疾病，且发病率高。年龄超过45岁的干部职工，许多人因为病情恶化，过早地丧失了工作能力，不得不离岗休养。尤其是血生化超正常值人数比率过高，位居前三位的是血甘油三酯、血谷草转氨酶、总胆固醇，极易诱发心血管系统疾病、痛风、胆石症、肾结石、冠心病、原发性高血压和肝脏疾病。

青海省卫生厅会同青海大学高原医学研究中心和青海大学附属医院组成医疗队，在结古地区对160名干部也做过一次全面体检。据负责此次体检的格日力教授分析："玉树州97%的干部处于亚健康或非健康状态，这与高原低氧环境、工作压力大、睡眠不足等因素有关。"主要是地震后各级干部的心理压力加大，工作、生活节奏加快，社会环境复杂，居住环境恶劣，精神高度紧张且得不到及时疏泄，导致大脑皮层与自主神经功能紊乱，患原发性高血压、心脏病、脑出血、胃肠炎、溃疡病、糖尿病的人数明显增多，干部健康状况令人担忧。

不仅如此，玉树地震之后，截至2013年6月底，在玉树抗震救灾和灾后重建中，有76名干部职工因病、因事故倒在了工作岗位上，以身殉职，为抗震救灾和灾后重建献出了宝贵的生命。其中，州直机关干部职工5名，州属六县干部职工20名，央企援建单位干部职工24名，志愿者6名，海西援建人员7名，海东援建人员12名，省级单位援建人员2名。其中，由于高原反应、患病去世的有41人，因车祸、交通事故去世的有17人，抗震救灾中遇难的2人，其他意外死亡16人。

我要特别指出的是，这份死亡名单还绝不是全部，这份名单也许还可以列出更多。因为，这份名单里还不包括死在去玉树路上的那些人。这三年多来，每一年，西宁至玉树那条运输线上的死难者都接近百人，他们的死也都与玉树的灾后重建有关，他们也是玉树灾后重建的捐躯者。当然，还有被遗漏掉的，譬如，志愿者、青海兴华医院职工张建华，治多县人大副主任特久巴吾等。这是我所知道的，那么，我所不知道的呢？肯定还有，至少不止一两个。

这份名单里更不包括那些无名的，或者有名有姓但已经被人们遗忘，或者有意无意遗漏掉的农民工兄弟——他们之所以被遗忘或遗漏，在某种意义上可以被理解为是一种"冷酷"。他们之所以去玉树卖命，也许只是为了生计，而并非出于某种高尚的动机，但是，他们抵达玉树之后,却一直为玉树流血流汗。那一幢幢高楼、一片片民居的背后,都有一群一群的农民工兄弟姐妹所倾注的心血,他们把自己的尊严和生命都交给了这一片高地。玉树新生,而他们却被遗忘。

我们能坦然地说,他们不是死在玉树的英烈吗?

在整个人类的救灾史上,这是极为罕见的一个特例。这里特列举一份亡故英烈名单,立此存照,让我们铭记这些人的英名。

州直机关及所属6县(25人):

韩慧瑛,女,藏族,1961年11月生,青海玉树人。大专学历,1979年7月参加工作,1993年4月入党。病逝前为玉树州卫生局党组成员、副局长,玉树州人民医院党委书记、院长,主任医师。2007年8月任副县级、现职。因地震中断过敏性紫癜、高血压、心脏病治疗,过度劳累导致病情恶化,于2010年8月23日病逝。

才仁松保,男,藏族,1963年出生。玉树八一医院院长,2012年因病去世(在本书第二章里,我将专门讲述他的故事)。

吕耀忠,男,土族,1966年6月生,青海民和人。大专学历,1986年11月参加工作。病逝前为玉树县公安局副主任科员。2011年5月因心脏病突发猝死。

公保才仁,男,藏族,1963年6月生,青海曲麻莱人,大专学历,1980年7月参加工作,1986年11入党。病逝前任玉树州公安局副局长(正县级),2000年9月任现职,

2009年3月任正县级。因门静脉大出血，于2010年12月1日病逝。

桑昂，男，藏族，1954年7月生，青海称多人。大专学历，1971年7月参加工作，1981年10月入党。病逝前为玉树州检察院调研员（曾任副检察长），2009年8月任现职，2002年1月任正县级。因突发心脏病，于2011年8月6日病逝。

江巴才仁，男，藏族，1962年6月生，青海称多人。大专学历，1979年11月参加工作，1991年4月入党。病逝前为玉树州交警支队政委（副县级）。因肝硬化病，于2011年5月病逝。

何春梅，女，藏族，1965年5月生，青海玉树人。大专学历，1984年7月参加工作，1998年7月入党。病逝前为玉树州医院护士。因肝硬化病，于2011年2月病逝。

普布求然，男，藏族，1979年2月生，青海玉树人。大专学历，1997年12月参加工作。病逝前为玉树县下拉秀乡政府科员。2010年10月因脑肿瘤医治无效病逝。

尼玛拉毛，女，藏族，43岁，玉树县国土资源局副主任科员，2011年11月29日因劳累过度猝死。

拉阳，女，藏族，1971年3月生，青海玉树人。大专学历，1990年7月参加工作。病逝前为玉树县三完小老师。2011年3月因风湿性心脏病、高血压、心肌梗塞病逝。

拉巴卓玛，女，藏族，1973年2月生，青海玉树人。

大专学历，1998年7月参加工作。病逝前为玉树县哈秀乡寄小老师。2011年5月因突发脑溢血病逝。

孙志峰，男，藏族，1971年9月生，青海玉树人。大专学历，1991年7月参加工作。病逝前为玉树县驻宁办事处干部。2011年6月因突发脑溢血病逝。

卓尕，女，藏族，1979年11月生，青海玉树人。大学学历，2001年7月参加工作。病逝前为玉树县二民中老师。2011年6月因心肌缺血、脑供血不足医治无效病逝。

尕玛扎西，男，藏族，1965年6月生，青海玉树人。初中文化，1987年3月参加工作。病逝前在玉树县政府办公室工作。2011年8月因肝肿瘤医治无效病逝。

伊西成林，男，藏族，1949年9月生，青海称多人。大专学历，1974年12月参加工作，1986年6月入党。病逝前为称多县文教局教导室主任科员。2011年1月4日因患胰腺癌医治无效病逝。

仁增，男，藏族，1954年8月生，青海称多人。初中文化，1968年1月参加工作。病逝前为称多县公安局主任科员。2011年5月因恶性肝硬化医治无效病逝。

老尼，男，藏族，1969年7月生，青海囊谦人。中专学历，1991年6月参加工作。病逝前为称多县司法局副主任科员。2011年5月因肝癌医治无效病逝。

严杰才，男，1964年8月生，青海乐都人。1983年7月参加工作。生前为杂多县副县长，分管城建。2010年9月15日，参加完杂多县灾后重建领导小组会议后奔赴昂赛乡组织灾后重建。16日，在赶往州上出席"建设企业援建一般灾区签字仪式"途中遭遇车祸，经抢救无效，于当日下午去世。

赵积贤，男，汉族，1972年7月生，青海乐都人。大专学历，1990年7月参加工作，1999年5月入党。病逝前为杂多县一完小老师。2010年7月因突发心脏病病逝。

朱玉林，男，汉族，1972年10月生，青海民和人。大专学历，1991年7月参加工作，1998年5月入党。病逝前为杂多县苏鲁乡政府副主任科员。2010年9月因突发心脏病病逝。

巴绕马格，男，藏族，1956年4月生，青海杂多人。中专学历，1979年8月参加工作。病逝前为杂多县国土资源局干部。2010年9月因心肌梗塞病逝。

昂文索南，男，藏族，1963年3月生，青海玉树人。大学学历，1979年11月参加工作，1995年3月入党。病逝前任治多县委常委、县政府副县长。2001年12月任副县级，2006年9月任现职。2011年7月31日，因心肌梗塞引起猝死。

曲格，男，藏族，1964年5月生，青海曲麻莱人。高中文化，1984年11月参加工作，1999年10月入党。病逝前为曲麻莱县曲麻河乡主任科员。2010年5月因肝癌医治无效病逝。

尕玛，男，藏族，1949年8月生，青海曲麻莱人。初中文化，1979年9月参加工作，1985年7月入党。病逝前为曲麻莱县委党校副校长（正科级）。2010年8月因胃癌医治无效病逝。

孙德荣，男，汉族，1958年8月生，青海湟中人。大学学历，1985年7月参加工作，1982年7月入党。病逝前为曲麻莱县委党校副校长（正科级）。2011年3月因肝癌医治无效病逝。

中铁二局（2人）：

李科，男，1984年生，中铁二局玉树灾后重建工程指挥部工程部职员，2011年6月在玉树患肺水肿，2012年在成都去世。

张贤军，男，中铁二局玉树灾后重建工程指挥部司机，2010年6月在玉树因交通事故去世。

中国电建（1人）：

雷长征，中国电建集团玉树现场指挥部工程管理部主任，2011年5月因交通事故去世。

北京援建（死亡人数11人，受重伤人数5人）：

其中，建工集团：

赵思龙，男，42岁，青海共和人。2011年4月24日因高原脑血管疾病去世。

郑明才，男，45岁，四川人。2011年4月6日因患高原脑水肿去世。

张晓平，男，2011年4月21日因患高原肺水肿去世。

关健，男，30岁，北京人，2011年11月6日因交通事故去世。

巩玉山，男，53岁，北京人，2011年11月6日因交通事故去世。

张国紧，男，45岁，河南濮阳县人，2011年7月9日因交通事故去世。

肖敬文，男，51岁，陕西汉中人，2012年4月24日因高原高血压病去世。

其中，住总集团高原病死亡2人。（具体情况不详）

辽宁援建（无）。

西宁援建（无）。

志愿者（6人）：

文昌卓玛，女，青海祁连人，灾后重建西部计划志愿者。2011年3月溺水死亡。

巨克娟，青南计划志愿者，青海乐都县人，"4·14"地震中遇难。

李成环，"最美新娘"，兰州人，2012年12月因交通事故遇难。

黄福荣，香港人，"4·14"地震中遇难。

曾敏杰，北京人，2011年因交通事故遇难。

张亚莉，陕西咸阳人，2010年6月11日因交通事故遇难。

中铁建（1人）：

张永涛，男，26岁，2012年11月23日因高原肺水肿去世。

海西援建（7人）：

赵德义，青海大通县桦林乡人，2012年9月5日意外死亡。

徐志强，海西援建指挥部干部，2010年8月11日因交通事故死亡。

冉庆生，海西州建筑公司职工，2011年6月9日因交通事故死亡。

赵连成，大通县逊上乡尕漏村人，2011年7月9日因高原反应去世。

杜付容，河南鄢陵县陈化店后村社人，2011年6月4日因高原反应去世。

李兴江，重庆市巫溪县下堡镇后坝村二社人，2011年5月8日因高原反应去世。

吴卫林，甘肃临夏尹集镇新兴村13社人，2011年5月12日因高原反应去世。

青海省援建（2人）：

杜金玉，青海省电力公司火电工程公司职工，2010年4月26日因突发性高原病去世。

段磊，武警青海西宁支队卫生员，2011年2月12日因长期劳累过度去世。

海东援建（12人）：

贾建芳，男，汉族，四川人，因交通事故死亡。

赵恒礼，男，汉族，40岁，青海化隆人，2010年11月17日因交通事故死亡。

杨秀兰，女，汉族，39岁，青海化隆人，2010年11

月17日因交通事故死亡。

陶万福，男，汉族，52岁，青海化隆人，2010年11月17日因交通事故死亡。

闫永忠，男，汉族，36岁，青海互助人，2010年11月17日因交通事故死亡。

田虞，男，汉族，41岁，青海化隆人，2010年11月17日因交通事故死亡。

扎拉，男，藏族，45岁，青海果洛人，2011年8月20日意外死亡。

李培德，男，汉族，54岁，四川广元人，2012年7月12日因心脏病死亡。

罗继安，男，汉族，33岁，云南大理人，2011年5月13日因高原反应抢救无效死亡。

蒲正金，男，汉族，41岁，四川人，2012年4月27日因缺氧感冒死亡。

王德雄，男，汉族，37岁，四川人，2012年5月2日因缺氧感冒死亡。

贺泽勤，男，汉族，55岁，四川人，2012年6月16日因缺氧感冒死亡。

……

这份名单来自一份《玉树"4·14"地震发生后因病死亡干部职工情况》的文件，除了个别字词的校订之外，我未做任何改动（个别地方，死亡人数与所提供名单还有一些出入，也保留原样）。

> 一部生与死的档案
>
> 在镜头前定格
>
> 在时间的记忆里
>
> 冲印出
>
> 黑白或彩色的
>
> 悲壮和感动
>
> ——摘自昂旺文章的长诗《玉树，我遗失的一百零八颗念珠》

7

玉树地震后，从四面八方，从祖国各地，奔赴玉树进行抗震救灾和灾后重建的大军中也有一大群英烈已经永远地离开了我们。有很多时候，我感觉，那些逝去的亲人像一缕和煦的阳光依然在我们的身边。

——李德业，青海正平路桥集团有限公司的一名路桥砌石工。玉树地震发生后，正在那里修路的他主动请缨，立刻投入到抗震救灾的队伍中。为了早日修好生命通道，他每天连续工作18个小时以上，连续奋战11个日夜，和7位工友一起清理掉通往机场道路上的6500方塌方碎石，最终因劳累过度突发肺水肿，于2010年4月24日倒在了工地上。

牺牲前5个小时，这位因病已经无法站立的普通路桥工人仍要坚持到抢通工地去。他说，那里需要他。

牺牲前14个小时，连续奋战11天、严重感冒7天的李德业被工友强行送进医务室，打针吃药后的他又返回自己的工作岗位……

在工友们的眼里，李德业永远是全队干活最认真、最负责、最踏实的。他常说："我家世世代代种地，不知道什么是偷懒，只知道做什么事情都要对得起自己的良心。"

——张建华也走了，他是心里装着对玉树刻骨铭心的眷恋走的。

2010年4月23日清晨，跟往常一样，张建华起了个大早，为在玉树默默奉献了九天九夜的青海兴华医院18名救援队员们做好了最后一顿早餐，然后又把食物送到隔壁的几顶帐篷里。

玉树地震后，张建华与那些饱受苦难的受灾群众一道，共同度过了那些难忘的时光。他恋恋不舍地告诉乡亲们："玉树就是我的家，我们还会来的。"上午8时，完成抗震救灾任务的青海兴华医院救援队准备撤离玉树。由于救护车上容纳不了那么多人，一部分人只能坐在运输医疗设备的大卡车上。张建华本来是被院领导安排在救护车上，可他自告奋勇，没等领导准许，就跳下救护车钻进大卡车里。

可谁也没有料到，他这一去，竟成了永别。卡车在途中发生重大交通事故，年仅42岁的张建华走完了他短暂的生命旅程。

——杨勇，四川省卫生厅应急办副主任。在地震后，主动要求赶赴玉树支援。当天，杨勇率领医疗卫生救援队伍赶赴灾区。甘孜州卫生局副局长林银生，在玉树地震发生后不久便接到杨勇的电话，内容简洁明了："两年前全国支援四川，现在是我们回报感恩的时候了，请做好救援玉树的准备。"

4月16日一早，进入震中结古镇后，杨勇不顾身体不适，立即与卫生部前方协调组和当地抗震救灾指挥部联系，争取到最艰苦的地方去。在灾区的日子，杨勇隐瞒了自己的病情，每天都在服用止痛药和抗生素。在他的带领下，四川省医疗卫生救援队先后进入玉树结古镇、隆宝镇等5个乡镇开展医疗巡诊。4月23日，杨勇在抗震救灾紧急医疗救援工作基本结束后，才随大部队撤回。

5月14日，四川省玉树地震灾区卫生防疫队"换防"，杨勇再次来到他牵挂的灾区。当天完成相关工作后，杨勇离开玉树并沿途查看甘孜灾后卫生工作。当晚7时，当车行至甘孜州德格县马尼干戈乡时，突遭暴雨，发生车祸，他的生命永远定格在了46岁。

——段磊，武警青海总队西宁支队后勤部卫生队卫生员。玉树发生地震后，他主动请缨参加抗震救灾，每天工作10多个小时，在感冒高烧的情况下，坚持战斗50余天，诱发肾炎。病情好转后，段磊再次申请到海拔4200多米的格尔木温泉水库抗洪抢险，连续奋战20余天，终因劳累过度，导致肾功能衰竭致尿毒症晚期，病倒在抗洪一线，经多方全力抢救无效于2011年初病逝。在玉树抗震救灾一线的52天，段磊每天面对众多急需救治的群众，白天忙着给受伤群众清创包扎、打针拿药，夜晚忙着给受伤群众巡诊巡护。玉树高寒缺氧，段磊患上了高原上非常忌讳的感冒，发起高烧。医疗队队长王顺喜拿出几粒阿莫西林塞到他手中，他摆摆手说："药用在群众身上是救命，还是留给他们吧！"每次给家里打电话，段磊都告诉父亲："我好着呢。"

——杨代宏，四川成都市邛崃平乐镇人。2010年4月17日，在开车运送矿泉水前往玉树地震灾区的途中因车祸不幸去世。事发时，杨代宏孤身一人正驾驶一辆满载矿泉水的面包车，赶往灾区的路上，无人陪伴。装满矿泉水的面包车车身上印有"情系灾区""志愿者"等字样。

全程参与救治杨代宏的四川炉霍县医院嘎院长说，发现杨代宏时，其驾驶的面包车翻倒在公路边的缓坡上。而杨代宏由于遭遇撞击处于深度昏迷状态，十分危险。

嘎院长在下午5点40分接到电话后立即带领简阳市医院的一名医生，一起驱车于下午6点40分赶到70公里外的虾扎乡，准备将杨代宏送往炉霍县医院救治。在转送途中，由于伤势严重，杨代宏最终在晚上7点10分不幸身亡，年仅40岁。

杨代宏的妻子说，4月16日，丈夫准备把装满矿泉水的车开往玉树，只跟她打了声招呼，面包车上的"情系灾区"几个字，她都不知道是什么时候贴上去的。

——张亚莉，陕西人，爱心志愿者。2010年6月11日，44岁的张亚莉第三次来到玉树，给灾区群众发放募集来的救灾物资，在返回途中突遇车祸不幸遇难。

2000年，她从陕西来到青海，在西宁开办了一家书店。2005年至2007年8月，张亚莉担任"格桑花西部助学"志愿者。2008年，她与几位爱心人士共同发起成立"平行公益"民间慈善组织。几年来，她先后多次前往海东、海南、玉树、黄南、果洛等地区从事民间慈善工作，被玉树的一些孩子亲切地称为"西宁妈妈"。

玉树地震发生后，张亚莉将自家的仓库用作救灾物资中转专用。在灾区，有一次到称多县清水河镇分发救灾物资。寒风中，一个孩子还穿着冰凉的胶靴。她把那孩子拉过来，帮他脱掉胶靴，再小心地给脚面的冻疮涂上药膏，然后一只一只地给孩子穿上崭新的袜子、棉鞋。后来，那孩子便一直紧紧地跟着她，她去哪里，孩子就跟随到哪里。

——聂梅生，省心脑血管病专科医院呼吸内科副主任。玉树发生特大地震后，他主动请缨奔赴玉树灾区第一线，在组织安排下，他作为带队医生赴西宁曹家堡机场转送伤员，在持续奋战的11个日日夜夜里，他和医疗队共转运伤病员726人次。随后，他又转送玉树灾区儿童赴山西就学，其中包括学生、老师、家属等共计700多人。

2011年7月初，聂梅生随医疗队奔赴玉树藏族自治州结古镇，执行为玉树地震灾区干部职工健康体检的工作任务。到达结古镇，他不顾疲劳和高原反应，立即投入了工作，先后为玉树2000多名干部职工进行体检，每天体检近百人。

7月26日，他在工作岗位上整整忙了一上午，为48名干部做完了体检。在做体检过程中，同事们见他满头是汗，脸色发黄，问他是不是病了。他说："我今天特别不舒服，头痛胸闷，休息一下就好了。"

下午5时，当队员们在宿舍发现聂梅生时，他已没有了呼吸，心脏停止了跳动。医疗队立即将他送到州人民医院，经全力抢救无效，被确定为因劳累过度突发心源性心脏病，年仅47岁。

——曾敏杰，英籍香港人，北京家盒子文化有限公司执行董事。2010年9月，他作为义工去玉树灾区探望孤儿，得知当地物资紧缺，孩子们缺少过冬衣物，尤其是棉鞋时，他决定发起"温暖玉树，和玉树一起过冬"活动。当有人提出应将这一活动策划成媒体活动以扩大公司影响力时，被他一口否决。"时间来不及了，公司的事可以慢慢做，但冬天就要来了啊。""得让孩子们过个温暖的冬天，要尽快组织物资。"他将本已准备用于媒体活动的资金全部购买了玉树孩子们急需的炉子、棉鞋、帐篷……

带着浓浓的爱心，10月25日，曾敏杰与同事杨浩、王瑞一行3人抵达西宁，并在当地藏族志愿者俄金曲桑的协助下，赶到玉树州囊谦县县城，与囊谦县吉尼赛乡瓦作村村委会副主任布桑会合。10月27日，5人乘坐越野车前往瓦作村小学和麦曲村小学，一辆装载过冬物资的大卡车也随后出发，却不料途中遭遇车祸，曾敏杰和杨浩、布桑不幸遇难。年仅35岁的曾敏杰发起的活动温暖了玉树的孩子，却成了他生命的绝唱。

——杜金玉，42岁，青海火电工程公司送电分公司送电工程处的高空线路作业技工。4月14日，玉树地震发生时，他主动请缨前往。16日凌晨，随青海火电工程公司抗震抢险队进驻玉树，连续数日投入修复供电线路等工作。

他和抢险队的同事们投入的第一场战斗，就是检修从结古镇到巴塘飞机场这条长达35公里的供电线路。

他随队参与了46号、48号塔的拆除、修复工作。20日下午，随队医生发现他有些疲劳，多次为他检查身体，其体温、脉搏、呼吸、血压、心肺功能等均正常。21日凌晨，杜金玉突发高原肺水肿，被紧急送往就近医疗点。

医生们用尽一切办法，也没能挽留住这个送电工人的生命。

工友们这样回忆他过去的几天几夜：他太累了，他是累死的！

这个憨厚、老实、平凡，一辈子没有离开过青藏高原的送电工人，最后用自己的生命照亮了玉树。

……

8

这又是一份死难者的名单。还可以肯定的是，上面这份死难者名单和牺牲人数也绝对不是最后的结果。实际上，在我写下这些文字时，就听到又有人不堪重负而提前离开人世的不幸消息。

因为，玉树的灾后重建还在继续。玉树灾后重建的基本期限是3年，但是，因为高寒缺氧，每年的有效施工期只有6个月，所以，真正的施工时间只有18个月，满打满算，也就一年半的时间。

在玉树这样一个高海拔地区的严酷环境里，这种重建速度已经是惊人的速度了，这种拼搏奋战已经是一个人的体能可以承受的极限了。

为了完成如此艰巨的灾后重建任务，他们必须争分夺秒，拿自己的生命与极其珍贵的施工时间和极端恶劣的施工环境抗争。重建队伍中还有一大批无畏勇猛的将士正在与死神面对面地交锋对决。对他们而言，玉树灾后重建的每一个日子和那片奇绝的高地就是一种命运。必须面对，无法逃避。

"抬望眼，仰天长啸，壮怀激烈。"这是岳飞的名句。

即使是战火纷飞的年代，一个人的英勇就义也是无比壮烈的，也重如泰山。而这无疑是一个和平的年代，虽然，灾后重建也是一场战役，但它毕竟是一次救灾斗争的延续，毕竟是一个实施建设的过程。在这样一个年代，竟有这样一大群人为之献出了生命，这该是多么悲壮和震撼人心的事啊！

而且，事情还远没有结束。虽然，在写下这些文字时，整个玉树的灾后重建已经接近尾声，但是，肯定还会有人在这场史无前例的灾后重建中献出他们宝贵的生命。他们中很多人的行为就像是随时准备着就义赴死的样子。而且，可以肯定地说，即使整个玉树的灾后重建都结束了，所有参与此项艰巨工程的人所付出的巨大代价很可能还要继续，因为，他们透支了太多的心血和精力，他们中的很多人已经快要支撑不住了。即使他们现在就离开玉树，也很难说，他们还能坚持多久。况且，他们中的很多人不可能就此离开玉树。未来的生活还要在那里继续。

那么，我们拿什么来告慰这些英灵呢？

那么，我们又拿什么来面对这些无畏的勇士呢？

他们中有最美的新娘、最美的志愿者、最美的医生、最美的电工、最美的战士、最美的公仆、最美的教师、最美的农民工……几乎包括了世上所有的职业和人群。如果我们把他们的名字串在一起，再把他们的故事连在一起，他们就组成了最美丽的中国人群像。

这两年，中国各大媒体正流行一个行动——寻找最美的国人，譬如，最美乡村教师、最美乡村医生、最美消防员、最美村干部、最美环卫工人等。而在玉树，这样的人不需要寻找，他们随处可见。

他们中每一个人的事迹都可以写成一篇催人泪下的文字。但是，即使我能这样做，也不想、不忍、不能逐一叙述他们的故事，因为要面对这么多亡者一生的突然终止，要面对他们最后用热血写就的人生结语，需要过人的胆气和心力。我担心自己会因为心力交瘁而无法完成这样一部超拔卓绝的文字。

即便如此，我们也断不能就此别过这些亡者的英名，至少得有所停顿——来瞻仰。那么，就让我们一起走近其中的一位，去聆听他的故事。

第二章　悲歌与叙事

那个远去的康巴汉子

一支支队伍向荒原集结

一双双大手在废墟里刨挖着最后的希望

一个人站在废墟里

而废墟之下却埋着我的爱人

一只脚踩到我的心上

为你而写的情歌就变成了

撕心裂肺的哭喊

——摘自古岳《五月叙事：写给父亲的玉树》

1

这个人就是才仁松保。

我听说，因家人的希望和要求，才仁松保的葬礼按当地风俗举行，地点在文成公主庙附近的那个天葬台。天葬台面向广袤的巴塘草原，经幡飘摇，白塔耸立，草原之上蓝天浩荡。很多的玉树儿女就站在那山坡上，与才仁松保挥手告别。他们相信，对任何人来说，这都是一次悲壮的远行。

我曾不止一次去过那个地方，但我没有赶上参加才仁松保的葬礼。我每次去那个地方的时候，那里都没有进行中的葬礼。但是，我却看到了那些鹰，我曾在很多文字中都描写过那些在天葬台之上飞翔或在山坡上走来走去的鹰。也就在那个地方，我似乎明白了为什么那些不朽的交响乐章中总是会用一支进行曲来表现葬礼，仿佛那不是一次生命的结束，而是一次生命的凯旋，那是因为生命一直在行进的过程当中，从不曾停顿。

2013年元旦前夕，我突然接到一个任务，去采访这个叫才仁松保的人，而这个人已经不在人世。早在两个多月之前，他已经永远地离开了这个他曾为之纠结、牵绊、付出和热爱的世界。在短短49个春夏秋冬里，他把自己所有的一切都献给了这个世界，直到耗尽最后的一点力气和心血。

其实，当时，我还可以选择去采访另一个人，她叫韩慧瑛。她离开这个世界的时间更早，早在2010年8月23日，她就已经走了。她走的时候，比才仁松保还小一岁。从某种意义上说，韩慧瑛要比才仁松保幸运，因为，她的提前离开使她少受了不少病痛的折磨。

震后，作为玉树州人民医院党委书记、院长的韩慧瑛，她的使命就是救人。在她的紧急部署下，地震当天，州人民医院疏散患者、家属、职工500多人，无一伤亡。震后3天内，全院共救治伤病员3400多人，转运重伤员400多人。经过她的辛劳奔走，医院在短时间内恢复常规工作……

　　头两个多月时间，韩慧瑛一直住在又冷又挤的救护车上。她患有过敏性紫癜，对饮食要求苛求，但是，那个时候，连饭都顾不上吃，哪还顾得上这些。6月底，韩慧瑛过敏性紫癜再度复发。7月初，多种疾病并发导致她出现昏迷状态，不得不转往青海省第四人民医院。一进院，她就被诊断为慢性重度乙型肝炎，肝脏出现严重衰竭症状。过度劳累是发病诱因，而且耽误了治疗时间。住院第二天医院就下了病危通知书，随后，紧急转送北京抢救。去北京时，她不愿意，说是太远了。后来我想，她这句话的意思肯定是指"离玉树太远了"。她一定想过，从那么远的地方回家，走多长的时间才能抵达玉树啊！8月23日凌晨，韩慧瑛因抢救无效在北京去世。

　　很难想象，如果她没有那么早就离开了我们，那么，在接下来的日子里，她将会遭受怎样的煎熬！可能正是因为这个缘故，我选择了才仁松保。

　　可是，我到哪里去找寻这个人呢？

　　循着他一路跋涉而来的足迹，我找寻那个身影。杂多、阿多、下拉秀、玉树，这些都是他人生的驿站。我一路追寻而来，而身影何在？

　　望着他一路决然而去的远方，我寻觅一个方向。而方向何往？

　　玉树、西宁、北京，他一路走远；而后又北京、西宁、玉树，他又一路归来。我一路追寻……

　　那是三年前的4月13日晚上，在晚上10点左右吧，当才仁松保走进玉树县妇幼综合医院之后，他没有像往常一样，径直走向办公室，而是在院子里走了走。不知为什么，这天晚上，他特别想看看医院的样子。虽然,对医院里的一砖一瓦、一草一木,他熟悉得就像自己身上已经穿了多年的那件蓝西服,那里渗透了他的心血。

那件蓝西服是医院发的,所有医护人员都有一套。其他人穿了几次之后就很少再穿了,而他从第一天穿上之后,就再也没有脱下过。衣服已经很旧了,上面的颜色已经褪了很多,原来的深蓝色已经变成蓝中透灰的样子。如果不是人们还记得它原本的颜色,就根本看不出它原来的样子。可是,他总也舍不得脱下,无论是在医院还是在家里,也不管是去出差还是去开会,他一年四季都穿这一件衣服。他的同事和朋友们,即使在人群中,只要大老远地一看见那件衣服,就会认出他来。好像那已经不是一件破旧的衣衫,而是一个鲜亮的标志。而且,他从来不系皮带,裤腰里总是缠着一根布带。

为此,很多人都当面劝过他,让他换一件衣服。尤其是和他一起到外地出差的那些同事们,在很多场合,看着这个带领他们的人穿成那个样子,甚至觉得有点不好意思。但是,他总是说,自己太胖了,没有太合身的衣服,就这件最合身了,穿得时间长了,也就习惯了,不想换。

他真的很胖。与他一起上过学的同学回忆说,他17岁时,就已经有了90多公斤的体重。从那以后,身高并没有增加多少,还是停留在一米七三左右,而体重却一路走高,一度曾逼近150公斤之多。在所有熟人的眼里,他就是一个"庞然大物",坐在那里时就像一座小山丘。一般来说,这样一个人平时走个路什么的一定很困难,可是,他的同事们告诉我,他不是这样。

有一年,医院医务科科长珠扎来西和他一起到安徽太和县进药时曾领教过他行走的速度。无论走到哪里,除了坐火车和长途班车,只要迈开双腿能走到的地方,他都要坚持走路,而不会搭乘别的交通工具,更别说是打出租车了。他说,走路省钱。省下一点钱,就可以多进一点药。珠扎来西心想,你那么胖,能走动吗?可是,当他们真正迈开步子往前走去的时候,只见他那两条腿就像鼓槌敲鼓一样,一溜小碎步,变换频率之快令人瞠目。没走多远,他就已经把大伙儿都远远地甩在后面了。他们看见,他一边飞快地赶路,一边不时地扯下搭在肩膀上的那条毛巾擦汗。那是个夏天,他们这些长期在高海拔地区生活的人,受不了内地的炎热,不一会儿,汗水就湿透了衣背。"胖子"——很多人都这样叫他——才仁松保的汗水淌成了河,直接往地上流淌着。

那个时候,医院的药品全部都要自己采购,为了减少中间环节、减轻患者的药费负担,才仁松保一直坚持直接到厂家采购,而且,医院不设专门的采购员,每次他都要亲自去,而随行的人员每次都是不一样的。他说这样可以互相监督,从而避免出现不必要的漏洞。医院里很多人都有和珠扎来西一样的记忆,无论到了什么地方,他们都要住最便宜的旅店,吃最简单的饭。

就在才仁松保这样的精打细算和苦心经营中,医院的规模也才一天天发展壮大。经过多年的努力,他终于把一所总资产不足50万元、像一所卫生所一样的小医院变成了一家拥有住院部大楼、门诊大楼和传染病大楼,建筑面积超过6000平方米、固定资产超过1500万元的综合医院。2009年,医院接诊人数达到22721人次,住院病人2538人次,床位使用率100%。医院面貌与他上任前相比已经发生了质的飞跃。

2

  那天晚上，走在医院里时，他心里有一种说不出来的喜悦。

  看着夜色中灯火通明的医院，想到医院在短短几年间翻天覆地的变化，他高兴啊！而他更高兴的是自己有幸赶上了一个可以大显身手、大有作为的美好时代。

  一想到在未来的日子里医院可能会成就更加辉煌灿烂的事业，为玉树各族人民的身心健康做出更大的贡献，尤其是为那些贫困农牧民患者提供更好的健康服务，自己好像有使不完的劲儿，很多时候，他为此激动得无法入睡。这可是他一生的梦想啊！

  他还记得自己八九岁的时候发生的一件小事。在玩耍时，他不小心弄伤了自己的大拇指，像是很严重，最后在州医院得到了治疗。那时，因为父亲在杂多县工作的缘故，他们一家人也都在那里。可在当时，偌大的一个杂多县城，就连这样的小伤都治不了。父亲就带他到200多公里以外的州医院去治疗，那是他第一次去医院。尽管现在从杂多县城到玉树州上，顶多两三个时辰就到了，可那天，他们坐长途汽车走了一整天才到州上。虽然，那个时候的玉树州医院还不如今天的一个乡镇卫生院，但在他看来，那是个非常神奇的地方。那些穿着雪白色长大褂的医生和护士就像天使一样和蔼可亲。在州医院的那几天里，他萌生了一个愿望，自己长大了一定要当一名医生，也穿着雪白的长大褂，在州医院那样的地方工作。

  一眨眼工夫，他就要中学毕业了，他甚至感觉自己的理想快要变成现实了。但是，依照当地当时的教学条件和教育质量，他要考到一所很好的医学院就读几乎是不可能的。权衡再三，他报考了青海省卫生职业技术学校。毕业之后,他被分配到杂多县阿多乡卫生院工作。他如愿以偿,当上了一名医生。可是,现实要比梦想中的样子残酷得多,在阿多乡卫生院里看不到他曾在州医院所看到过的情景。几间破旧阴暗的土坯房、几张破旧的桌椅、一个听诊器、一个出诊用的小药箱和一点点常用药物几乎就是全部了。而且,一年中的大多数时间里,他是这个卫生所唯一的医护人员。可是,他依然很开心。虽然条件艰苦,但他毕竟当上了一名医生。成为一名医生,不就是他人生的最大理想吗?初衷不改,无怨无悔。

在阿多草原上行医的那几年里,他常常要不分白天黑夜地忙碌才能不愧对那些急需救治的贫苦患者,要知道,那都是自己的骨肉同胞。每每看到那些因为一点点小病就酿成大患甚至丢了性命的同胞,他心急如焚。

阿多在澜沧江源区,是一片广袤的草原,牧人们分散居住在上万平方公里的旷野上,即使生病了也很难到乡卫生院来就诊。于是,他便经常到草原上巡诊,一次巡诊三五天能走回来算是很快了,走上十天半月也是家常便饭。草原上巡诊需要骑马,可是他太胖了,加上高寒缺氧,骑在马上走不了多远,他就能听到马匹不堪重负的喘息声,像是随时准备着要倒下。马肚子上流淌的汗水浸透了他的裤腿,他不忍心继续骑在马背上,就牵着马行走。要是在白天,或者天气晴好的夜里都还好,但要是遇到雨雪天气,那就很糟糕了。路难走不说,有时候可能还会迷路或者遭遇狼群什么的危险。他弟弟才仁扎西回忆说,有很多次,他都差点没能走回来。才仁松保疼他这个弟弟,兄弟间什么话都说。

可即便是这样,他要做一名好医生的信念不仅从未动摇过,而且越来越坚定了，阿多草原用它的野性和原始磨砺着他的意志。就是在阿多草原上，他有了一个新的梦想，梦想有一天，自己要在玉树大草原建一座最好的医院。

那天晚上，走在医院的院子里，想起这些往事时，他感觉自己是个非常幸运的人。以往所走过的路和正在发生的一切，几乎就是依照自己的心愿在一天天地接近曾经的梦想。可谓天遂人愿，这该是一个多么值得庆幸的事情啊！

后来，阿多草原上的牧人开始传说他的故事，说他是一个慈悲的好医生、好曼巴。可能就是因为那些善良牧人的这些传说，他被调到杂多县医院，很快成了那里的一名业务骨干。再后来，组织上考虑到他父亲的年纪和身体，将他父亲调到了州上，安排了一份相对清闲的工作。因父母亲的要求，他随后也调到了玉树县所辖的下拉秀乡卫生院，他又回到了一片草原上。说实话，虽然下拉秀离州上、离父母都近了，但是，下拉秀乡卫生院的条件甚至还比不上阿多卫生院。好在他并没有离开自己热爱的事业，他依旧可以为自己的患者尽心尽力。

他在下拉秀这片美丽的草原上一待就是三年。三年里，他把一所几乎一无所有的草原卫生院建成了全玉树州最好的乡镇卫生院。

与才仁松保在下拉秀卫生院共事过的索南永珍告诉我，在下拉秀时，他们也经常到草原上巡诊，有时候，还会为一个偶尔听人说起的患者专门找到他所在的草原上去出诊。一次，一个从钻多草原到乡上办事的牧人告诉才仁松保，说他们那里有一个孩子已经十四五岁了，却一直躺在帐篷里动弹不了。第二天，才仁松保就找来一辆车，与索南永珍一起到钻多草原上寻找这个患者。

他们在草原上左突右拐，走了大半天的路，才找到这个患者家的帐篷。这是一个特别贫穷的牧人家庭，那孩子应该是因为营养不良引起的疾病，原本可能只是一些小毛病，拖得时间久了，就成了大病，必须得住院治疗。可他们家里没办法，别说是没钱给他看病，就连送他去医院也不大可能。

才仁松保当即决定要把他接到乡卫生院进行救治，他们家里没人陪护，才仁松保就告诉他们家里人："我来照看，等病情好转了，再把他送回来。"

这个孩子在乡卫生院一住就是半年，才仁松保除了每天给他针灸、吃药、打点滴之外，还要操心他的吃饭穿衣，所有的费用都由才仁松保自己垫付。半年之后，这个一直没有站起来过的孩子终于可以拄着拐杖走路了，也不再感到疼痛。才仁松保这才把他送回到草原上的父母亲身边。

索南永珍说，才仁松保为这个孩子所付出的心血不是用一两句话就能说清楚的，而且像这样的事每年都会在才仁松保身上发生一两件。至于他为某个贫困患者垫付点医药费什么的事情，几乎每天都会遇到。多年下来，这样的事情多得已经数不清了。

3

阿多草原的牧人们曾经传说的那些故事，又开始在另一片草原更广泛地流传。这些传说，最后又使他离开了下拉秀，来到了玉树县妇幼综合医院，成了这里的一名副院长，很快又成了院长，兼任玉树县卫生局副局长。那是1995年的事情了。

妇产科护士长卓尕才珍记得，那是五六年以前的事了。那时，他已经到县妇幼综合医院工作了。一天下午，从四川石渠草原来了一个年轻母亲，怀里抱着一个一岁多的孩子，那是她的第一个孩子。孩子患的是肺炎，已经病得很重。是才仁松保给他看的病，在医院住下，挂上点滴之后，没一会儿针就滚了，又扎了一针，又滚了。才仁松保就坐到孩子身边，一直小心地握着孩子的手，看护着他。那天晚上，他一直守在那孩子身边不曾离去，直到天快亮了，孩子终于脱离危险，他才放心地离开。

但是，此刻正走在医院院子里的才仁松保从没有想起过这些事情。

所谓医者仁心，对他或者对一个医生而言，这些事情再平常不过了。他一直告诫自己的同事们，所有患者都是我们的衣食父母，对他们报以怎样的关怀和厚爱都不为过。

同事们记得这些，他们没有忘记，也不会忘记。

他们还记得，他常说的一些话。他说，玉树的父老乡亲几乎都是信教群众，他们都怀有慈悲之心，都讲行善积德，平日里还通过点灯、磕头、念经和转嘛呢来表达自己的祈愿和善念，以求未来的福报。"我们都是救死扶伤的生命卫士，我们行的就是大善。所以，我们一定要把慈悲心用到病人身上，说他们听得懂的话，把他们当成自己的亲人，善待他们。救人性命，就是行善积德。只要把祛除大众病痛的事情办好，不用磕头、念经、转嘛呢，同样能够达成善愿，求得功德圆满。这该是一项多么光荣神圣的事业啊。"

他在医院里走了很长时间，走到办公室的时候已经是午夜时分了，也就是说，时间已经到4月14日了。他躺在床上休息了一会儿。

自从多年前,三个孩子到西宁读中学,妻子要在西宁的家中照顾孩子,他就索性住在了医院里,办公室也就成了他的家。凌晨3点多,他怎么也睡不着,就起来到住院部楼上看那些病人。转了一圈,再次回到办公室时,已经凌晨4点多了。

凌晨5点20分左右,玉树第一次地震。才仁松保先是愣了一下,马上,他就反应过来了。未及细想,他立刻冲出办公室,向所有值班医护人员下达了一道命令:"立刻将所有病人转移到楼下的空地上。"当时,还有人不解,说,不过是一次很小的地震,没必要小题大做。可是,他坚决要求立刻转移病人。大约半个小时之后,所有的病人都已经转移到楼下开阔的空地上了。

7点49分,一次更大的地震在玉树降临。整个结古瞬间被夷为平地,那个记忆中宁静安详的高原古镇变成了一片废墟……

事后,才仁松保心想,如果他不是在医院里,如果没有那些病人,他或许也不会有那样的警觉。那天早上,许多的玉树人正是因为没有这样的警觉才失去了自己的生命,而在这所医院里面没有一个人伤亡……

但他多年的心血已化为乌有,他心如刀绞。

事后,理疗科医生尕松永措想起多年以前的一件事情。那时,医院的医疗综合大楼正在建设。一天下午,她下班后正准备回家时,看见才仁松保正在大楼施工工地上拿着一个水龙头,冲洗刚刚浇筑好的大楼地基。她大惑不解,半开玩笑地劝道:"这些事让建筑工人干就行啦,你凑什么热闹啊?"

他说:"他们不用心。你看这上面有这么多泥土,不用水洗干净,这楼房能牢固吗?我要建一座能抗8级地震的大楼,不能有半点含糊。"

地震过后，人们发现，玉树县妇幼综合医院的几栋楼房都没有倒塌，尽管，有一栋小楼成了危房，重建规划中也将整座医院都列在重建项目中，但是，尕松永措不会忘记多年以前的那个场景。

4

在才仁松保的记忆里，那天早上就是一个噩梦。

一个又一个死讯传来时，他正在组织全院医护人员从危房中抢救药品和医疗器械。他很清楚，在一场突如其来的大灾难面前，那些得以幸存的药品和器械就是生命。如果能多抢救出一点药品和器械，就意味着能多救一个人的生命。为此，即使付出再大的代价也值得。

在和同事们抢救珍贵的药品和其他物资时，他还抽空给父母亲打了个电话，电话打不出去。他想，该不是出什么事了吧。他自己的屋子里没人，大不了就是房子全塌了。倒是父母亲年纪大了，腿脚不灵便，房子也不结实，千万别出什么事啊！他正在心里这样念叨时，看见门卫走了过来，就对他说："你到我父母那里看看，有没有啥事。"之后，又去抢救那些物资。

价值700多万元的药品和医疗器械差不多全都从危房中抢救出来了，其中包括一台X光机和一台老旧的B超机。他又组织大伙儿去抢救病床，说一会儿就要救人了，急需病床，不能把它们埋在废墟里啊！在他们冒着生命危险抢救出来的这批物资中，还有一台老式的锅炉和几十把破旧的椅子。这些物资整整拉运了几十辆大卡车才运完。

副院长尼玛回忆说:"这些物资大部分都在一栋快要倒塌的小楼内。那个时候,余震不断,我们每一次进到里面抢救这些东西时,随时都冒着生命危险。但是,才院(才仁松保)说,那些东西比我们的生命还珍贵。"

事实证明,在随后展开的抗震救灾和灾后重建的伟大斗争中,那天早上他们所抢救出来的每一样东西都派上了大用场。如果没有及时抢救出药品、器械和其他物资,在接下来展开的救人行动中,他们将会一筹莫展。

在大部分东西快要搬出来的时候,门卫跑回来了,说,他父母家的房屋全塌了,他父亲、侄女等4个亲人被埋,已经全都挖出来了,没有什么大碍,伤得不重。他长出一口气说:"万幸啊!既然家里没什么事,我就可以专心忙医院的事了。"

后来,他才听别人说,他父亲和几个被埋在废墟里的亲人是他弟弟和住在隔壁的尼玛副院长两个人挖出来的,而尼玛自己的父亲却没能获救。在省卫校读书时,尼玛与他是上下届的校友,现在又成了同事,平日里的关系就非同一般。虽然,他们经常会为工作上的一些事情争吵,但心里都很珍惜这样的缘分。才仁松保在医院里有一群这样心贴心的同事,在生死攸关的当口,他们总是能想到别人,他为之感到骄傲和自豪。

这是一家只有41个正式编制人员、60余名临时聘用医护人员的小医院。地震时,住在医院之外的医护人员中已有46人失踪,有5人已证实死亡。这场灾难的严重程度已经大大超出了他们的想象。才仁松保在医院的空地上向所有已经集结起来的医护人员大声喊道:"得赶紧组织救人啊。救人是我们的天职,一刻也不能耽搁!"

震后不到两个小时,才仁松保和他的同事们已经组成5个抢险救灾应急医疗救援队,分赴结古镇各个重灾区开展医疗救援,抢救生命。这是玉树灾区出现的第一支医疗抢险救援队伍,一个又一个在地震中造成重伤、生命垂危的人得到了及时救治。

与此同时,在第一时间,他们在玉树县第二完小的草场上搭建了帐篷医院,搭设临时床位30张,这是整个玉树灾区出现的第一所帐篷医院。

这所临时搭建的帐篷医院在震后78小时之内抢救的伤员超过2000人,其中1920多人成功获救,有71人因为血源枯竭和找不到白蛋白而死亡。以救死扶伤为天职的才仁松保和他的白衣天使同事们,曾时刻守护在这些生命垂危的骨肉同胞身前,一刻也不曾离开过,当他们眼睁睁地看着一个个同胞撒手人寰而无力回天时,都快要急疯了。那时,才仁松保曾想过,如果他可以替那些同胞去死而能为他们争取到活着的机会的话,他情愿自己去死。

5

在接下来的日子里,这所功勋卓著的帐篷医院曾多次搬迁,先是从帐篷搬到帐篷,而后又从帐篷里搬到板房,接着又搬到部队救援的方舱医院与人民子弟兵并肩战斗。还有,从四面八方紧急赶来的很多救援人员也加入他们的队伍当中,与他们一起战斗。其中包括来自四川省绵阳市卫生系统的救援队伍,这是最早抵达玉树灾区的救援队伍之一。从那一天开始,绵阳市中心医院的医护人员就没有离开过。一直到灾后重建开始之后,他们还在帮助八一医院(原玉树县妇幼综合医院)进行医护人员的系统培训。才仁松保感觉,虽然,他们自己的力量非常有限,但是,在震后玉树的废墟上,他们的队伍正在一天比一天壮大。

随着一次次的搬迁,他们救治的伤病员也越来越多。先后接诊伤病员4300余人次,其中重伤员400多人,救治伤者3500人,转院救治2600人。

震后第三天,才仁松保发现临时在医院对面执勤的那些成都特警战士,已经连续站了二十几个小时。他非常担心他们的身体,抽空给他们送去了一些水和酸奶。临别,还一再叮嘱:"你们一下子从那么低的地方来到高海拔地区,这样劳累会伤身体的。我是一名医生,就在你们对面的帐篷里,要是发现谁有点不舒服的话,赶紧来找我啊。给,这上面有我的电话。"说着,顺手递过一张纸条。

当天晚上,特警何落因为高原反应引发肺水肿。才仁松保带着救护车去接他到医院抢救。当这位特警战士的病情稍有缓和的时候,才仁松保对他说:"我得去告诉你的领导,不能让你继续在这里工作了,你必须回到后方休养。"

而在震后78小时之内,才仁松保只睡了不到两个小时。有好几次,他感觉自己快要晕倒了,可是,有那么多伤员在等着救治,还有那么多从祖国各地火速赶来的救援队伍也吃不上饭、睡不成觉,还在拼命地救人,他能倒下吗?

才仁松保的身体原本就不太好,早在多年以前,就已患有高血压、糖尿病、冠心病、脑梗塞、下肢静脉曲张、高原红细胞增多疤、睡眠呼吸暂停综合征、肺气肿等大大小小十几种疾病。因为长期在高寒缺氧地带拼命工作，有些疾病已经到了非常严重的程度。知道这些病情的人当中，除了他自己和给他看过病的医生很清楚之外，再就是他妻子和弟弟也稍稍知道一些，其他人都不知道。有时候，同事们看见他嘴唇发青、喘不上气，关切地询问时，他总是笑呵呵地说："没什么，就是太胖了的缘故。"

可是，玉树地震后，连续几个昼夜的过度劳累使他一直隐瞒着的病情再也无法瞒过同事们的眼睛了，毕竟，他们都是一直与疾病、与病魔战斗的生命卫士，守护着很多人的生命。尤其，当那天他因为疼痛无力支撑而昏倒在帐篷医院里之后，医院所有的医护人员都意识到，他们院长的身体已经快不行了。

医院几乎所有的人都来劝过他，让他离开玉树去省上的医院，检查检查，看看自己的病，顺便也好好休息一下。因为，他太累了，不能再硬撑了，再撑下去，会出大事情。但是，他却平静地说："我是一个医生，现在这里到处都是病人和伤员，我怎么可能因为自己的一点点病痛离他们而去。再说了，我对自己的身体心里有数，我不会有事的，你们就放心吧。"

他说的确实是自己的心里话，但他只说了一半，另一半他没有说，也不想说。

他觉得，与其说出来让大家为他担心，还不如留在自己心里，让大家全身心地去挽救生命。何况，作为一家医院的院长，他还肩负着一种特殊的使命，这种使命因为一场灾难而显得尤为神圣。这无疑是一种严酷的考验，有那么多人在这场灾难中失去了生命，还有那么多人正面临生命的危险。要知道，生命对每一个人来说，都是一样的珍贵。对他是，对别人也是。那么，他还有选择吗？即便有，以他才仁松保的为人，以他一贯坚守的原则，他能够做出另外的选择吗？

他又何尝不知道自己的病情呢？这几年，在省上几家医院悄悄检查时，那些有着丰富临床经验的同行们不止一次地提醒他，说他不能继续在玉树那样高海拔的地区工作了。最后一次去医院检查时，在楼道里遇到一个熟悉的医生朋友，大老远就对他开玩笑地喊道："倔胖子，你还活着啊？我以为你早已离开我们了。"

可他更知道自己的职责和心愿，他一生最大的梦想就是当一名好医生，后来，又有了一个更大的梦想，那就是建一所最好的医院，为所有有钱和没钱的病人好好看病。他活着就是为了实现这个梦想，而这个梦想几乎快要实现了。对一个人来说，还有比这更幸福的事情吗？他想是没有了。夫复何求？

再说，长期在玉树这样的地方工作的人，哪个人的身体没有点毛病呢？他们不都在苦苦坚守吗？没有一个人因为自己的身体原因脱离工作岗位。

别看才仁松保五大三粗的样子，他却是个很细心的人，他清楚医院里的很多人都患有这样或那样的疾病，能说得出每一个人所患的疾病和严重程度。他每天从早到晚对每一个所见到的同事都会问一个很具体的问题，那就是他们的病情，这些病情千差万别，但他从不会记错，甚至对他们家里每个人的健康状况也一清二楚。问完病情，他还会给出一些积极的建议，说哪里有一种药，哪里有一种新的治疗方法对你可能会有帮助等，有时候，他还会从网上下载一些地址什么的给他们。

内科主任尼样卓玛的父母身体不好，而且年纪大了，要是没有人操心，老人经常会忘记吃药。才仁松保每次见到尼样卓玛都会问她父母的病情，还给她出主意，让她找几个瓶盖，把他们要吃的药分别放到瓶盖上，再把这几个瓶盖放在他们容易看到的地方。说这样他们就不会忘记了。

妇产科主任扎西拉毛说，他是个和蔼可亲的人，就像自己的哥哥一样。所以，我们每个人无论遇到什么样的事情都愿意跟他说，他也愿意听。"我有风湿性关节炎，只要天气稍有变化，他都会问我，今天腿有没有疼？"

说到这里，她停顿了一会儿，再次说话时声音有点哽咽："他把我们每个人所有的事情都想到了，就是没想过他自己。现在想起来，我们都很后悔，他几乎天天都在问我们的身体怎么样，而我们却很少问过他的身体情况……没想到他竟然病得那样重！"

康赵吉，手术室护士长，很年轻，一名在抗震救灾的火线上入党的年轻共产党员。她父母也有糖尿病，他们都知道才仁松保的病情已经非常严重，也经常提醒她要多劝劝自己的院长，让他别太累着。她也劝过，可是才仁松保不听。他说："你们就放心吧，我不会有事的，我这个老党员要是出事了，你们这些小党员就没人带了。"

6

这样的事，要是偶尔发生一次两次，并不足为奇，但要是它每天都会发生很多次，让身边所有的人都意识到这些看似平凡琐碎的小事情的意义，那它就不是一件小事了。1月初，我住在他们医院采访的一两天里，医院很多人都给我讲过这样的故事。几乎所有人在讲述这些往事时都禁不住热泪横流。

他弟弟才仁扎西告诉我,震后一个月之内,他没有回过家。父母亲经常让才仁扎西去看他,每次去都看见他忙得连说句话的时间都没有。偶尔跟妻子通电话时,妻子在电话里一遍一遍地哭着说:"你自己要注意身体啊!"

细心的同事们留意到,他那肥胖的身体正在一天天消瘦,原来紧紧贴在身上的衣服日渐宽松,快要挂不住了。大约在几个月之后,他的腹部和胸部开始出现剧烈的疼痛。一开始他还忍着,不愿意张扬。那临时搭建的板房不隔音,隔壁的同事们经常在深更半夜听见,他忍不住疼痛而走来走去和叫唤的声音。

这样熬过了十天半个月之后,他再也忍不住了。

护理部主任秋吉回忆说,一天夜里,快凌晨3点,才院长打电话给值班医生说,他有点疼,问能不能给他打一针杜冷丁。医生吓坏了,心想,杜冷丁是什么药啊!医院一般只会给那些实在受不了疼痛的危重病人用这种特殊的止痛制剂。才仁松保是个经验丰富的医生,兼通藏、中、西医,他不可能不知道。值班医生赶紧带着秋吉一同去看,只见他扭曲着身子,脸色蜡黄,全身冒着虚汗,衣服都湿透了。在同事们的眼里,他是个特别能忍耐的硬汉子,是什么样的疼痛才能使这样一个硬汉变成这个样子的呢?

从那天夜里开始,他几乎每天都要插着吸氧管、挂着点滴才能工作。而且,几乎每天晚上他都要注射一支杜冷丁才能勉强忍住疼痛——再后来,一支杜冷丁都不起什么作用了,就再加大剂量。可能是因为大家都太忙的缘故,一开始,人们甚至没有很在意他怎么会成了这个样子。也可能是因为天天都看见他这个样子,久而久之也有点麻痹了,并没有细想过他病情的严重程度。现在,他的这个形象已经成了所有同事们心里永远挥之不去的一个记忆,像一尊雕像。

时间在一天天过去,才仁松保却一天比一天忙碌。先是抗震救灾,紧接着更繁重的灾后重建工作拉开大幕,学校和医院的重建摆到了整个重建工程的首要位置。解放军和武警部队已被确定为他们医院的援建单位。医院的重建已经开始,人民子弟兵要在地震的废墟上帮助他们建一座更好的医院。

所以,这家原来叫玉树县妇幼综合医院的医院,其重建之后的名字就改成了"玉树八一医院"。这不仅是才仁松保和他们医院的意见,也是整个玉树人民的意愿,他们要用这种特殊的方式,使这家用爱心在地震废墟上建成的医院成为一座永久的纪念碑,来铭记人民子弟兵的无私大爱。

这家重建的医院总占地面积18.96亩,总建筑面积达到1.79万平方米,设有200张床位。其中医疗综合大楼的建筑面积为1.28万平方米,整体设计为地下一层地上八层,局部九层,总高为35.7米。在未来玉树的医疗战线绝对算得上是一个标志性工程。

后来,我听说,医院主体建筑的高度、医院整个的占地面积和总投资比原规划都有不小的突破。不过,那并不是才仁松保所能左右得了的事情,而且,对他和他的医院来说,那也不是什么坏事。

才仁松保的梦想要再次变成现实了,为此,他常常激动得彻夜难眠。当然,更加沉重的担子也不断压在了他的肩上。从这一天开始,他不能只待在临时搭建的板房医院里,插着吸氧管、打着点滴给病人看病和办公了,他还得为工程招投标、奠基开工、设备配置这样的事情奔走,要不停地跑工地,不停地与部队和地方领导沟通协调，疏通解决在拆迁和施工中遇到的各种意想不到的障碍和困难……

在医院进入施工阶段以后，他每天至少要往工地上跑五六次，每一次跑工地，他都几乎要耗尽全部的力气，多次晕厥，没有呼吸。几个月时间里，体重已经下降了近70斤。

这是一项非常繁重的任务。很显然，他那曾经强健厚实的肩膀已经难以承受这样的重担。可是，他不能临阵脱逃。只要还没有倒下，还有一点力气，他就是硬挺也要挑好这副担子。

这期间，几乎所有熟悉他的人都曾反复地劝他，让他挤出点时间，到省上的医院检查一下身体，顺便也休息一下。可是，他每次都说，现在医院的重建任务这么繁重，千头万绪，哪能走得开呢？等医院建成开业了再说吧。

118天之后，玉树八一医院正式建成。在高寒缺氧、年有效施工期不足半年的玉树高地，这是一个了不起的速度，被认为是整个玉树灾后重建的样板工程。它不仅见证了解放军和武警部队的无私大爱，同时也见证了一个人生命的极限跋涉。

可能是因为肥胖的缘故，才仁松保曾经是个特别能吃的人，饭量大得惊人。无论吃什么东西，他都会一边吃一边不停地赞叹："真香啊！"以前，跟他一起吃过饭的人都记得这样的情景。一坐下来，要准备吃饭时，即使是他一个人要吃饭，他也总是会自言自语，说今天不怎么饿，吃不了多少，先来三斤牛肉吧，垫垫再说。有人见过他吃包子，说别人顶多能吃六七个的包子，他一口气可以吃进去几十个。

可就是这样一个饭量大得惊人的壮汉，最后却一点东西也吃不下了，而且常常呕吐不止。在才仁松保已经离开人世的日子里，进行这次采访时，我一直不停地想一个问题，对他而言，吃饭也许可以被理解成是一种莫大的享受，可在最后的那些日子里，他什么都咽不下去了。他究竟忍受过怎样的煎熬呢？

大约是从医院重建工程开始之后，他不再参与任何形式的应酬活动，尤其是饭桌上的应酬。人们一直以为是他工作太忙，顾不上，直到后来人们才发现这只是原因之一，而另一个原因是，他根本吃不下东西，只要吃进一点东西，就开始呕吐。他不想让别人看了难受。

近一年多时间里，他只参加过一次吃饭的活动，因为那次活动太重要了，他不能缺席。那是在医院建成开业的前一天晚上，为这家医院倾注了巨大心血的人民解放军、武警部队的很多首长，省上和州上的领导以及很多爱心人士都专程前来参加开业典礼，晚上要一起吃个饭，还安排他要在席间致辞表达谢意，他不能不去。

玉树县副县长尕玛才仁说，晚宴正式开始以后，他除了招呼客人，就一直那么坐着，没有动过筷子。后来，看见他吃了一点馍馍。然后，对尕玛才仁悄悄说，他要去一下洗手间。回来后说，他还有点事，得先走。尕玛才仁发现，他脸色很不好，感觉像是很不舒服。晚宴结束后，尕玛才仁就去医院看他。这时，他才说，刚才吃了点馍馍，吐了，现在好一点了。

第二天，新医院就要开业了，才仁松保终于等到这一天了——有很多次，他都想过，自己可能等不到医院开业了。而现在，医院终于建成开业了。对玉树来说，这只是众多重建项目中的一个，而对他来说，这却是他最大的一个梦想，当然，也肯定是最后的一个梦想。

那天晚上,当他和尕玛才仁副县长商量完第二天开业典礼上的每一个细节,送走了尕玛才仁,已经是凌晨1点多了。像往常一样,他叫来了值班护士,给他注射了一支杜冷丁。夜已深沉,他要睡一会儿。躺在办公室那张伴他度过了2000多个夜晚的床上时,他感觉自己已经了无遗憾。

7

2012年8月28日早上,玉树八一医院的开业典礼如期举行。

典礼主席台设在医院医疗综合大楼门前的台阶上,才仁松保穿着一身崭新的藏袍站在主席台左侧靠车道的斜坡上。很多人都没有见过他身着藏袍的样子,觉得很新鲜。他旁边站的是尕玛才仁副县长,就在昨天晚上,才仁松保对他说,他原来想,在今天的开业典礼上要穿西装,那样显得很正式,可是,现在他太瘦了,以前的西装都穿不成了,得穿藏袍。

仪式开始不久,可能只进行了不到20分钟时间,才仁松保就在尕玛才仁的耳边悄悄问,他实在站不住了,能不能在旁边坐一会儿?尕玛才仁说,你坐吧,一会儿轮到你讲话时,我再叫你。

他就坐到身后的水泥台子上。坐了一会儿,他感觉自己连坐着都很吃力,担心一会儿还能不能站起来。"不知道从哪儿来的力气,那天等他致答谢词的时候,已经显得很精神了。"尕玛才仁回想着当时的情景说。

开业典礼之后,他主动提出来,说要请假去看看病。半年以前,玉树县委书记吴德军在一次全县的干部大会上就曾讲过这样的话，现在是玉树灾后重建的关键时期，所有干部都不得请假，只有一个人例外，这个人就是才仁松保。

几乎所有人都知道，才仁松保早就应该请假去看病，可是，他一拖再拖。现在，他主动提出要去看病，大家都觉得这是一件好事，即刻安排。

玉树地震后，这是他第二次出去看病。

第一次出去，是在2012年5月，当时，他再次晕厥，不省人事。他疼痛难耐时给他做过按摩的医护人员们回忆说，那个时候，他腿上的脉管炎已经非常严重，两条腿全部青紫浮肿。胃部明显能够摸到的那个硬块好像越来越大了。不能再拖延了，医院强行将他送到青海大学附属医院进行抢救。

经查，尽管他患有多种疾病，而且，都可以说是重症，但最顽固、最危险和紧迫的是糖尿病及其并发症。在这家医院里，有专家推荐说，对这种病，现在有一种新的治疗方法，通过在胃部施行一种传流手术，把大半的胃"捆扎"起来不用，直接把小肠接到贲门上，控制胃部进食，进而达到肠胃吻合的效果，以减轻和缓解病痛。

青海五家对口帮扶八一医院的省级医院的领导和专家们都在为抢救才仁松保的生命尽心竭力，通过他们的努力和援建部队的精心安排，才仁松保很快被转到国内率先开展此项手术的北京武警总医院进行手术。据武警总医院的专家介绍，才仁松保的手术非常成功。鉴于这是一次大手术，并考虑到才仁松保当下非常糟糕的健康状况，他们建议，才仁松保不要急于出院，先在医院进行一段时间的恢复性观察治疗，然后，可以暂时回到西宁做进一步的休养，每天只能进流食，得注重营养。至少半年之内不能回到玉树，更不能再从事繁重的工作，否则，随时都有生命危险。

此外，他患有多年的那些疾病也有越来越严重的迹象。因为过度劳累，诱发了急性心内膜下心肌梗塞，血糖极不稳定。医生曾不止一次地郑重提醒，因为肌体严重缺氧，心血管情况非常不好，引发丘脑梗塞、心肌梗塞的概率很大，严重时可能会随时导致猝死。

如果他只是一个普通的病人，我们也许会说，他对这些疾病的危害程度缺乏应有的重视。可他是一名医生，一名曾长期在高寒地区工作，并一直与这些高原性疾病进行殊死抗争，用生命守护生命的医生，他比世界上所有的医生都清楚，这些疾病对一个人意味着什么。

可是，医院灾后重建工程正处在紧要关头，以才仁松保的脾气秉性，他不可能在医院里躺那么长时间。手术后，先后不到20天时间，他就火急火燎地赶回了玉树，投入到紧张的工作中。因为各种疾病，加上自身修复功能已经非常脆弱，那时，他的伤口都还没有完全愈合。

看见他回来了，人们都来关切地询问时，他总说，手术非常成功，已经完全好了，可以继续和你们并肩战斗了。

可是，没过多长时间，他的健康状况急转直下，不仅各种病情急剧加重，而且，越来越无法进食，到后来，就连流食也咽不下去了。而这时，医院的重建工程却在一天天接近尾声。先是所有土建工程提前完工，几栋大楼顺利封顶，而后很快内部装修也全部告竣，各种此前连做梦都不敢奢望的现代化医疗设备陆续运抵到位……医院开业的日子已经临近。

他为此兴奋、激动得难以自持。医院现在所有的一切，比他梦想中的样子还要先进和完美。如果不是身体的缘故，他都快要手舞足蹈了。

8

现在，医院所有的重建工程都已经画上了完美的句号。就差把他亲自拟定的院训挂在医院显眼的地方了。没有什么放心不下的事了，他终于可以安心地去看看病了。

后来，他虽然没有亲眼看到，但是，"博学、精诚、感恩、惠民"的院训已经像一面旗帜在医院里飘扬。只是，细心的人们发现，其中少了"爱国"两个字。说一是因为字数，大家觉得十个字有点多，二是因为现有的这八个字已经体现了爱国的精神。此外，他们还想把"爱国"两个字深深地珍藏在心里，那是才仁松保镌刻在他们心灵深处的一个精神符号，不可磨灭。

虽然，对医院、对患者、对玉树，他已经没有什么可遗憾的事了，但是，对父母、对妻子儿女、对家庭和亲人，他还有很多亏欠。他希望自己还能多活些日子，那样，对他们就可以有所弥补。

多少年来，他为了医院和那些贫苦的患者，一直没能很好地照顾到年迈的父母。两个慈祥的老人不但没有任何怨言，而且还经常为他担心操劳。以前，他每次跟父亲谈起医院的发展和建设时，父亲总是为他劳心费神，并一再叮咛，说虽然你做的都是大大的好事，但一个人的力量是有限的，对得起天地良心就好，别把所有的事情都硬往自己肩上扛，你扛不住的。

1月4日下午，司机桑秋多杰开着那辆已经非常破旧的猎豹车，带我去看才仁松保的父母。这辆车可以说是才仁松保的专车，已经用了八年，车门子已经关不严实了，副驾驶边上的车窗玻璃已经摇不上去，窗户半敞开着，尘土和寒风直接往脖子里灌。为了防止晃动，避免发生意外，桑秋找了一小块木板当楔子，插在窗户边上，固定玻璃。去年医院里买了两辆新车，但他这辆车没舍得换。我们穿过一片新建成的住宅区，来到才仁松保的父母家里，他们已经住进新建的房子里，属玉树灾后重建统规统建的项目房，是玉树灾区最早建成的民居。

　　走进才仁松保父母家时，他79岁的老父亲正在火炉上烙饼——毕竟，日子还要继续过下去——76岁的老母亲正坐在窗户跟前的一张旧沙发上，看着老伴忙乎。坐下之后，还没说话，他那白发苍苍的老父亲就开始抹眼泪。然后，直直地看着我说道："他的离去，对国家、对玉树可能算不上什么损失，但对我们两个老人来说，这损失太大了。"

　　妻子秋永文毛，一个善良的女人，为了支持他的事业，提早结束了自己的职业生涯，只身在家照顾几个孩子，受尽了寂苦和委屈。这些他都知道，他怎么能不知道呢？

　　两个女儿，大的已经读大学四年级了，是个非常优秀的孩子，会有出息的，不会有事。小女儿已经上高三了，成绩优异，也不会有太大的事情。他最担心的是在上高三的儿子——男孩子可能更需要父亲的管教——因为他没有很好地尽到做父亲的责任，儿子的学习成绩不理想。

　　他想，这次看完病回来之后，一定得陪陪孩子们。

第二次去看病，离开玉树时，已经是2012年9月2日了。

他去的还是武警总医院。医院组织了全院最好的专家给他会诊，结论是，因为第一次手术后没有很好的休养、治疗和恢复，已经造成严重的后果，最好还是二次手术，但因身体状况太差，手术条件不成熟。他就又回到西宁的家中休息观察。

他走后的头几天里，几乎每天都给医院打电话，询问医院的情况。后来，有一两天都没有他的电话。副院长尼玛担心他的病情，就给他打电话，问："你现在的病情怎么样？"

"这次我病得好像真的不轻。"他就说了这一句话，然后，停了好一阵子，都没有他的声音。

尼玛说："听他说话的声音好像没有一点力气，他从来没有说过这样的话。我一听，就感觉到情况非常严重。"

第二天，尼玛跟医院其他领导一商量，立刻派两个人迅速赶往西宁，并再三叮嘱："无论采取什么办法，一定要让才院长尽快住院治疗，不能再在家里耽搁了。"

当副院长尕才仁和财务后勤科主任尕杰赶到他家中时，他们看到的才仁松保像是换了个人，都快认不出来了。很快，他被送进省第五人民医院住院治疗。第五人民医院在八一医院挂职帮扶的副院长刘洪泽也火速赶回西宁，专门协调安排才仁松保的进一步治疗事宜。经省上各大医院专家会诊，他被再次紧急送往武警总医院抢救治疗。

他的二次手术时间定在10月24日。

得知手术时间已经确定的消息，尼玛副院长也火速带人赶往北京看望。25日早上的航班已经没有票了，他们乘坐下午的航班离开玉树，然后，在西宁转乘飞往北京的航班。

可是，他们没能飞到北京，在西宁，刚一下飞机就得到不幸的消息：才仁松保院长因抢救无效，已于25日下午在北京去世。武警总医院派人护送才仁松保遗体的专车已经连夜往回赶了。那时，他们刚刚离开玉树。

他们和才仁松保都在路上。他们赶去看望时，才仁松保却已经踏上了回家的路。

武警总医院最终给出的结论是，才仁松保的真正的死因不是糖尿病，而是肝脏上一个快速增长的恶性肿瘤。原本是胃上的手术，可胸腔一打开，医生们都傻眼了。他们看到了那个肿瘤。一切已经太晚了，已经无力回天了。

9

25日午后，在北京。才仁松保也许已经感觉到自己正在离开这个世界。

他对身边武警总医院的医生交代说，他戴在身上的那个治疗糖尿病的泵，以后就用不着了。那是北京军区方舱医院特意赠送给他的，他现在要把它留给武警总医院，让医院把它转赠给更需要它的人。

事后，那个医生含着泪对才仁松保的弟弟才仁扎西说："你哥哥是个大好人！他是给活活累死的。以后，我就是你哥哥了，无论家里有任何事，都要给我说啊。"

是的，才仁松保已经在路上了。他要回家了，回到他一生热爱的故乡草原上了。从此以后，他哪里都不去了，他要好好睡一觉了。

消息传开。25日、26日、27日，青海省委、省政府主要领导通过各种方式向才仁松保和他的家人转达他们的敬意和问候。所有在西宁的玉树人、青海各大医院的医护人员代表、各界爱心人士都在西宁等候他的归来。

27日夜里10点多，在玉树通天河大桥边，一些人已经早早等候在那里。

从晚上9点30分开始，八一医院一些轮休的医护人员自发地开着自己的车往通天河边走。一直到28日凌晨1点多，还有人在通天河谷地穿行，他们都是前往迎接才仁松保归来的队伍。这支队伍越来越庞大，有的捧着蜡烛，有的举着手电筒，有的捧着哈达，在凛冽的寒风中，静静立于通天河谷地，肃穆，静默。

等候一个回家的孩子。

凌晨1点40分，载着英灵遗体的车队缓缓驶入人群……

凌晨2点40分，护送才仁松保英灵的车队经过结古当代路，大路两旁警灯闪烁，上百名玉树公安干警立于路旁庄严敬礼，迎接他的归来。

归去来兮。魂兮归来。

此后的几天时间里，我从报纸和电视上整天都能看到有关才仁松保事迹的报道。很多报道毫不吝惜地使用了大量华丽的辞藻来做修饰，而才仁松保的一生其实用不着华丽的修饰。面对他的亡灵，在我看来，那显得有点苍白。

1月3日下午，我抵达玉树。我直接住到八一医院五楼的一间病房里，进行采访。每天，从早晨一直到深夜，我一次次从那楼道里走过，一次次上楼下楼时，我仿佛看见才仁松保宽厚的身影还在那里忙碌。八一医院里的很多人都和我有一样的感觉。

"很多时候,我都感觉,他还在,根本没有离开过。好像还在这里走动,我似乎还能听见他走动的脚步声。我眼前老是出现他鼻孔里插着吸氧管、手上挂着点滴的样子。"八一医院检验科主任索南秋吉把这句话一连重复了好几遍。

从玉树回来之后的很多天里,我一直犹豫不决。我一再问自己,是否真的有必要去打扰秋永文毛那个善良的女人。我确信,作为才仁松保的妻子,此刻,她最需要的就是平静。但是,一个礼拜之后,我还是小心翼翼地给她打了个电话,问她,我能不能去看看她。得到她的允许之后,我才去了她家里。

果然,还没等我开口,秋永文毛就已经泣不成声了。我再次小心地说明了来意,但我几乎没有问任何问题。面对她那早已哭肿的双眼里还汩汩流淌的泪水,我无言以对。默默坐于一旁,听她哭泣着断断续续说出的每一个字时,我还担心远在玉树的才仁松保会不会听到。

他们家在西宁城南。秋永文毛告诉我,为了孩子们能在西宁上学,七八年前他们贷款买了这个房子。说那时候,城南的房子还便宜些,他们买不起城里面的房子。现在两个孩子都在城里面上学,坐公交车来去最快也得两个小时,中午回不来,他们自己在外面吃饭。

那天,我本来还想看看才仁松保的那些奖状。我从才仁松保的一些事迹材料上看到,这些众多的荣誉证书中有一个是"全国五一劳动奖章"——据吴德军说,当时,在县上研究推荐谁为"全国五一劳动奖章"候选人时,他坚持推荐才仁松保。他坚持的理由是,因为别人还有机会,而才仁松保,如果错过了这次机会,恐怕就永远没有机会了——还有"人民的好医生"和"优秀共产党员",等等。这些奖状原本放在才仁松保在医院的办公室里,我曾到他办公室看过,他的司机桑秋多杰告诉我,那些奖状已被秋永文毛带走了。秋永文毛显然是珍惜这些荣誉的,这是属于一个亡者的荣耀。但是,最终,我还是没忍心提出这样一个要求,此时此刻,此情此景,即使这样一个简单的要求,对她来说,都无疑是一种摧残。再说了,对才仁松保这样一个人,对一个用全部生命来构筑自己梦想的人来说,他所注重的只有艰难的跋涉。我不知道,假如才仁松保还活着,我们是否还会想起这些奖状和荣誉。当然,我相信,他也肯定珍惜这些荣誉,但是,我更坚信,荣誉并不是他的追求和梦想。

那天,我还见到了他们在中南师大上学的大女儿更松拉吉。她在得知父亲二次手术消息的第一时间赶赴北京陪伴父亲,可是,她赶到的时候,父亲已经离开了。这几年,每年的寒暑假,她都不顾父母亲的劝阻,执意前往玉树日夜陪伴守护在父亲身边,闲暇时,就在医院里做义工。

"他太苦了。我只是想在他身边多陪陪他。"更松拉吉一边给母亲擦眼泪,一边哽咽着说起这些往事时,我一直在低着头听,没敢抬眼看她。

那天,在去他们家的路上,我一直在想一件事情,一件很久以前发生的事情。那是一个很多人都知道的秘密,之所以说是秘密,是因为还有一个人不知道。如果才仁松保还在人世,说不定这个秘密终有一天会说破。可是,现在他已经走了,也就带走了这个秘密。于是,就留下了一个遗憾。他的离去,让那个一直生活在秘密里面的人永远失去了一个可以完成自我救赎的机会。

去他们家之前,我曾反复掂量,要不要跟秋永文毛谈起这件事。因为,我很清楚,如果我能将这个秘密说破,讲给所有的人听,它肯定会让才仁松保的故事更加感人。但是,我最终还是决定放弃了。我感觉,对一个人来说,有时候,保守一个秘密,要比说破一个秘密容易得多。保守一个秘密需要的只是时间,而说破一个秘密则需要勇气。就这件事情而言,因为才仁松保的离去,时间在某种程度上已经失去了意义。

才仁松保就这样走了。走远了。

默默地向你挥挥手
告别我们轮回的缘分
应召而来天的神鹰
请你带走我一生的荣耀
轻轻走过曾经的家
记住千年不变的誓言
应召而来天的神鹰
请你打开我阳光的天路
如此安宁如此安详
多么美妙神奇的时光
死亡在消失生命已经飞翔
远去的翅膀上

——摘自亚东歌曲《天葬》

此刻，才仁松保已经走远。他所有的梦想与荣耀，所有的纠结与挣扎都已随鹰的翅膀远去。我想，已经不在人世的才仁松保此刻肯定也在行进当中，只是离我们的视线越来越远。我确信，很久以后，很多人还会望见这个康巴汉子已然远去的背影。

第三章　颂辞与叙事
一个牧人的灾难记忆与家园挽歌

那天午后，一个人拥抱另一个人

那天午后，一个人与另一个紧贴额头

那天午后，我一个人泪如雨下

那天午后，你一个人走过玉树

那天午后，有无数人泪如雨下

那天午后，有无数人走过玉树

无数的脚印里装满日月，无数的脚印里盛开莲花

那天午后，玉树在一片废墟上慢慢苏醒

　　　　　——摘自古岳《五月叙事：写给父亲的玉树》

1

我不知道,为什么才仁松保的葬礼要选在文成公主庙附近的天葬台举行,其实,离他们家不远,在扎西大同的山坡上也有一个天葬台。

更尕才旺家也在扎西大同,从他们家的院子里抬头望去,就能望见那个天葬台所在的山坡,不过,我并没有望见那座白塔。地震中,那座白塔被震塌了,也许还没来得及修复吧。我到更尕才旺家,是去见他父亲才哇的,才哇以前也住在这里——当然,更早以前,他们都住在草原上——后来,他搬到结古镇一家粮站的集资房去住了。地震中,那一片房屋虽然没有全部倒塌,但都成了危房。

地震后,我一直以为才哇是村支部书记,而实际上他只是玉树县结古镇扎西大同村三社社长。我不知道,在中国,一个行政村下面的社长算不算一个干部或是一个官职,要算,那也肯定是世界上最小的一个职务了。所以,当2005年,村民们要选他当社长时,他执意不肯当。这倒不是因为嫌官小,而是他害怕当不好,给大家伙儿办不了什么事情。为了躲避当社长,才哇借故远走四川,躲了几个月才回来。可是,他没想到的是,他回来时,人们已经将他选为社长。无论什么事情,要么不做,要么就竭尽所能去做好,这是才哇的性格,也是像才哇一样的很多康巴汉子所秉持的人生信条。

才哇他们社,以前还有300多亩耕地、2.7万多亩草场。后来,这里建了一个电厂,还迁来了不少移民,270多亩耕地被占用,只剩50多亩了,而且,都是山地,不好耕种,收成不好,牲畜也比以前少了,有40多户人家生活困难。当上社长之后,才哇开始琢磨怎样才能使大家的生活过得好一点。他找大家开了几次会，一起商量怎么办。最后，他们决定每户集资2000元，又出让了社里打麦场的一部分土地，办起了一家空心砖厂。效益还不错，一年下来，有了100多万元的收入。当年，他们给每个村民分了500斤粮食，还有清油和50袋牦粪。剩余的钱买了100头母牦牛，办了一个集体牧场，成立了合作社。还安排社里的15名孤儿和无业的年轻人到砖厂上班，解决了一大社会问题。

对才哇这个人，我相信，细心的中国观众一定会有印象。玉树地震后，他曾频繁地出现在电视屏幕上。此前，我也不曾见过才哇。但是，我有印象，有清晰的印象。我第一次看到他，是在我的同事拍摄的一张新闻图片上。那是地震刚刚发生没几天的事，一大群人站在一片满目疮痍的废墟上，青海省委书记强卫正在跟一个高大的康巴汉子额头贴着额头。以当地风俗，这是两个关系亲密的人见面时互致的一种礼节。那可以说是一个特写镜头，两个男人的眼眶里都闪着泪光，脸颊上滚落的泪珠还挂在嘴角。第二次看到他，是在电视画面上，2010年4月20日晚，在中央电视台《情系玉树大爱无疆——抗震救灾大型募捐活动特别节目》上，当他穿着一件宽大的灰色旧毛衣出现在舞台上时，我还纳闷儿，他怎么能穿成这个样子呢？后来，我明白了，这就是才哇，因为那个时候，玉树的服丧期还没有过，他不可能盛装出现在公众的视野里。第三次看到他，也是在中央电视台的舞台上，那是一个盛大的晚会，是感动中国2010年度人物颁奖晚会，这一次，他穿着崭新的藏袍，头上盘起的长发上还缀着红色的穗穗。还有一次，也是在电视上，那是一条有关"十八大"的新闻，作为党代表的才哇在驻地宾馆的房间里，接受领导的看望和慰问，他也穿着藏袍，但不是以前的那一件。

有了这么多清晰的记忆，终于见到才哇时，我感觉，就像见到了一个老熟人、老朋友一样亲切。当然，在他看来，我依然是一个陌生的过客。这几年，像我这样的陌生人，他已经见得很多了。有很多时候，他一天要见好几拨，不烦才怪呢。但是，他并没有显出很烦的样子。我们在他儿子新家的客厅里坐定，然后，他就开始给我讲述他和玉树的故事。我知道，这些故事，他已经讲过很多遍了。但是，我是第一次听。

地震那天，第一次地震时，他醒了，但是没有起床，他又睡了一会儿。7点多，他起床了。社里的那个空心砖厂，刚刚开工，有许多事情需要去处理，他急忙往砖厂赶。当年从村里新招的15名年轻人都不会操作，前一天，也就是4月13日，从外地聘请的6名技术员已经到位。他要让这些技术员教村里的这些年轻人学技术。

他开着车正在街上走，还没到砖厂，第二次地震就来了。他看到，人们都从自己家里跑出来了。车开不了了，他也开始往砖厂跑。到了砖厂一看，房子全塌了，成了平地，所幸的是，没有人员伤亡。他想，家里的房子可能也都塌了，这才又往回跑。他想跑回家去，看看家里人是否平安。但是，这时路上到处是受伤的人，还有不少已经死去的人。

很多人都像是在没头没脑地赶去一个地方，可是，几乎所有的房屋都塌了，以前那个宁静安详的结古小镇已经不复存在，他们还有地方可去吗？到处都是尘土，一浪一浪的尘土，看上去就像是在不停地爆破，又仿佛是昨天的那一场大风把一整天席卷而起的尘土都收集包裹起来了，现在才从四面八方将它们向结古悉数抖落。尘土遮盖着玉树，尘土在结古的上空像厚厚的云层，久久不肯散去。所有人身上都落满了尘土，像是刚从地狱里爬出来的样子。人们在滚滚尘土中拥挤、蹒跚、穿行而过。结古变成了一个黑洞，一个深渊，所有的人都被吸附着，都被吞噬着，不知所终……

他原本是往家里跑，可沿途有很多人急需抢救，他不得不一次次停下脚步，去救人。谁都没有工具，他们就用手刨啊，挖啊，不停地抬送伤员、亡人遗体。从一片废墟瓦砾间救出了一个又一个活着的生命。当然，也刨出了不少已经死去的人……

其间，他接到三次女儿的电话，都在高喊快来！快来！每次，他都说，快到了！快到了！电话两头都在不断重复这几个字。但是，他没办法丢下那些伤者，总也走不回来。感觉家就在前面，就快到了，可就是总也到不了。那天，他和别人一起救过多少人、抬过多少个死难者的遗体，他已经记不清楚了，只记得到处是伤者和死者。直到现在，只要一闭上眼睛，那一幕还不断在眼前浮现。

不过，最初的一些记忆还是清晰的。地震刚刚发生的一刹那，他就听到了呼救的声音。那声音来自一片倒塌的房屋下面。他甚至看到了那一片房屋稀里哗啦崩塌下来的样子。那是一个男人撕心裂肺的声音。几乎是在听到那声音的同时，他就已经扑到那片废墟上挖了起来。挖了多长时间，已经记不得了。应该不是很久，当他在那片废墟上用自己的双手刨出一个大洞时，就看到了埋在里面的人。不是一个，是两个人，两个男人。他终于把他们挖出来了。他们不是本地人，他有没有问过他们是什么地方的人，没有印象。但是，他记得这两个人都是来玉树打工的民工——他们自己告诉他的。

后来，好像过了很久，他又一次接到女儿的电话，女儿说母亲——他的前妻索色已经不在了。索色是被挖出来后，送到医院没救过来死的。还有一个孙子也已经不在了……压在倒塌房屋下面的还有一个女儿，生死未卜……又过了一会儿，电话铃又响了，他都不敢接听了，但还是接通了。电话里说压在倒塌房屋下的女儿挖出来了，但是，也已经不在了。他回头望了望家的方向。虽然，所有的房屋都倒塌了，辨不清哪里是自己的家，但是，他断定，家就在前面，不远。要是平日，顶多三五分钟就能走到家门口。可是，在这一天，他好像永远也到不了自己的家。

从早上8点左右开始，他就往家里跑——刚开始，他还开着车，后来，为了救人、抬伤员，他把车丢在了路边上——不到一公里的路，那天，他整整走了8个多小时才走到。他回到家时，已经是当天下午4点半以后了。但是，他几乎没有在家里多停留，又开车往赛马场运送伤员。那个时候，街上的人流已经得到信息，说赛马场已经搭建了临时抢救点，医护人员已经在救治伤员……他一直在不停地运送伤员……

当天下午，国家减灾委、民政部将玉树地震救灾应急响应提升为一级。

等他再次回到家——准确地说是回到家里人所在的地方时，已经是夜里11点多了。家里人已经不在原来的家所在的地方，也已经到赛马场了——此后的两年多时间里，赛马场成了他们临时的家——很多很多人临时的家都安在那里。记得，那天夜里，他费了很大的周折才找到家里人——那天夜里，许许多多的玉树人跟才哇一样，也是费尽周折才找到家里人，和他们见面的。他们都在临时的安置点。说是安置点，其实就是一个集中待着的空地。没有帐篷，没有食物，也没有水。

石渠色秀寺的僧人在赛马场已经搭建了100顶帐篷。据说，才哇他们扎西大同三社的人到那里时，那些帐篷还没有被占。他们中的很多人原本都可以住进那些帐篷里。可是，他们没有这样做。他们只占了两顶帐篷，用来安置重伤员。那时，整个玉树一片混乱。但是，人心没有乱。看到这一幕，才哇确信，玉树不会倒下。

夜里12点以后，他给村上的支部书记打了一个电话，这是这一天里他打出去的第一个电话。还好，支部书记也还活着。书记在电话里告诉才哇，扎西大同天葬台一带灾情很严重，埋了很多人。第二天一早，所有活着的人都去那里救人。

4月的玉树之夜，还非常寒冷。从扎西科滩上凝望结古，死亡的阴影已经笼罩着每一寸土地。虽然，有那么些时候，才哇也想到过，熬过这样的夜晚之后，结古会不会依然存在。但是，更多的时候，他表现出无比的坚毅。他在赛马场的空地上走来走去，看完这个伤员，又去看另一个伤员。虽然，他什么也做不了，但是，他想让他们知道，他们并不孤单。后来，我们把这种情景称作守望相助。无论夜晚有多寒冷，有了这样的守望相助，就可以等待天明。

天亮了，太阳就出来了。

2

地震当天下午，才哇发现，玉树一下子来了很多以前从来没见过的人。看上去，一点都不熟悉，但并不感到陌生，一个个都像是自己不曾谋面的亲人，一见面就感到很亲切。

第二天，他们就到扎西大同的山坡上救人。他们到那里时，部队上的很多人也已经来了，还有很多陌生的人也来了，与他们一起从废墟里救人。那天，他们共挖出了18具遗体。没有活着的人。

这一天，才哇感觉，玉树的人越来越多了，整个结古到处都是人。有解放军官兵，有武警战士，有消防部队……还有，那么多说话南腔北调的人突然一下都出现在地震废墟上，每个角落里都有，好像全中国56个民族的兄弟姐妹都来玉树了。还有那么多各种各样的车辆也出现在结古，尤其是那些五颜六色的大型机械，才哇还是第一次见。虽然，他不大清楚，他们是怎么来的，受到了谁的指派，但是，他明白，这些人都是来帮玉树的，救玉树的。有这么多人惦记和牵挂着玉树，关心帮助玉树，这该是多么大的力量啊！有了这种力量，即使遇到再大的困难，遭遇再大的灾难，他们也用不着害怕了。他心里好像一下子踏实了许多，也敞亮了许多。虽然，玉树遭受了天大的灾难，但是，在那一刻，他坚信，玉树不会有事，玉树人能够挺住。

第三天，大批的救灾物资陆续运到灾区。每一条通往玉树的路上，满载救灾物资的车辆已经排起了长队。那些车辆把结古的各个路口已经堵得严严实实，走不成路了。一些先期抵达的车辆已经在一些空地上卸下了一堆堆的物资，有食品，有水，还有帐篷、棉衣和被褥。一些安置点上，已经开始大批地发放救灾物资。仅他们扎西大同村就有四个救灾物资分发点。才哇也被派去分发救灾物资，他们的点设在农畜产品交易市场。从早上到次日凌晨他一直在忙这件事，一群一群的灾民不断涌向那里，来领取救灾物资。他们顾不上吃饭，也顾不上休息。

除了运送救灾物资的人和来领取救灾物资的受灾同胞,还有其他一些人也不断到这些点上来查看。这些人不断给他们传递着各种各样的救灾信息,这些信息多得简直无法让他们理出个头绪。有很多信息,让他们感到振奋和温暖。

人们说,回良玉副总理来了,温家宝总理也来了。他们都是第一次来玉树。有一天去赛马场时,才哇还见到了温家宝总理。他头发都白了,听说已经有70岁了,还到玉树这么高的地方来,看着就让人心疼。

省委书记和省长都来了。还有大批的救援队伍正往玉树集结。还听说,一些重伤员已经用飞机运往西宁、成都、西安等大城市抢救……幸好,这里还有一个机场,要不,还不知道会死多少人呢。虽然通往机场的路也被毁坏,但很快就抢修通了。才哇也曾往机场运送过重伤员,一到机场,伤员就被早早等候在那里的解放军战士抬上了飞机。那一刻,他想过,玉树有救,玉树不会有事。他真的想过。

那个时候,我也已经抵达玉树。我们报社先期抵达玉树的同事们,已经在指挥部所在地支起了一顶帐篷——那里帐篷林立——所有的帐篷里都挤满了人。我们没地方过夜。我们那顶帐篷的前面隔一顶帐篷就是省民政厅的帐篷。我看到,我的朋友、民政厅厅长更阳就在那顶帐篷里指挥着所属系统的救灾工作。应该说那里是整个灾区救灾物资的一个调配中心,除了民间渠道进来的救灾物资,政府层面上组织调运的救灾物资绝大部分都是通过各级民政部门送往灾区的。我想找他们要一顶帐篷。可是,我一直没找到机会。直到几天以后，我才找到一个机会，给更阳说了我们需要一顶帐篷的事。他笑了笑说，我即使有一顶帐篷，也没办法把它拿给你。我管的帐篷都是一车一车地拉，然后，送到指定的地点，任何人都不可能在半道从车上单独卸下一顶帐篷来。这就是抢险救灾。从那以后，一直到离开玉树，我再也没敢跟他提起此事。

玉树抗震救灾联合指挥部，就设在玉树军分区的院子里。我听说，地震当天下午，回良玉副总理赶到玉树后，第一晚上，差点就睡在地上；第二天，没有水洗脸。有一天，我们看见，青海省委书记强卫坐在水泥地上批改文件，身上全是泥土，脚上的鞋都裂了口子。我们还看到一个将军打了一辆摩托车赶赴抢险救灾点的情景，因为，交通堵塞，他乘坐的汽车根本无法行驶，情急之下，只见他跳下车，跨上一辆刚好驶过身边的摩托车，左突右拐，飞身而去——那些天，但凡在玉树街头行驶的任何车辆，尤其是摩托车和出租车，只要你招手，他们都会停下来，让你坐上去，然后想尽一切办法，把你送到你要去的地方，无论多远，都不收任何费用。

索南才仁，玉树县文明办主任，一个精通藏汉两种语言的玉树人，人们都叫他索珍老师。那些天，他一直给我当翻译，陪我采访。感谢他的无私帮助，要是没有他，我很难完成这样一次采访。他给我讲过一件事，说刚地震那几天，灾区的人们在领救灾物资时，有的家里几个人都去领，有时候会领多了。譬如原本要领一顶帐篷的，可能会领回去两顶或者三顶。但是，到家一发现，他们会立刻将多领回去的帐篷退还到物资发放点上。当然，不只是帐篷，包括食品、饮用水什么的也都一样。只要是比别人家多领的都会退回去。要知道，在那个时候，这些东西对任何一个家庭来说，都是极其珍贵的。

但是，他们不贪婪，不会沾一丁点便宜，只要原本给他们的那一份。而且，有人要是发现，谁家里缺什么，宁肯自己没有，也会主动将自己家的东西送给他们。索珍老师在给我讲述那些经历时，显得很自豪。他说，这才是玉树人。

李玉英，现任玉树州人大常委会副主任，地震的时候，她还是州委常委、宣传部部长。因为工作关系，她是我在震后的那些天经常会看到的一个人，她会时常到我们的帐篷里来，就有关抗震救灾的新闻报道跟我们交换意见。每次都是行色匆匆，疲惫，憔悴，就像一位善良的老大姐。但是，在此后的三年时间里，我们一直没有找到一个机会坐下来跟她说说话。我再次见到她，已经是2013年7月份了。她如约到我住的板房里和我见面，我们终于可以坐下来说说话了。她给我讲了很多事情，语速很快。讲到这三年来的那些事情时，我感觉她一直在强忍着自己的眼泪，泪水一直在她眼眶里打转。

她问一个人："家里怎么样？"

"好着好着，就是妈妈没有了。"

她又问另一个人："家里怎么样？"

"好着好着，就是爱人没有了。"

她问第三个人："家里怎么样？"

"好着好着，就是孩子没有了。"

她又问第四个人："家里有没有什么困难？"

"没有，没有，真的没有。"

李大姐说，那个时候的玉树人就是这样，无论自己家里有多大的难处和苦处，都会深埋在心里，不愿表露出来。因为，所有的人都有难处，都不容易。

有一天，一个人给了李大姐一个苹果，她没舍得吃，给了身边的一个同事，同事也没舍得吃，又给了另一个人，另一个人又传给下一个人……十几个人你传给我，我又递给你，谁也没舍得吃。最后，他们去送几个玉树的孤儿到北京参加赈灾义演，这个苹果又传到了那几个孤儿的手里。我不知道，在去北京的路上，那几个孩子，有没有把这个苹果分着吃了，如果有，他们是否会感觉到那十几只大手留在上面的温度呢？

这就是灾区，这就是地震灾区的玉树人。

在民政厅的那顶帐篷里，我看到，青海省民政厅和发展改革委员会牵头制定出台了关于玉树抗震救灾的一系列文件。其中包括《青海省玉树抗震救灾捐赠物资管理办法》《青海玉树地震救灾物资发放管理办法》《青海省地震灾区遇难人员抚慰金发放管理办法》《青海省玉树地震灾区紧急转移补助金发放管理办法》《青海省玉树地震灾区"三孤"人员生活补助金发放管理办法》，等等。这些在地震灾区帐篷里出台的管理办法，是为了解决救灾管理上的混乱和无序。那个时候，我才感觉到，在一场突如其来的大灾难面前，此前，我们所做的一切防灾减灾的准备和预案都显得那样的苍白无力。尤其是在玉树这样边远落后的高海拔地区，更是如此。它自身抵御重大自然灾害的能力和组织自救的力量十分有限，财力、物资、人员以及技术和机械装备等，几乎所有主要的救援力量都得依靠区域外的驰援。

玉树地震一周年的时候，我写过一篇散文作周年祭。我在里面曾写下过这样的文字：

去年四月，成千上万原本一生都没打算去玉树的人都去了，甚至有的人只去了那一次玉树就再也没有回来。我能不去吗？我去了，去了之后，心就碎了。从那以后，一听到"玉树"两个字，心就疼。

3

第四天，才哇接到一个通知说，胡锦涛总书记来了，让他们到另一个点上集中。才哇他们当时正在发放救灾物资，等着领取物资的人已经排着长队。他说，自己走不开，不去了。错过了这样一个机会，他一直很遗憾。他从来没见过这么大的领导，他真的想见见。可是，他没办法脱身。

后来，州上一个干部过来说，又有领导来了，让他们赶紧过去。这时，之前的一批救灾物资已经分发完毕。才哇他们就过去了，在当代桥头上，见到一群人。那里很乱，分不清谁是谁。之后，又随着人群回到了扎西大同的物资分发点上。才哇是这里的负责人，有一个人走过来开始问他一些问题。他就开始用藏语讲，有人就把他的话翻译给那个人听。也不记得，他究竟讲了些什么，只记得，讲着讲着，他看到那个人哭了，眼泪不断地流下来。他心里很感动，觉得这是一个好人，自己也跟着哭了，跟着流眼泪。地震后，一直憋着没有流出来的眼泪都流出来了。那个人看到他也哭了就走过来，跟他碰了头。这是一种他所熟悉的礼节，这种礼节里有被尊重、被理解、被牵挂的意义。他更感动了。

之后，那些人离开了。直到他们离开，他也不知道那个人是谁。

第二天，也就是震后第五天，才哇接到了一个电话。电话是一个记者打来的，说的是汉语，他大概听明白了一个意思。打电话的人问他，是不是昨天跟强卫书记碰头的那个村支部书记？他就用生硬的汉语磕磕巴巴地告诉对方：可能不是我，因为，我不是村支部书记。之后，记者说要采访他，他说，他走不开，就没见。不过，才哇心里明白，那天与自己碰过头的那个人一定是强卫书记。此前，他从没见过这么大的领导，没想到，他和普通人并没有多大的区别，还和自己碰了头。

那天，他忙到夜里一点多，才回到家人身边。到家人身边的时候，他快累瘫了。

2013年4月10日上午，我在才哇儿子家里采访才哇。听他讲述这一段记忆时，我也想起了当初的这一幕。那一整天，我一直待在帐篷里，没有出门。因为，胡锦涛总书记要来，我感觉，那天，指挥部院子里的人们多少有点兴奋。记不大清楚了，大约是在午后，我听到了警车发出的一两声警报。我想，胡锦涛总书记就是那个时候到指挥部的。

那天晚上，跟省上主要领导采访的记者很晚才回来。那天夜里，指挥部大帐篷的灯一直亮到了凌晨四五点。那里一直在开会。

他们一回来，就给我们讲述一天的经历和见闻，有总书记去过的一些地方，有他见过的一些人和说过的一些话。现在，我还记得的只有一件事情，就是那天，他一下飞机，就与早已等候在那里的青海省委书记强卫紧紧拥抱。这样的一种举动所传递的亲和力不可低估。很多人为这样的举动而感动、而自豪。

当然，我的同事们也讲到了才哇与强卫书记碰头的事情。他们说的好像就是一个村支部书记，记得是西杭村的。于是，报社在灾区前方的临时编辑部就做出一个决定：派记者去采访这个与省委书记碰过头的康巴汉子。可是，第二天，那个记者整整找了一天，也没找到西杭有这么个村支部书记。但是，那一幕却深深地印在了我们每个人的心里。那个画面曾让很多人泪流满面。

在为玉树写这部生死书时，我翻阅过当时所有的报道，有关才哇的身份大致上有两种：一种比较普遍的说法是，他是扎西大同村支部书记，也有说是西杭村支部书记的；还有一种说法也常见，说他是一个村主任。有关他的很多份文字里甚至没提到扎西大同这个地方，更别说是提到扎西大同的一个社，当然，也不会提到他是这个社的社长。

震后第六天，他正往扎西大同走。半路上，才哇接到一个表兄的电话，问他在哪里？他说，他在往扎西大同走的路上。他表兄就让他在路上等，说有急事。他表兄很快就到了，和他一起的还有一个记者——后来，他想，那应该是中央电视台的记者——那个记者对才哇说，让他去北京。他连家人都没去见一下，在半路上直接被送到机场了，连衣服也没顾上换。当时，他穿着一件很旧的毛衣。在西宁转机后，直接飞往北京。在飞机上，他见到了几名玉树的孤儿和其他几个玉树人。

这是才哇生平第一次坐飞机。他的座位在靠窗户的地方，一路上，他一直从窗户里往地面上看。一边看着那些地方，一边忍不住不停地哭、不停地流眼泪。心想，这个世界上有这么多的好地方，为什么他们偏偏会生活在玉树呢？

到了北京，他们被直接拉到了中央电视台一间很大的房子里。

才哇说，他从没见过那么大的房子，比寺院里的大经堂还大。后来，他才知道，那个大房子不叫房子，而是叫演播厅。这时，过来一个人，要给他量尺码，说是要给他做一套新藏服。他问都没问，就一口拒绝了。他说，他的家乡正在遭受天大的灾难，以藏族人的习俗，这样的日子里，他们不穿新衣服，更不做新衣服。说着，哭得更伤心了。他们看到他那个样子，商量了一下，就把他送到宾馆去休息了，没有做新衣服。

第二天，又把他拉到了那间大房子里。除了昨天见到的那些人之外，还多了一些人。他看到那些人都在几台验钞机跟前忙着数钱，一天到晚，一直在不停地数。那么多钱，他在梦里都没见过。他想起来了，离开玉树前，他们给他说的那句话，说他来北京对玉树有好处。他想，这些钱，该不是都给玉树的吧。

晚上，演出终于开始了。演出一开始，主持人就宣布说，谁谁谁给玉树捐了多少多少钱。他的心情一下子就起了变化，有那么多人都在关心玉树，有那么多钱都跟玉树有关。心里一热，他又哭了。这次哭得比以前更厉害，说不清是为什么，但他知道，那不是因为伤心。

4月20日的晚上，《情系玉树 大爱无疆——抗震救灾大型募捐活动特别节目》在中央电视台一号演播大厅举行。整台节目以新闻事件为主线，文艺演出和募捐活动相串联，以表达全国人民对灾区同胞的支援和慰问之情。两岸三地演艺界的300多名艺术家、体育明星参与演出。

才哇说，晚会结束时，领导们过来跟他们握手，说这个晚会总共收到捐款20多个亿，都是给玉树的。还问他有什么要求。他说，他想马上回玉树,一刻也不想耽搁。他希望坐明天第一班飞机回玉树。

那场晚会举行时,我们在玉树灾区的帐篷里已经有电视了。我在帐篷里观看了整台节目。从晚会一开始,我的眼泪就没有断过。有一会儿,帐篷里只剩我一个人时,我还曾哭出了声音。我看到了才哇,他就穿着那件沾满泥土的旧毛衣,站在台上说话时,眼泪就掉了下来。他身边站着那几个孩子。

我记得,其中一个孩子叫才仁旦周,10岁。那几天,他以一个志愿者的身份穿梭于救灾现场的人群之中,就在我们对面的体育场里。一开始捡拾垃圾,后来给伤者和医生以及所有遇到交流困难的人当翻译。他是玉树灾区年龄最小的志愿者,整个玉树灾区还有很多这样的孩子。一天下午,玉树狂风大作。我看到,在扎西科有一辆车正在发放救灾物资,领取救灾物资的人排成了长队,秩序井然,维持秩序的是四五个跟才仁旦周一样大的孩子。他们手牵着手,让所有人排成队,一个一个来。

何其柔弱的肩膀,何其强大的心灵!

体育场是一个灾民集中安置点,里面扎满了救灾帐篷,还有帐篷医院。小旦周就在那些帐篷中间穿梭奔跑,到处寻找着需要他帮助的人。我们的记者曾写过有关他的报道,我给那报道取的标题是:"玉树灾区的小翻译"。还给他拍过新闻图片,照片上的小旦周露着调皮的笑容,阳光灿烂。单看那笑容,你根本不会相信,那是一个刚刚经历过一场灾难的孩子。虽然,我没有见过他本人,但是,那天,他一出来,我就认出来了。他一开始也还挂着笑容,可是一说话,就哭出声来了。当他哭泣着感谢全中国的爷爷奶奶和叔叔阿姨们对玉树的关心和帮助时,电视画面切换到了观众席上,我看到几乎所有的观众都泪如雨下。

第二天，才哇就回到了玉树。这是他第一次去北京，除了从飞机上往下看过一眼，又乘车从北京的大街上走了一两趟之外，北京是个什么样，他并没有看到。要是往常，他一定会去好好看看的。但是，现在不行，他心里全是玉树。除了玉树，没有别的地方。他甚至连想去看看的念头都没有动过。当然，后来，在不到三年的时间里，他先后8次去北京，每次去都与自己在玉树震后的经历有关。

一到西宁，下了飞机，才哇就听到了防空警报鸣响的声音。那一天是2010年4月21日。为了表达全国人民对玉树地震遇难同胞的深切哀悼，党中央、国务院决定，在这一天举行全国哀悼活动。全国和驻外使馆下半旗志哀，停止一切娱乐活动。上午10时整起，青海人民默哀三分钟，届时汽车、火车、轮船鸣笛，防空警报鸣响……这一天，只属于玉树。这一天的上午10时，我在帐篷里为玉树默哀。

当天下午，才哇回到玉树后，直奔救灾物资发放点。从此，再也没离开过这个点。那个时候，玉树有很多这样的点。这些点上忙碌的人群，那些天白天黑夜主要做的就是两件事情：一件事是接受从四面八方不断运到玉树的救灾物资，登记造册；另一件事就是把所有接收的物资再分发到每一个灾民手中。整个玉树的抢险救灾都是围着这些点来展开的，那是整个玉树灾区的支撑点。

才哇的家人都已在赛马场的救灾帐篷里。扎西大同的很多人都被安置在赛马场。现在，那里就是他临时的家。以前，那里每年夏天都会举行赛马会，后来的赛马会上不仅赛马，也会跳卓舞和伊舞，那是真正属于玉树、属于康巴的舞蹈——所有的舞者都是牧人，那是牧人的狂欢节。那真是让人怀念的快乐日子。可是，现在，他们都怕想起以前的日子。以前的日子已经不在了，以前的很多人也已经不在了。现在，这里成了他们临时的家。左邻右舍的人都已经不再是原来的邻居。他们生活的秩序被彻底打乱，感觉很陌生。这片叫扎西科的河边草地上扎满了帐篷，一顶挨着一顶，所有的帐篷都是蓝色的，上面都写着"民政救灾"的字样，所有的帐篷都一模一样。有的人夜里走回自己家的帐篷时，不仔细留意，一时半会儿还找不到。睡在里面，谁都不敢大声说话，隔壁帐篷里有人深夜叹口气，也会把你惊醒。惊醒之后，还有点恍惚，还问自己怎么会睡在这样一个地方。住在这里的人，很早以前，一年四季都住在帐篷里，后来他们都住进房子里了。好在，他们对住帐篷的生活并不陌生，否则，接下来的生活真不知道该怎么过了。要知道，那不是一天两天，而是一年两年，甚至更长的时间。

从救灾物资分发点到赛马场有六七里路，路上又拥堵，有时候开车走几个小时才能到。很多时候，才哇回到赛马场并不是为了回家，而是为了别人。

那个时候，玉树灾区有上百个这样的点，这些点分布在19个片区的各个地方。这些片区有一个共同的特点是，它们都没有明显而清晰的四至界限，在很多地方它们是相互交错、交叉，甚至是重叠的，因而给管理带来了诸多困难。这些点上的工作一直持续到当年7月底才结束。

7月底，玉树灾区的片区管委会成立了。

从点到面，从片区到管委会，再从管委会到建委会，这种网格化的管理模式，是玉树灾区社会管理上的一大创新和突破，也是玉树在人类救灾史上的一大贡献。

这无疑是一个标志性的转折点。

4

扎西大同设了三个管委会，村上有7个人被分到这三个管委会开展工作。才哇分到了扎西大同南管委会，当生活组副组长。所做的工作很复杂，什么事情都做，主要是灾情调查，也继续发放救灾物资和救灾帐篷。房子没了，人都不在原来的地方，联系灾民很难。就一个一个地寻找，然后，询问受灾的情况。

扎西大同南管委会管着700多户人家，管委会的人每天从早上一直到深夜都在忙这些事。

才哇说，那一段时间，还曾组织了一个英模事迹报告团，到昆明、成都、北京、西宁等地巡回报告。他的事迹也被写成了报告材料，但是，他没有去。他的事迹是由一名老师报告的。

第二年，灾后重建开始了。管委会也变成了建委会——建设委员会。这是玉树从抗震救灾转入灾后恢复重建之后，随着职能需求的变化，对灾区社会管理模式的进一步健全、完善和创新发展。从玉树州各县抽调的700多名工作人员，自管委会成立以来就一直日夜奋战在这个特殊的工作岗位上。每个工作人员负责10余户人家，做担保和思想工作。才哇和一个从杂多县抽调来的干部负责32户重建户的工作。

扎西大同定的是统规自建区。刚开始的时候，他们拿着详规图纸一家一家跑，听他们的意见，没有一个人同意。虽然，基本上都还在原来的地方，但是，具体到每一户又都不在原来的地方。才哇自己想了一个办法，把一些人家的地方私下里稍稍挪了一下位置，也就是把一些人家的所在地相互调换了一下位置。然后，拿到负责援建的中铁二局去沟通，把他的想法说给他们听，没想到他们也痛快地答应了。然后，他把这个结果再拿去跟住户商量，对这个方案，住户也表示满意。这样，这32户人家的住房重建很快就开始了，成为整个玉树灾区统规自建区最早开工和最早建成的居民住房。

这件事在整个玉树灾后重建中的影响不小。它给人们传递了一个积极信号：一些看上去很尖锐复杂的矛盾，只要我们用心去化解，还是能得到人们的理解和拥护的。

可能是因为这件事情处理得非常妥当的缘故，当另外14户人家为重建规划中的一些问题协调不下去时，人们又想到了才哇。有了上一次的经验，才哇如法炮制。他先私下里做了一些调查，摸清了症结所在之后，他带着这14户人家的人又去了一趟中铁二局。他建议，在保证规划整体方案不受影响的前提下，把一些道路、巷道的局部线路走向稍稍做了一些调整，使规划更趋合理。这个地方的重建规划终于落地，很快就开工建设了。

这一年，才哇还干了一件事。从扎西大同调整到孟宗沟那里的7户人家，是迁移户，因为地形不好，意见很大，不想去，又让才哇去调解。才哇说，这一次，比前两次难度大一些，他费了很多心思，想了很多办法，才做通了这7户人家的工作。

"回想起来，这三件事，是这一年里最让我欣慰的事。因为我的努力，避免了很多矛盾，使扎西大同的灾后重建工作得以顺利推进。"才哇如是说。这一年时间里，他主要就干了这三件事。其中有他付出的心血，更有他发挥出来的聪明才智，以及处理这些难题的策略和技巧。

千万别小看了这三件事的意义。虽然，这三件事加起来，总共牵涉的户数也不过50余户，在整个玉树的重建规划中它连个零头都算不上——全州仅农村住房和城镇居民住房重建项目就接近4万户。但是，在某种程度上，这三件小事反映了玉树灾后重建中所有的问题和困难。

大规模的灾后恢复重建在任何一个地方都是一项复杂艰巨的系统工程，而在玉树这样的地方，因为受高寒缺氧、施工周期短、施工难度大等客观因素制约，其复杂艰巨的程度更是难以想象的。

世所公认，玉树抗震救灾的伟大斗争创造了人类救灾史上的许多奇迹，玉树的灾后重建更是史无前例的伟大创举。人类历史上已经发生过无数次大地震，与很多地震相比，玉树地震甚至算不上很强烈。

让我们简单回顾一下人类历史上的几次大地震——要记住，这只是无数次大地震中的几个典型案例——

早在公元前1600年，地中海上的希腊克里特岛曾发生三次震中烈度仅为4度的地震，却将这一地区的史前文明毁于一旦。克里特文明不复存在。

之后的漫长岁月里，给人类以灾难和重创的大地震从来没有间断过……

1923年9月1日，日本东京发生8.2级大地震，引起强烈的次生灾害，大火几乎烧毁了半个东京，死亡人数超过10万。

1960年5月22日，智利发生8.5级大地震，引起的海啸横扫太平洋，巨浪直驱日本，将渔船掀到陆地的屋顶，死亡人数超过7000人。

1976年7月28日，唐山发生7.8级大地震，死亡24.2769万人，重伤16.4851万人——唐山大地震的死亡人数是东京大地震的2.4倍、智利大地震的35倍。

2008年5月12日，四川汶川发生8.0级大地震，死亡69000多人，失踪18000多人。

2009年9月30日，印尼苏门答腊岛发生7.9级大地震，最终死亡人数很可能超过5000人。

当地时间2010年1月12日，海地发生7.0级强烈地震，最终的死亡人数超过15万人，重伤25万人，还有超过150万的人无家可归……

时隔3个月，玉树地震。

但是，此前，在整个人类的记忆里，从来没有过在海拔4000米以上地区大规模抗震救灾和灾后重建的经历。一次也没有。所以，时任青海省委书记强卫说，玉树的灾后重建"条件之艰苦、困难之多、矛盾之复杂世所罕见"。

玉树州仅在结古地区就设立了11个灾后重建建设委员会和1个过渡安置管理委员会。参与灾后重建的省内外援建队伍施工人员超过6万人，全州参与重建的藏族群众超过14万人次。仅专事重建质量监督的人就有25785人，分布在6县19个乡镇所有的施工点。这是一支世界上绝无仅有的重建大军。

迄今为止，这是人类在高原高寒地区开展的最大规模的灾后重建工程。

灾后重建最初计划的投资规模已经超过300亿元——后来，这个规模又不断被追加突破，最后已经追加到418亿多元。重建项目涉及7大类，共计1248项，其中全州城乡居民住房建设任务39149户。除了玉树结古地区，还涉及周边13个乡镇，项目区范围超过10万平方公里，项目区平均海拔超过4000米。

结古镇重建的城区规划面积超过12平方公里，而需要安置的人口在14万人以上。重建规划区内的最大高差达到272米，坡度大于5%的建设用地占规划总面积的56%，土地零散，结构复杂，设计施工的难度很大。加之，整个重建区都处于三江源国家级自然保护区内，生态环境保护与实施建设的矛盾十分尖锐。而且，几乎所有的建筑材料都需要从外地拉运，大型建材运输车辆从西宁到玉树需要行驶50个小时以上，西宁、海东每吨约340元的水泥运到玉树后的价格高达700元以上。中铁二局承担的一个农村住房建设任务中，为了保障建材运输道路畅通，投资400多万元，用了60天时间才修通这条公路。震前的玉树还是全国唯一没有国家大电网覆盖的一个自治州，全州还有199个行政村不通电，能源紧缺、电力没有保障，也给灾后重建增加了难度。

如果没有国家力量和民族力量的支撑，在这样一个地方进行如此大规模的灾后重建是难以想象的；如果没有国家力量的支撑和祖国各地的八方支援，它为之付出的代价也肯定会更加惨重。大难中的玉树无疑再一次见证了国家的力量和中华民族的凝聚力，当然，也感受了身在这个大家庭的无比温暖。

玉树地处号称地球第三极的青藏高原腹地，震区和灾后重建区的平均海拔都超过4000米，空气含氧量不足海平面的60%，年平均气温只有零下0.8摄氏度，只有冷暖之别，没有明显的四季之分，全年相对温暖的季节不足6个月。由于高寒缺氧，生存环境恶劣，玉树地区人群机体病变率高达98%，人均寿命只有60岁左右，比中国内地低10～15岁。

这里六月飞雪，这里是雪域。

这里的每一个生命都曾经历过无法想象的苦难和跋涉。

这里多灾多难。近20年间，这里所发生的每一次灾难，我都曾经历。每一次从玉树的灾难中回来，我都有大病初愈抑或死而复生的感觉。

这里是生命的极地。

所以，才哇对自己在这一年中所经历的这三件事格外看重。这三件事可以说是整个玉树灾后重建的一个缩影。

玉树的灾后重建大体上可分为统规统建和统规自建两大类型，但无论是哪一类，它都有一个前提，那就是统一规划。也就是说，所有的灾后重建工程项目首先要解决的问题是，规划落地。考虑到玉树未来的长远发展，除了行政机关用地较震前有大幅度压缩减少以外，重建后新玉树的其他公共设施用地大大超出了原来的规模，几乎所有新规划建设的学校、医院等事业单位以及其他新增的公益性基础设施的占地规模远远超出了人们的想象，譬如新增加的博物馆、艺术中心等文化设施也占用了大量的土地。还有以前从未有过的景观用地、公共绿地和数量可观的休闲场所，等等。

可是，玉树州府所在地结古镇四面环山，中间还有两条河穿境而过，绝大部分重建规划就要在这片支离破碎的河谷地带来实施完成。它的可利用土地面积原本就十分有限，而人口密度又相对很大，这就造成了一个很尖锐的矛盾。结古地处青藏高原腹地，一个十足的偏远小镇，但其中心黄金地段的地价几乎已经逼近青海省会城市西宁的地价了，人地矛盾之尖锐，由此可见一斑。如果是其他矛盾，也许还有别的渠道可以化解，但是，这个矛盾只能依靠所有的玉树人自己来化解。

5

2013年4月10日下午，有雪。在更尕才旺家里。

我对才哇的采访继续进行。更尕才旺是才哇的儿子，他已经搬入新居，而才哇自己的家还没有完全建好，在离儿子家有几百米的地方。所以，暂时跟儿子一起住。除了儿子更尕才旺，他还有两个女儿，大女儿江永拉吉和小女儿桑周永藏，两个女儿都还没有出嫁，都跟他一起住。他们本来还有一个姐姐，在地震中遇难了。

我跟才哇说话的时候，他不到三岁的小孙子久巴杰觉伏在他身上玩。他戴着一顶小礼帽，用一只手托着下巴，胳膊肘支在才哇的腿上，看着他爷爷说话，脸上挂着调皮又纯洁的笑容，很可爱。小久巴杰觉本来还有一个哥哥，也在地震中遇难了。那个时候，他还没有出生，没有经历那场灾难，对那场给一家人带来无比伤痛的灾难，他没有任何记忆。我们说话的时候，他母亲措毛坐在一旁，在一块宽大的布料上绣着一幅布达拉宫的十字绣画，非常平静。也许是因为久巴杰觉恰好降临的缘故吧，灾难留给她的阴影似乎已经慢慢淡去了。

从2012年开始，随着规划落地，矛盾也少了，才哇参与重建的事情也少了下来。他在忙社里其他的一些事。一个是原来社里农畜产品交易市场被征用后如何重建的事；还有他们三社原来的沙场、砖厂被征用，社里的打麦场也被占了，都成了规划用地，被规划征用的还有集体牧场的定居点……以后的发展成了压在他心头的一个大负担。他得操心这些事。通过争取,他们已经往牧场修了5公里的路。在省扶贫局的支持下,又购买了100头母牦牛,使社牧场的牦牛增加到了300头。还集体购买了100多平方米的铺面,还没最后完工,说是在一栋楼的第二层,年底就能用了。

  随着时间的推移,玉树的灾后重建越来越接近尾声。人们的生活也越来越像是恢复到了正常的状态。几乎所有的农牧民都搬入新居,所有的孩子们也早就在新校园里学习了。沿街的店铺恢复了往日的繁忙景象,看上去,生意比以前还要好。街上还新增加了许多以前很少见的时尚门店。从很多玉树人的言谈举止中,我也发现了一些新的变化,他们的视野似乎更开阔了。还有他们的一些行为习惯也正悄然发生着细微的改变——对未来而言,这些眼下看上去细微的改变也许就是一种深刻而长远的改变。可以说,这是一种趋势。当然,物价也比以前高出了许多——对此,所有的玉树人都有切身的体会。总之,除了还没有彻底完工的那些大型工程之外,玉树已经快建好了。胡锦涛总书记写在孤儿学校黑板上的那句话已变成现实:"新校园,会有的!新家园,会有的!"

  2013年4月13日上午,我独自在红卫路下面的扎曲河边行走,那里有一片商住组团的房屋正在建设,临河的那些大楼还没有封顶。工地旁边还有几顶帐篷,里面住着人。那是玉树灾区已经所剩不多的最后的帐篷了。我正在那几顶帐篷前张望时,一个孩子跑了过来,主动跟我打招呼。正是他的这一举动,让我萌生了一个到他们帐篷里看看的想法。

  "你就住在这里吗?"我指了指旁边的帐篷问。

"嗯，是的。就那里。"他指着几顶帐篷中间的一顶说。

"我能去你们家坐坐吗？"

"可以。那是我妈妈。"我看见一个女人从那帐篷里走了出来。

这个孩子叫朋周多杰，13岁，是红旗小学五年级的学生。这一天是周六，本该是休息日，因为第二天是玉树地震三周年祭日，学校还安排有活动，朋周多杰因为感冒，请假了。他能用流利的汉语跟我交流。

在他们家的帐篷里落座之后，他们一家人都异口同声地问我是干什么的，我说，我是一个记者。之后，他们一家人开始争先恐后地给我讲述他们家的事情。不一会儿，他们家隔壁帐篷的几个人也走进来，加入我们的谈话。有一个叫日尕的中年男子还抢着说话，他说话的时候还不让别人插嘴，也不让我提问。他固执地让我们都静静地听他说话，绝不允许被打断。

他说，朋周多杰家，他们家，还有一家人，原来都不在这里，是八九年前搬到这里居住的。朋周多杰一家和他们一家分别是从本县的下拉秀和隆宝迁来的，索朋一家是从囊谦县的觉拉乡迁来的。到这里之后，他们都从私人手里买了地，盖了房子。他花了6万多元买了6分地，盖房子又花了26万。其他两户的情况也差不多。为了地皮和房子，他们几乎花掉了所有的积蓄。可是，震后，他们什么都没了。地震是天灾，怨不了谁。一开始的规划中，他们都是就地安置，这地段好，一楼还有商铺，他们都很高兴。可后来，这里又增加了一条绿化带，他们的地就被征用了。他们都被安排到琼龙路那面去了，他们一时没办法接受，也都不愿离开这个地方。

这几户人家就是才哇所说的那些"外来户"中的典型代表。

在跟才哇和所有玉树人的交谈中，我发现，他们谈话的方式跟以前也有所变化。他们会频繁地谈到两个词：震前和震后。这是玉树人以前在日常叙述中很少会听到的两个词，因为一场地震，玉树被分割成了两个部分，一个是震前的玉树，一个是震后的玉树。玉树的历史，玉树人的记忆也被断开了。地震，已经成为玉树一个新的纪年方式。

别说是生于斯、长于斯的玉树人，就连我这个玉树的过客和路人，从那以后，每次谈到玉树时，也会自觉不自觉地把震前的玉树和震后的玉树截然分开。震后的整整一年时间里，我都不敢去玉树，觉得去了，害怕认不出来。

地震一周年的时候，我在散文《玉树：四月的另一种叙事》中这样写道：

整一年过去了。一年时间对以前的玉树来说，就是花开花落，就是牧草枯荣的一个轮回，就是细碎平常的三百六十五个日日夜夜。在过去漫长的岁月面前，一年时间对无边无际的玉树草原简直算不了什么。因为，早晨的太阳依旧升起在东山顶上，晚上的星辰依旧在曾经璀璨的夜空。牧人们当然也会跟以往一样在草原上迁徙和漂泊，只要还能望见雪山和草原，只要畜群还在眼前如云朵般飘荡，他们便会在铭记的日子里，到寺庙点燃酥油灯，爬到山顶的鄂博前抛洒风马。为了证明每一个日子和过去没什么两样，他们还会定时让炊烟从自己的帐篷和屋顶上袅袅升腾，并在任何一个可能的时间和地点唱起从很久以前就一直在传唱的歌谣,跳起从很久以前就一直在跳着的锅庄。即使每一个日子里都堆满了苦难,他们也可以用虔诚和信念把灿烂的笑容时刻挂在脸上,使每一个原本十分庸常的日子都洋溢着快乐和吉祥。

无数次走过玉树大地,最后记得的还是它最初留给我的记忆。

然而,过去的这一年对玉树来说,就是对过去的彻底改变。曾经的记忆已经湮灭。

……

从那废墟上走过之后,整整一年的时间里,我几乎每天都在心里遥望玉树。遥望玉树时,我其实就在遥望自己曾经的记忆。只有在梦中,我还能一次次地走向玉树。出西宁,尔后翻过日月山,尔后,过倒淌河、恰卜恰、河卡、三塔拉、温泉、鄂拉山、花石峡、玛多、星星海、巴颜喀拉、野马滩、清水河、歇武、通天河,就到结古了。梦中走向玉树时,时间仿佛一直停留在很久以前的某个季节,沿途的景色几乎一成不变,没有格桑花,也没有蓝天白云。有的只是灰色的山梁、灰色的原野、灰色的天空……我在无边的灰色中一路前行时,身边没有同伴,我显得很孤独。偶尔也出现一些模糊的身影,与我无关,与玉树也无关。他们好像是在一个错乱的时空中随处游荡的幽灵。在梦中,我还纳闷儿,往玉树的路上怎么会有这些影影绰绰?时间又怎么会总是停留在同一个时刻?在往玉树的路上,我从来没有经历过那样一个季节,那样一个时刻。这一年,我的梦里全是玉树,但又不是玉树。记忆中我所熟悉的那个玉树一次也没有出现过。后来,我就害怕想起玉树,但是,玉树却形影不离。

我都尚且如此,才哇他们又怎能会跟以前一样呢?那场地震,毕竟给玉树留下了太深的印记。对所有的玉树人来说,那是一个伤疤。对未来的玉树来说,那却是一个历史分野的节点。无论过去多么久远,玉树人都能将震前和震后的玉树区分开来。无论未来的玉树多么美丽,他们都不会忘记震前的玉树,更不会忘记震后的玉树。

第四章　叙事与素描
发生在玉树的中国故事

废墟之下，无边的草根开始萌生新的叶片
从地底下伸展它们娇嫩的手臂
就要举过地平线了
雪域的雪季已经渐渐走远
春的气息已经漫过天涯
最终，每一片草叶都会以生命的样子重新站立
——摘自古岳《五月叙事：写给父亲的玉树》

1

2021年3月7日下午，习近平总书记在青海代表团参加审议时，听说玉树实现了"苦干三年跨越二十年"，十分高兴。他说："我非常牵挂玉树，一直关注玉树灾后重建，为玉树的发展而高兴。你们

因地制宜,将生态保护、经济发展、民生改善统一起来,希望你们沿着这条路继续走下去。"

2010年,习近平专程赶赴青海玉树地震灾区,看望慰问灾区各族干部群众,考察灾后重建工作。"我是直接飞到玉树的。当时上到了一个海拔4000多米的村子,那里破坏还是很严重的。"谈及十年前的往事,总书记饱含深情。

"在玉树州机关,我给机关干部说了一段鼓劲的话。我说,大灾之后肯定有大变化,有你们百折不挠的精神,有党中央全力支持,有全国人民四面八方支援,大家一起自力更生重建家园,将来肯定会有一个新的玉树。"

现在,一个崭新的玉树已经展现在世人面前。

2

2009年的某一天夜里,一个玉树人做了一个梦。

他梦见,一位中央领导到玉树来了,来了之后,给每家每户都发了一套房子。这个人把自己做的这个梦告诉了另一个人,另一个人又告诉了第三个人,第三个人又告诉了第四个人……于是,很多玉树人都听说了这个梦的事。几乎所有听到这个梦的人都说,做梦吧你,哪有这么好的事。谁也没当真。

玉树解放半个多世纪,共和国高级别的领导人谁都没来过玉树。这里海拔高,氧气稀薄,偏远落后,交通不便,地广人稀。他们根本不相信中央领导会来玉树,当然,更不相信来了之后会给大家发一套房子。开玩笑,房子又不是糖果,想发就发。

可是，第二年玉树地震了，紧接着灾后重建，人们忽然想起这个梦，觉得这梦很灵验。

中央领导还真来了。不是来了一个，而是几乎所有的中央领导都来了。习近平、李克强、胡锦涛、温家宝都来了。而且，有好几位还不止来了一次，而是来了一次又一次啊。

玉树惨遭不幸，而我"有幸"经历了那一段历史。这当然不是说我见过这些中央首长的面，不是的。跟你直说了吧，我根本没见上他们的面。他们一个接一个到玉树来的那些日子里，我一直坐在帐篷里修改和编辑发往报社的那些新闻稿，几乎连帐篷的门都没有出过。但是，我听到了，感觉到了，也听玉树的人说过。甚至可以说，我曾经离他们很近，他们开会、休息的地方离我的帐篷只有咫尺之遥，他们去察看灾情、慰问看望受灾群众的地方也都距我不远。甚至可以说，我听到过他们急匆匆的脚步声。

譬如，有一天，我忽听得军区大院的指挥部里人声鼎沸，我问咋啦？身旁有人告诉我说，胡锦涛总书记来了。就像是在说一个老朋友、老熟人一样。说真的，要不是处在地震抢险救灾的非常时刻，我真想说那感觉真好，因为，作为广大人民群众的一分子，那个时候，我们曾与共和国的领导人离得那么近。你说，那感觉能不好吗？

再后来，我们的帐篷里有电视了，我还可以从屏幕上看到他们在离我不远的地方焦急奔走的画面，那些地方听起来是那样的熟悉和亲切，他们就像是生活在我们中间的一个亲人，或者说就是一个普通公民。我们对党和国家的新一代领导集体和领导人满怀崇敬。

汶川地震后，我们国家对死难同胞下半旗举国志哀，这是共和国历史上第一次为死难的平民举行的庄严哀悼。也是在汶川地震后，反应之迅速,救援和重建速度之快,规模之大,力量之强,在此前的记忆里,好像还从未有过。就在那个时候,我牢牢地记住了一个新鲜的词汇——国家力量。之后,我们把这种力量变成了中国故事,讲给全世界的人听。呼啦一下,每一个中国人似乎都切身地感受到了全世界惊讶和赞许的目光。中国向世界展示了一种崭新的国家形象和风采。

时隔两年,玉树地震。毫无疑问,这时的中国更加自信和从容,更加强大和富有经验,也更加沉着和智慧。这种自信和从容,这种强大和富有经验,这种沉着和智慧,体现在方方面面。反应更加迅速,行动更加果断,处置更加得当,救援更加得力,救助关怀更加温暖人心。

从汶川到玉树,我们再一次见证了中国奇迹;从汶川到玉树,我们也再一次重温了中国故事的魅力。从汶川到玉树,我们看到了民众身上的家国情怀,也看到了领袖人物身上的百姓情怀。万民之有民族家国情怀,领袖之有百姓公仆情怀,实乃国之幸,民族之幸也!中华民族要实现伟大复兴的梦想,这是根本。

玉树,说大不大,说小不小。作为共和国的一个自治州,它的总面积超过26万平方公里,是三个半宁夏、两个半浙江、一个英国的面积,堪称大。但是,全州总人口不到40万人,也就是历史上一次大地震的伤亡人数,譬如唐山大地震(死亡24.2769万人、重伤16.4851万人,总计超过40万人)。全州每花一块钱,几乎都是中央财政的转移支付,州本级财政收入不及内地一个半大不小的乡镇,可谓小。

这一大一小决定了玉树抵御自然灾害的能力非常有限。它又是个自然灾害频发的地区，多雪灾。我在1996年采写的一篇很长的报道《雪域·血脉·生灵》中曾写下过这样的文字：

从去年10月17日至今年1月17日的三个月时间里，玉树藏族自治州6个县的万里草原上，几乎一直在下雪，降雪次数达43次之多，还先后出现了4次大的降雪过程，降雪区域累计平均积雪60余厘米。每次雪后，经阳光照晒，融化的雪面上形成坚硬的冰块，日晒不化，风吹不走。一次次频繁出现的降雪过程，使一层层冰雪相加的积雪越来越厚。

……到第四次大雪出现时，那厚厚的积雪已覆盖了整个玉树草原，致使全州6县的30个牧业乡全部受灾，重灾乡达20个，成灾面积逾12万平方公里。

……据自治州政府匡算，这场雪灾造成的直接经济损失已高达1.7亿元，比去年全州的农牧业总产值还要多，是去年全州财政收入的10倍。

前50年，玉树遭受过5次大雪灾，共死亡牲畜近500万头（只），是去年末玉树全州牲畜存栏总数的1.4倍。每次大雪灾之后，都需要近10年的努力才能使牲畜存栏恢复到灾前的水平。

很显然，地震还不像雪灾，它更难抵御。"4·14"里氏7.1级强烈地震过后，玉树结古等地沦为一片废墟。对玉树而言，那简直是一场毁灭性的灾难。

而青海又是一个欠发达地区，在这样的灾难面前，自身组织抗震救灾和灾后重建的能力也很有限。

那么，玉树拿什么来抵御这样的灾难呢？

如果没有国家力量的支撑，如果没有整个民族力量的驰援，玉树拿什么来进行灾后重建呢？

然而，玉树又很重要。玉树全境几乎都是国家三江源生态自然保护区的核心地带——其中还包含另外两个国家级自然保护区，中国最大的三条江河长江、黄河、澜沧江的源头、源区都在这里。这三大江河浇灌着中华大半个河山，哺育着近80%的中华儿女，都是我们的母亲河，而玉树则堪称母亲河的母亲。重要，太重要了。

这些年，玉树人民为了保护好三江源源头和源区生态环境，放弃发展工业，甚至舍弃追求经济发展速度——多年前，玉树已经不再考核GDP，以保家国安详。减畜休牧，以使广袤草原休养生息；退牧还草，以使江河之源得以涵养；生态移民，以使江河奔流不息。他们舍弃的是自己曾经的家园，雪山远了，牛羊少了，牺牲不可谓不大。很多人将自己的家园牧场变成了一片片自然万物的栖息地，为的就是能够保住中国这一道生态防线和安全屏障。玉树称得上伟大，太伟大了。

从某种意义上说，玉树所付出和贡献的一切也是国家力量的重要组成部分。试想，如果长江、黄河、澜沧江都没了源头，没了源区大野的和谐生态，国家力量是否就会少一些底气，是否就会显得乏力呢？

也许，我真该继续用这种平民化的叙事——而非我所擅长的新闻写作来讲述玉树的故事。尽管，我不能确定，在接下来的叙事中，我会遇到怎样的障碍，但是，我相信，一种平实的叙事风格将有助于我们能在更深层次上读懂我们的中国，也读懂发生在玉树的中国故事。因为，我们都是中国人。

而且，每一个中国人在走向玉树时，其实就在走向我们母亲河的源头，那是朝圣的路，那是救赎的路，也应该是回家的路。

我曾说过，那里是我心灵的祖坟和精神的殿堂。

玉树在呼救！青海在呼救！

我们不能不牵挂玉树。

3

强烈地震撕碎了数十万玉树儿女的心。这是玉树之痛，也是国之伤痛，中华大地一片悲痛，亿万同胞撕心裂肺。

各族兄弟姐妹从祖国四面八方，伸出一双双大手，捧着无私大爱，捧着骨肉亲情，伸向玉树，伸向受灾、受伤、受难的同胞。

一双大手就是一面旗帜。亿万双大手握在一起，可以筑成一道万里长城；亿万双大手举过头顶，可以变成一片覆盖大地的森林。

用这手，我们扶住玉树，玉树就不会倒下。

一场由党中央、国务院，青海省委、省政府紧急组织，全国人民迅速行动响应参与的大救援已经全面展开了……

玉树地震发生的那一刻，胡锦涛总书记在美国华盛顿刚刚出席完核安全峰会。获知这一消息，立即召开紧急会议，同代表团陪同人员一起，急迫地分析国内发来的一份份灾情简报，并立即向国内发出指示，要求各部门全力做好抗震救灾工作，千方百计救援受灾群众……

当地时间14日深夜11时许，胡锦涛主席同智利总统皮涅拉通电话；15日零时前后，又同正在国外访问的委内瑞拉总统查韦斯通电话……向他们通报了中国青海玉树地震灾情，表示："在这一困难时刻，我需要尽快赶回国内，同我国人民在一起，投入抗震救灾工作。"随后的几天里，"同人民在一起"这句话响彻了大江南北。

受灾群众的安危，牵动着总书记的心。他指示连夜紧急调用飞机，运送各地救援队伍奔赴灾区，并调集部队昼夜兼程开赴灾区投入抗震救灾斗争。

在党中央坚强领导下，抗震救灾的战斗迅速打响……

地震当天中午，国务院副总理回良玉就赶赴灾区，慰问灾区各族干部群众，指导抗震救灾工作。据说，当天晚上，因为找不到一块床板，他差点就睡在地上。在后来的好几天里，他都没洗过脸和脚。

地震第二天，4月15日，温家宝总理也抵达灾区，考察灾情，慰问灾区干部群众，指导抗震救灾。"当前，抗震救灾第一位的工作是救人。只要有一线希望，就要尽百分努力，坚持下去，决不放弃。"那些天，他的这句话一直在人们的心里久久鸣响。至今想来，都会让人怦然心动。

根据中央指示精神，国务院迅速成立抗震救灾总指挥部，中共中央政治局委员、国务院副总理回良玉任总指挥，青海省委书记强卫和有关部门负责同志任副总指挥，下设抢险救灾、群众生活、卫生防疫、基础设施保障和生产恢复、地震监测、社会治安、宣传、综合等8个工作组，紧张有序地开展工作。

北京时间4月17日14时20分，胡锦涛总书记从大洋彼岸回到北京。当天16时，他不顾旅途劳累，立即召开中央政治局常委会会议，研究部署玉树抗震救灾工作。

"我们必须以更加顽强的精神、更加迅速的行动、更加科学的方法，克服一切艰难险阻，坚决做好抗震救灾各项工作……"

"要全力搜救被困群众""要努力救治受伤人员""要妥善安排群众生活""要切实解决好灾区学生复课问题""要加强次生灾害的预防"……会议对下一步抗震救灾工作作出具体部署。

4月18日，在抗震救灾的关键时刻，胡锦涛总书记飞抵玉树灾区。他把足迹和身影留在了扎西大同村的瓦砾堆上，留在了玉树体育场受灾群众安置点的救灾帐篷里，留在了扎西科安置点的父老乡亲身边……

人们不会忘记，总书记一走下飞机，便与迎候在那里的青海省委书记强卫紧紧拥抱的情景。那不仅是对另一个人的拥抱，那也是对整个灾区人民的拥抱。这是心与心的连接，在传递温暖和力量。

人们更不会忘记，当总书记的手和一双双灾区群众的手握在一起的时候，那些热泪横流的情景。

"我相信，只要我们发扬伟大抗震救灾精神，团结一心，众志成城，就一定能夺取抗震救灾斗争的胜利！"总书记坚定铿锵的话语，像一股暖流在高原大地上奔腾呼啸，在人们的心里涓涓流淌。

总书记在玉树州孤儿学校的一块黑板上，用粉笔写下了这样两行大字："新校园，会有的！新家园，会有的！"

那天，我的同事、摄影记者冶晓刚用镜头拍下了这个激动人心的场面。当天晚上，在那顶救灾帐篷里，他给我们讲述了他拍摄这张照片的过程。作为一个地方媒体的记者，他不可能太靠近，更不可能知道胡锦涛总书记会走进一间教室用粉笔在黑板上写字。孤儿学校是玉树震后最早复课的学校——记得，那是2010年4月18日的事情，那是震后的第五天。那天，冶晓刚原本就在孤儿学校采访，后来，清理现场时，他听说是胡锦涛总书记要来，便有意躲在了一间板房教室的背后，谁曾想，胡锦涛总书记恰巧就走进了这间教室，在黑板上写下了那几个字，并和孩子们一起高声朗读，而冶晓刚所在位置的那一扇窗户正好开着，他刚好能从窗户里拍摄到这个画面，一张珍贵的新闻图片就这样被抓拍了下来。2012年3月10日，这所学校的新校舍便已落成，首批243名孤儿穿上崭新的藏式校服，欢天喜地地搬进了新校园。

"新校园，会有的！新家园，会有的！"在玉树震后的三年多时间里，这句话几乎每天都被所有的玉树人反复吟诵，好像在不断地吟诵这句话时，他们会感觉到无比的温暖。而今，这句话镌刻在一块宽大的石碑上，立于孤儿学校门口的操场边上，一进校门就能迎面望见。新校园早已落成，孩子们在新的校园里享受着温暖的阳光。

真情系灾区，关爱汇暖流。

习近平、李克强、吴邦国、温家宝、贾庆林、李长春、贺国强等中央领导同志情牵玉树灾区，心系灾区人民。玉树地震后，他们都在第一时间向灾区人民送来热切的问候和祝福，表达了极大的关怀。

那是2010年6月1日的事。习近平专程赶赴青海玉树地震灾区，看望慰问灾区各族干部群众和灾后重建人员，考察群众安置情况和灾后重建工作，强调要以科学发展观为指导谋划重建、推动重建、检验重建，把保障和改善民生放在优先位置，把安排好过渡安置期间灾区群众的生产生活作为当前重中之重，精心组织好援建工作，按照中央要求又好又快地建设新玉树。

这是新华社当天所播发消息中的主要内容：

今天是"六一"国际儿童节。习近平刚一飞抵玉树，就来到玉树州红旗学校，亲切看望正在简易板房里学习的孩子们。习近平走进孩子们中间，向孩子们致以最诚挚的节日祝福，向灾区所有小朋友表示亲切的慰问。"我心中的新玉树"主题绘画活动现场，摆放着一幅幅五彩斑斓的儿童画。习近平一边兴致勃勃地欣赏，一边夸奖画得好，勉励孩子们自强不息、发奋学习，将来成为建设祖国、建设青海、建设新玉树的人才。循着欢快甜美的藏族童谣，习近平走入三年级教室，同围拢过来的小朋友们一起唱起《北京的金山上》，嘹亮的歌声飘荡在雪域高原。

习近平特别牵挂灾区群众的生产生活。在玉树体育场济南军区野战方舱医院，习近平走到正在接受治疗的群众床边，一次次俯下身子关切询问伤情和治疗情况，鼓励他们好好养伤，争取早日康复。玉树县上拉秀乡加吉娘村几十顶蓝色救灾帐篷整齐排列。习近平弯腰走进藏族村民尕玛松保家的帐篷，拉着他的手详细询问生活还有什么难处。淳朴的尕玛松保激动地说，有党和政府的帮助，吃的喝的都没问题了。一路上，习近平反复强调要把恢复重建城乡居民住房摆在突出位置，通过恢复重建让群众生活条件明显改善、生活质量明显提高。

沿着颠簸山路，习近平来到结古镇甘达村灾后重建施工现场，认真观看工程规划展板，详细了解工程建设情况，亲切看望正在施工的建设者。习近平强调，灾后重建要坚持以人为本，注重生态环境保护，精心规划、精心组织、精心实施，建设更加结实的城乡居民住房，更加先进的公共服务体系，更加完善的基础设施，更加合理的产业结构，更加繁荣的民族文化，更加和谐的生态环境，更加文明的社会秩序。看到沿途处处闪现着解放军和武警部队官兵紧张忙碌的身影，习近平停车走到官兵们中间表示崇高敬意，勉励大家为夺取抗震救灾斗争全面胜利再立新功。在结古寺大经堂，习近平看望慰问宗教人士，仔细察看寺庙损毁程度，了解文物保护情况。

党的基层组织是党的全部工作的基础，地动山摇之时更显基础之牢。在加吉娘村帐篷社区党支部，看着一张张风尘仆仆的脸庞，听着一段段感人肺腑的经历，习近平动情地与基层党员干部一一握手。他充分肯定灾区广大领导干部、基层党组织和党员在地震灾害面前，充分发挥了骨干带头作用、战斗堡垒作用和先锋模范作用，希望大家继续扎实做好安置受灾群众、维护灾区社会稳定、组织群众重建家园等各方面工作。习近平指出，开展创先争优活动，是学习实践科学发展观活动的延展和深入，是夺取灾后重建新胜利的重要保证。要把恢复重建第一线作为创先争优主战场，围绕灾后重建确定创先争优活动主题，确保抗灾救灾与创先争优活动相互促进、相得益彰。

傍晚时分，习近平在青海省抗震救灾指挥部帐篷会议室主持召开会议，听取青海省委、省政府工作汇报，对前一阶段抗震救灾取得的成绩给予肯定，就继续做好恢复重建工作提出要求。他指出，抗震救灾和灾后重建是培养锻炼干部的重要阵地。要有计划安排机关干部特别是缺乏基层工作经验的年轻干部、后备干部，到灾后重建一线经受锻炼、增强本领。习近平强调，玉树是民族地区，信教群众多。要认真贯彻党的民族宗教政策，广泛开展多种形式民族团结宣传教育和民族团结进步创建活动，使灾后重建过程成为加强民族团结、推动民族互助、促进民族和谐的过程。

2010年5月10日至11日，李克强来到玉树灾区，深入受灾村庄、灾民安置点、废墟清理现场、医院临时帐篷、基础设施和公共服务设施重建工地，察看灾区群众安置情况，指导灾后恢复重建工作。

这是新华社5月11日所播发消息中的主要内容：

地处三江之源的玉树，正在顽强地走出大地震带来的伤痛，恢复重建家园工作逐步展开。10日至11日，一直心系玉树灾区的李克强深入受灾村庄、灾民安置点、废墟清理现场、医院临时帐篷、基础设施和公共服务设施重建工地，察看灾区群众安置情况，指导灾后恢复重建工作。

玉树州府所在地结古镇在大地震中受灾严重，群众生产生活遭受极大影响。10日下午,李克强一到玉树,就直接驱车赶往结古镇禅古村考察灾民安置和住房重建情况,这里是先行开展灾后农村新社区建设的两个试点村之一。在通往村庄的道路两边,李克强与僧俗群众亲切交谈,询问灾情;在为灾民临时搭建的帐篷里,他关切了解各类基本生活用品的供应和救灾物资发放情况。食品够不够吃、衣物够不够穿、御寒被褥能不能保证、孩子上学问题如何解决,他都一一询问,耐心察看。李克强叮嘱有关方面,一定要采取更加有力、更加周全的措施,确保基本生活必需品供应,确保食品安全。

昔日经常举办群众性活动的玉树赛马场,如今成了上万灾民的集中安置地,一顶顶帐篷绵延相连,秩序井然。11日上午,李克强来到这里看望灾民。他走进帐篷里,详细了解他们的衣食起居和生活状况;来到围拢前来的各族群众中间,同他们倾心交谈。李克强鼓励大家在党和政府的领导与各方面支援下,坚定信心,克服困难,尽快恢复正常生产生活。他还嘱咐灾区青少年好好学习,增强本领,长大后为玉树发展、为祖国建设贡献聪明才智。

灾后卫生防疫关系群众生命安全和身体健康,李克强牵挂于心。他亲切慰问正在居民安置点和重建工地上紧张工作的防疫人员,强调要进一步加强卫生防疫,普及卫生防病知识,确保大灾之后无大疫,并防范重大食品安全事件发生。特别是要做好灾后重建队伍进驻后防治高原病的充分准备。玉树的医疗设施遭到地震摧毁后,玉树县人民医院和军队"方舱"医院在第一时间联手行动,救死扶伤,深受群众拥护。李克强走入联合医疗区,察看门诊服务、重症急救等救治条件,勉励地方和军队医务人员再接再厉,连续作战,精心医治、细心护理伤病人员,同时认真做好群众日常医疗服务。

居民住房建设是灾后重建的重中之重,也是灾区群众十分关注的大事。在禅古村住房重建新址工地,李克强一边观看工程规划图,一边认真听取建设情况介绍,仔细询问工程进展和建筑材料准备情况。沿途,看到群众正在清理房屋,他停下车来,了解他们对重建住房的愿望和能力,勉励他们在政府帮助下发挥主动性,努力建新房、建好房。

在扎西科等地的废墟清理现场,李克强看望了正在紧张忙碌的当地群众和部队官兵,察看了可重复利用材料的整理、分类等情况。他指出,玉树地处高原、高寒地区,施工期短,运输条件差,重建难度大。要合理调配力量,搞好建筑材料调运和供应,同时要用好当地各类可利用建材,在确保质量和安全的前提下,尽可能加快住房建设步伐。政府将对居民基本住房重建给予补助,让灾区群众早日住上放心房。

在地震中遭到重创的结古镇,水、电、路等基础设施正逐步恢复。李克强来到玉树自来水厂,实地了解管网运行,察看水质情况。他对现场施工人员说,要加快居民生活急需设施恢复重建步伐,让群众有干净的水喝,有稳定的电力供应,有便捷的通信条件,有畅通的出行道路,全力保障灾区群众基本生活,为推进灾后恢复重建提供有力保障。

10日晚,李克强在玉树县结古镇临时搭建的帐篷里主持召开了灾后重建现场办公会,听取了青海省委、省政府灾后重建工作的汇报,并就有关问题同大家深入交换意见……

2013年,一次次到玉树采访时,我还不断听到玉树人回忆起当初的情景。在谈起党和国家的这些领导人一次次到玉树看望慰问他们的经历时,他们满怀激动和自豪,言语亲切朴实,好像他们不是在说起一位中央领导,而更像是无意间说到了一位亲人、一位朋友、一位他们身边的老熟人。他们的语气中一般都会透着亲切和感动。

一个叫卓玛的孩子说:"哦,那天,见到胡锦涛爷爷时,他问我有什么伤心事,给他说说。"

一个叫尕玛松保的上拉秀牧人说:"哦,那天,习主席到我们家的帐篷里来了,还拉着我的手说了很多话,最后还问我,生活上有什么难处?"

一个叫索南拉毛的老人说:"哦,我的腿伤了,那天温家宝总理握着我的手对我说,不要着急,用不了多久,你就可以像以前一样走路了。还给我说了'扎西德勒'。"

一个叫白尕的女人说:"哦,那天,李克强总理到医院来看我了,说他已经问过医生了,我的手术很成功,不会留下后遗症……"

在他们看来,这是一种非比寻常的经历,是荣耀,也是铭刻。但是,他们也愿意将这样的经历当成一件自然而然发生的事情,所以,它才久久温暖着他们的记忆。

危难之中，所有的中央领导不仅来到了人民中间，与他们同甘苦，心连心，还用老百姓自己的话跟他们说起了贴心话。这是一种老百姓喜欢的表达方式，它能进到心里。

从汶川到玉树，党和国家领导人都在第一时间奔赴灾区，与灾区人民风雨同舟，共渡难关。这样的情景在共和国的历史上也是不多见的。它透露出的一个重要信息是，我们党和国家的新一代领导人越来越展现出前所未有的政治智慧和大国领袖的卓越风采。当然，还有百姓情怀。所有的玉树人都感受到了这样的风采和情怀，他们为之庆幸！因为，那是他们人生经历中最珍贵的记忆。

2010年4月20日，新华社播发的长篇通讯《同人民在一起——以胡锦涛为总书记的党中央领导开展青海玉树抗震救灾纪实》中有这样的文字：

> 正在吉林调研的中共中央政治局常委、全国人大常委会委员长吴邦国匆匆结束行程，返京当天下午，主持召开全国人大常委会委员长会议，对在青海玉树地震中遇难的各族同胞表示沉痛哀悼，向遭受严重地震灾害的灾区人民群众表示诚挚慰问，向奋战在抗震救灾第一线的人民解放军指战员、武警官兵、公安干警和广大干部群众致以崇高的敬意……
>
> 中共中央政治局常委、国务院总理温家宝第一时间对全力做好抗震救灾工作作出重要指示，并推迟原定于4月22日至25日对文莱、印尼、缅甸的正式访问。他飞赴灾区，实地考察灾情，慰问各族干部群众，指导抗震救灾工作……

正在湖北调研的中共中央政治局常委、全国政协主席贾庆林十分牵挂地震灾情和灾区人民，强调灾区各级党委和政府要迅速动员各方面力量投入抗震救灾，把抢救人的生命作为第一位的任务，努力把损失降到最低程度。各方面都要发扬一方有难、八方支援的精神，积极投身抗震救灾工作，千方百计救援人民群众……

正在土耳其访问的中共中央政治局常委李长春提前结束对土耳其的访问，推迟对沙特阿拉伯、罗马尼亚、爱尔兰、黑山的访问，并打电话回国，要求宣传思想战线坚决贯彻落实胡锦涛总书记关于抗震救灾工作的重要指示精神，全力以赴投入抗震救灾宣传报道工作……

中共中央政治局常委、中央书记处书记、国家副主席习近平在有关会议上，对党的建设战线做好青海玉树抗震救灾工作做出部署，强调在抗震救灾中要充分发挥各级党委的领导核心作用、各级领导干部的模范带头作用、基层党组织的战斗堡垒作用和共产党员的先锋模范作用，为抗震救灾提供坚强的思想、政治和组织保证……

正在辽宁考察工作的中共中央政治局常委、国务院副总理李克强，在沈阳实地察看支援青海玉树抗震救灾物资抢运工作，强调要全力做好抗震救灾保障工作，加大援助力度，确保受灾群众基本生活，确保抗震救灾有序进行……

正在四川考察工作的中共中央政治局常委、中央纪委书记贺国强，立即会同四川省委和省政府研究制定支援抗震救灾方案，并于4月16日到成都华西医院看望正在接受治疗的玉树地震伤员……

震后第十二天,我也写过一篇报道《爱心大集结》,文中写道:

4月25日,中央和国家机关开展向玉树灾区送温暖、献爱心捐款活动时,他们又带头捐款。截至目前,中央和国家机关干部职工的捐款已超过8.2亿元。

同呼吸,共患难;同冷暖,共休戚。每一场灾难面前,共产党人都表现出与人民共同担当、同舟共济的伟大襟怀。

在面对玉树的灾难时,汶川灾区感天动地的场景又一次浮上心头,又一次激荡天地。走过灾难,回首温暖,我们一直手牵手,我们一直心连心。

4月15日下午,温家宝总理一下飞机,就直奔抗震救灾第一线。

这里是重灾区西杭村的一片废墟,一群消防救援人员已经在废墟上挖出一个洞。温总理爬上一堆高高的废墟,站在洞口上询问,里面有没有人。当他得知里面还有人时,说,乡亲们的灾难就是大家的灾难,乡亲们的痛苦就是大家的痛苦,乡亲们的亲人就是大家的亲人。当前,抗震救灾第一位的工作是救人。

总理说,我们一定会给大家建设一个社会主义新玉树。

玉树州综合职业学校的屯教楼在地震中有一半坍塌,学生们用过的课本和作业本散落在废墟上。当他得知倒塌的教室中还有学生,但已经没有生命的迹象时,神情非常凝重。他从废墟上捡起一本课本，紧紧捏在手里，走下废墟时，两眼满含泪水。

此情此景，我们仿佛刚刚面对。总理好像刚刚从汶川赶来玉树。

在每一次灾难面前，总书记和总理总是和自己的人民在一起。中国共产党人总是站在抗灾救灾的最前列。

随后，在不到10天的时间里，回良玉副总理先后三次亲临灾区一线，和灾区各族干部群众并肩战斗。顾不上歇息，顾不上吃饭，甚至顾不上洗一把脸，顾不上抖一抖满身的尘土。

抗震救灾现场，还有一个画面也牢牢地定格在人们的心里。那就是青海省委书记强卫和玉树灾区西航村支部书记（应为扎西大同村三社社长）才哇，在一片废墟上行碰头礼的场面。

两个书记手牵手，心贴心，头碰头。这是两个人以当地民族礼俗相互表达最崇高的敬意和祝福。那是一个人对另一个人的信任，那是一个男子汉对另一个男子汉的激赏，那是一个共产党人对另一个共产党人的由衷感谢。

在玉树，从"4·14"地震之后的这些天里，这样的场景，这样的画面，每时每刻都在不断涌现。

强卫曾多次来玉树，到过玉树所有的县。玉树地震后，他中午主持召开省委常委会，部署抗震救灾工作。下午飞抵玉树灾区之后，就再也没有离开过。

今天已经是震后第12天了，他依然和灾区人民在一起。12天来，他一直坚守在抗震救灾的第一线，日夜奔忙操劳。几乎每天，都要从一大早忙到次日凌晨四五点以后，才能稍作休息。

有道是，男儿有泪不轻弹。可有好几次，这个铁铮铮的汉子，面对那些失去亲人、饱受苦难，却还依然用自己的双手帮助别人、用自己的心灵温暖别人的善良群众时，他都禁不住热泪横流。在一片废墟上，在一群受灾群众中间，当人们看到他挂在嘴角的泪水时，几乎所有在场的人都潸然泪下。

看着那些纷纷举起手臂，用衣袖擦拭眼泪的情景，人们懂得了什么叫作骨肉相连，什么叫作同休戚、共患难。

省长骆惠宁作为省抗震救灾指挥部的总指挥，在第一时间抵达灾区，现场指挥抗震救灾。灾区许许多多重大而具体的工作，他都亲自部署、亲自指挥、亲自督察落实。除了操心指挥部的整体高速、高效运转之外，他把主要的精力也放在了抗震救灾的现场，日夜奔忙于灾区的各个角落。

这里是此次地震中受灾最严重的一个地方，这个地方叫扎西大同。那天，他下了飞机，一进入灾区，扎西大同满目惨烈的场景深深地刺痛了他的心。看着一堆堆废墟旁遇难的同胞和受伤的父老乡亲，他等不及让车停稳，就跳下了车，冲向了一堆废墟。

在一个双腿还被压在瓦砾堆中的受伤群众身边，他紧紧握住那个人的双手说，我们一定尽快救你出来。话还没有说完，两行热泪就已经滚滚而下。

这些天，他不顾极度劳累，白天在灾区现场指挥战斗，晚上还要部署第二天的工作。把抗震救灾的每一件事都亲自安排到人，落实到位。

在玉树灾区现场的一个角落里，扎着一顶很大的帐篷，那就是设在前方的省抗震救灾指挥部。这顶帐篷，自从搭起来的那一刻起，每天晚上，那里昏暗的灯光就再也没有熄灭过。

就在那阴冷的帐篷里，就在那昏暗的灯光下，胡锦涛总书记、温家宝总理、回良玉副总理都曾召集过紧急会议，部署过党中央、国务院有关玉树抗震救灾的许多重大战役。

省委、省人大、省政府、省政协、省军区的所有领导都情系灾区人民，或深入灾区一线指挥战斗，或留守后方，为前方抗震救灾大军提供强大的后勤保障，从而保证了运输线的畅通无阻，救援物资的源源不断。

实践证明，中国共产党人和他领导的这个伟大的社会主义国家，在大灾难面前，在他的人民遇到危难的紧要关头，越来越表现出高超的智慧和强大的力量。自信果敢，坚定从容。

从党中央的总书记到玉树灾区最基层的村支书，中国共产党人在玉树灾区，用关怀和深情，用人间大爱谱写出一部新时代的传奇。

温暖，感动，万众一心，民族大义凝聚人民新希望。

从你的心灵到我的心灵，经过他的心灵。

又是一次全社会共同参与的爱心接力。

又是一次全国人民万众一心的团结协同。

正是有了这样的人间大爱，我们才凝聚起全社会的力量。

玉树，不过是青藏高原腹地一个偏远的地方，重灾区结古不过是唐蕃古道上的一个小镇。

以前，有很多人也许还不知道地球上有一个地方叫玉树。以前，全中国的绝大多数人肯定没有到过玉树。玉树离他们很远，他们与玉树隔着万重山。

可是，在一夜之间，"玉树"两个字已经成为全中国所有人的一个心病。他们焦虑，他们揪心，他们寝食难安，他们忧心如焚。他们盯着电视屏幕上滚动播出的新闻，密切关注着不断变化的伤亡数字，恨不得立刻飞到玉树。

因为，那里有成千上万的骨肉同胞正在受难。他们都是我们的亲人。13亿中华儿女都是一家人。一方有难，八方支援，是中华民族的传统美德。

……

4

我在这篇报道里还写道：

走过玉树大地，你到处都会看到一些大大小小的横幅标语。上面写着："玉树感谢党中央、国务院的极大关怀！""玉树感谢你！""玉树感谢全国各族骨肉同胞！""玉树向你致敬！"

玉树感谢所有不惜一切代价，不远千里万里赶来灾区驰援的骨肉同胞！

玉树感谢人民子弟兵，感谢公安消防官兵！

当国家和人民遭遇危难的时刻，人民子弟兵总是冲在最前面的中坚力量。这一次也不例外，三军将士把对党的无限忠诚和对人民的无限热爱挥洒在了青藏高原上。

到4月22日，解放军和武警部队共出动救援兵力12798人，累计营救被埋压群众1564人，转移受灾群众5230人。每一个角落都能看到人民子弟兵的身影。

截至22日，18支军队医疗队的1209名医务人员日夜奋战，累计诊治伤员31886人。

还有那些消防官兵，在一片片废墟上，一支支消防部队像一簇簇火焰，不断托起生的希望。地震当日，公安部从10个省市抽调1732名消防官兵、470名公安特警和170名边防医疗救护人员赶往灾区救援，80%的官兵参加过汶川地震救援。随后的几天里，先后有3000余名消防官兵日夜鏖战在玉树，展开大营救、大搜索。

其中包括驻守玉树当地的解放军、武警部队、公安消防部队的指战员，他们是最早出现在抗震救灾现场的重要力量。因为自己身处灾区，他们从废墟中抢救出第一批受伤群众，转移安置第一批受灾群众，安顿他们的吃住……

青海400余名消防官兵、74台特种车辆、540余件套装备器材共抢救被埋压人员398人，疏散群众4105人，挖出贵重物资折合人民币8700万元。

他们无疑是玉树抗震救灾的中坚力量。

与他们一起并肩作战的不仅有来自全国各地的各路救援力量，青海省各级党委、政府和各行业、各部门，各州地市以及社会各界、各族干部群众也迅速行动集结，在第一时间里竭尽所能救援玉树灾区。他们中有干部、有职工、有农民、有企业主、有志愿者、有专家学者、有老师和学生，当然，也有当地的农牧民群众和僧侣。

在我们抵达玉树灾区后的几天里，我们都注意到在一片片废墟上，在一支支救援队伍的身边，一群一群的僧侣拿着简单的刨挖工具，在搜救被埋压的群众。

山东日照有个叫赵龙海的农民，开着自己的农用车，花2万元买了一车救灾物资，走了3000多公里赶到玉树灾区。在灾区的几天里，一直帮助受灾的同胞，只要灾区的同胞愿意，他什么都做。帮他们拉运东西，帮他们清理废墟，帮他们在废墟里挖东西。临离开玉树的时候，他把身上仅有的100元钱也捐给了灾区，而他自己却搭了一辆河南运送救灾物资的顺车回家。说，到了河南离山东已经不远了，他有办法回去。

四川汶川有一支自发组织的农民救援队，他们十几个人，震后立即赶来灾区救援，一直在禅古村一带白天黑夜地忙着在废墟里救人。

这样的人和事，在玉树灾区到处都能看到和听到。青海日报设在灾区现场的采访报道组，每天都会接待很多主动跑来为我们提供此类线索的当地人,他们是出于感动,我们又何尝不是。

像赵龙海一样从大江南北、长城内外赶来玉树救援的各族兄弟姐妹像无数条涓涓细流向三江源玉树汇聚。这是爱心的大集结,这是民族精神的大凝聚。

于是,湖南一家工程企业开着自己的大型设备来了,他们是第一家进入灾区救援的外地企业。

于是,新疆福海县牧民阿布杜热哈曼·阿热依别骑马赶到县委为灾区捐款。

于是,河南郑州17名具有户外救援经验的青年14日当晚就踏上了奔赴灾区的路途。

于是,全国各地各民族的志愿者都急忙赶往玉树。

于是,香港、澳门、台湾同胞都纷纷伸出援手,表达骨肉亲情。到20日下午,香港各界的捐款已经超过2000万港币。

于是,海外侨胞也从世界各地向玉树投来关切的目光,奉献爱心……

截至25日,青海共收到各界捐赠款物75亿元。人们肯定不会忘记"情系玉树 大爱无疆"的晚会现场,观众席上那泪雨纷纷的情景会一直留在人们的心里。一场晚会募捐的款项超过21亿元,这是前所未有的一个记忆。

玉树感动了。

但是,玉树也感动了中国,感动了世界。

当那个不满10岁的孩子背着自己不满2岁的妹妹,

在废墟里刨挖母亲生前喜欢的一束塑料花时,世界流泪了。

当那个叫叶青的支部书记在妻子遇难、自己三根肋骨被压断的情况下依然带领大家展开自救的时候,我们都被感动了。

其实,叶青一开始想象的灾难程度比现在还要严重。他们村上的很多人都在那一刹那失去了生命,他曾以为他们村庄以外的人都死了。但即使在那样的时刻,他也没有忘记自己的使命和责任。

这些天,我们走过结古、走过玉树。我们看到,在一片片废墟上,人们已经支起了锅卡。在一些破败的院落里,人们在仔细地搜寻往日的记忆。但是,几乎在所有男女老少的脸上、眼睛里,我们都没有看到绝望。很多人脸上甚至已经恢复了笑容。

它会让人相信,玉树不仅被感动了,也被温暖了。

那是玉树的希望,也是我们大家的希望。

因为,一个新玉树的建设,不能没有笑容。

现在看来,我在救灾帐篷里快速写下的这些文字是粗糙的,甚至有不少谬误。那个时候,不仅是我,我所有的新闻界同行都没有更多的时间来精心推敲文字,我们只是想以最快的速度把灾区的实情告诉外面的世界。但是,从这些文字中,你能看到,也能深切地感受到,"同人民在一起"这句话的深刻意义。只有同人民在一起,我们才能汇聚全民族的力量去攻坚克难;只有同人民在一起,我们也才能凝聚全民族的心灵,战无不胜,勇往直前。

我在 2010 年 4 月 22 日采写的报道《玉树大营救》中这样写道：

强烈地震突然降临，玉树结古遭遇灭顶之灾。

很多骨肉同胞遇难，很多父老乡亲妻离子散，家破人亡。

党中央、国务院，青海省委、省政府最关心的就是那些被埋到废墟里生死未卜的同胞，全国各族人民最揪心的也是救人的事。

"黄金 72 小时救援"——连日来，在玉树灾区，这句话不仅挂在所有人的嘴上，也像一根钉子牢牢地钉在所有人的心上。

灾区处在青藏高原腹地，平均海拔 4200 米，高寒缺氧。所以，这句话在人们的心里，便有了无法想象的分量。时间概念在世界最高的高原上有着特殊的意义。生命的脆弱使时间显得尤其宝贵。

黄金 72 小时，在这里得用心一秒一秒地切割。

不惜一切代价救人！不惜一切代价抢救生命！

不放弃！不抛弃！困难再大，也不放弃一丝一毫的希望！

因为距离遥远，一开始，外面的救援力量一时还无法抵达灾区。灾区各级党委、政府在第一时间全力组织力量抢救。设备有限，力量单薄，但是，不能有丝毫的耽搁。哪怕用手挖，用嘴啃，也要在一片一片的废墟里挖出一线希望来。

在一片废墟上，一个自发组织的撒拉族救援队正在搜救，整整一天，他们从瓦砾堆中救出了 100 多个生命。他们说，作为一个人，遇到这么大的灾难，谁都不会无动于衷。

14日早晨，州委、州政府迅速启动应急预案，动员全州党员干部克服余震危险，走村入户，查看统计灾情，组织自救。很多干部亲人遇难、房屋被毁，但是，他们顾不上悲痛，舍小家顾大家，全身心投入抗震救灾的战斗中。包括僧侣在内的灾区各族群众互帮互救，齐心协力抗震救灾，共同谱写了一曲社会主义大家庭团结一心、共克时艰的壮丽赞歌。

时间好像在迅速飞逝，每过一秒，就像是过了一个世纪。

第一个呼救信号从高原深处传遍祖国大地，第一个生命从废墟里挖出来，第一个伤员被抢救，第一顶安置帐篷里有了人的声音。

第一支救援队抵达灾区。第一架救援飞机抵达灾区。第一支运送物资的车队赶往灾区……全方位的救援力量迅速向玉树集结，全方位的搜救和营救迅速展开。

救出3216人，救活3015人。

救出1203人，救活877人。

在各方救援力量的不懈努力下，截至18日上午10时，共搜救、营救被困群众18863人，其中从废墟中救出7856人，救活6761人。72小时紧急救人成果重大。

伤员的救治力量也在不断壮大，受伤人员及时得到治疗，仅灾区现场实施的手术量就达到1796例。还有大批重症伤员用汽车和飞机转运到西宁、兰州、成都、西安等地的地方和部队医院。

到 16 日下午，地震发生 56 个小时后，已经成功转运了 1179 名重症伤员。回良玉副总理 72 小时之内将重症伤员转移出去的目标提前实现。

现在，抢险救援队伍继续全力搜救被困群众，有生命迹象的突击营救仍在紧张进行……

才哇失去了 3 位亲人，但顾不上悲伤，日夜奋战在救人一线，组织村上的幸存者组成了一个搜救队，白天黑夜地在废墟和瓦砾堆中搜寻同胞，搜寻熟悉和陌生的生命。几天来，他们先后救出了 48 个生命，48 个玉树人因为才哇的坚持和不放弃而重新获得了延续生命的机会。他们还将和才哇这样的玉树人生活在一起，并建设一个新的玉树。

就在记者赶写这篇文字的时候，有人往我们的手机上发来一条信息说，在时隔 120 多个小时之后，又有 2 个人成功获救。他们的名字是吾金措毛和才仁巴吉，他们是一对父女。

正在这时，又有人给我们打电话，今天下午 6 点多，又有一名叫日图的藏族妇女在被掩埋了 130 个小时后成功获救……

永不放弃！像点燃酥油灯，点燃希望！

……

灾情牵动了全国各族人民的心！

一场规模空前的大救援已经开始。

从大江南北，从长城内外，从全国各地，各种救援队伍和力量已经和正在向玉树集结。从地震发生的那一刻起，玉树就成了全国乃至世界的一个焦点。全国各地几乎所有的机场都有运送救灾物资的专机飞往玉树方向，全国各地几乎所有的火车站都有运送救灾物资的专列发往青海。

14日当晚，郑州火车站，仅用了3小时，就调集了30个专列运送救灾物资，平时要调集如此规模的运力一般需要十天半月的时间。

当天下午，一支由解放军、武警、医护人员组成的5000余人的救援队陆续奔赴灾区，抗震救灾。

同时，青海省组织的救灾力量抓紧时间向灾区运送食品、饮用水、防寒衣被，确保灾区群众有饭吃，有干净水喝，有临时住所。受损设施的抢修也在抓紧时间进行，水电、交通、通信等设施开始一点点恢复，通往机场的道路迅速修复，机场恢复运转。

机场通信于14日20时恢复，玉树各县通讯15日凌晨5时开始基本恢复。紧急调集100余台发电设备，震后不到48小时，灾区指挥部、安置点、医疗点等重点部位基本恢复供电。及时抢修水源和供水管线，震后48小时恢复了部分地段供水。还有13支专业水利队伍正在加紧打井找水，修复管网。4月20日前，结古重点临时安置点和结古以外8个乡镇的供水问题可得到解决。

青海地震局在第一时间派出由8人组成的第一批现场工作队赶赴灾区。省重大灾害紧急救援队也派出第一批62人的队伍赶往灾区开展工作。中国地震局由18人组成的地震现场工作队同时飞赴灾区救援。

武警青海总队紧急出动的 3700 多名官兵从西宁和格尔木分两路向灾区挺进，当晚 21 时抵达灾区开始救援。青海省公安消防总队紧急抽调的 68 名官兵、9 台车也迅速奔赴灾区救援。

截至目前，在玉树灾区参加救援的人民解放军和武警部队官兵达 11359 人，还有 2800 名公安消防和特警部队人员。同时，来自全国各地的地震和矿山专业救援人员达 1500 余人，医护救援人员达 1880 余人，还有一些企业、慈善人士、志愿者也从四面八方赶来参加抗震救灾。

14 日上午，民政部紧急下拨了第一批抗震救灾物资，棉帐篷 5000 顶，军大衣 50000 件，棉被褥 5000 套，安置受灾群众。

当日 13 时 13 分，空军紧急调配的第一架飞机起飞。13 时 21 分，第二架飞机搭载 111 名国家救援队员和部分救援装备，飞往灾区。13 时 27 分，100 名地质勘测队员带着相关设备搭乘第三架飞机飞往玉树。在接下来的几天中，空军共出动军用飞机 89 架次驰援灾区。

国航、东航、南航等航空公司也纷纷调配飞机执行救援队员和救灾物资的运输任务。中国国际救援队组织的 30 人医疗队随后也赶往玉树灾区。

14 日之后的这些天里，从四面八方通往玉树的路上运送救灾物资、机械设备和救援人员的车流从不曾间断。

四川、西藏、陕西、甘肃、新疆、宁夏等邻近省区组织的救援队先期开赴灾区救援。来自其他省区的救援队带着全国各族同胞的深情厚谊随之而来。

这次地震造成了重大损失。

人员伤亡惨重——

截至4月18日上午10时，遇难人员1706人，失踪人员256人，受伤人员12128人，其中重症伤员1424人。

财产损失重大——

受灾最严重的结古镇，土木土坯房屋全部倒塌，砖混结构房屋80%遭到严重破坏，框架结构房屋20%遭到严重破坏，损坏民房21万间、33万平方米。结古镇以外的8个乡镇，损毁房屋4000间、8万平方米。

基础设施破坏严重——

214国道歇武至结古段多处滑坡深陷，结古至机场公路3处中断，10座桥梁发生移位，西杭水电站基本报废，禅古水电站大坝受损，玉树县供水、供电、通信设施全部瘫痪。

正是有了党中央、国务院的巨大关怀，灾区各族干部群众才倍感温暖，倍增信心，倍添力量，抗震救灾的艰难斗争才能顺利推进。也正是有了全国各族兄弟姐妹的无私援助，灾区各族同胞才能勇敢地面对灾难，重新鼓起勇气和信心，投身到抗震救灾、重建美好家园的壮烈行动中。

地震发生后，全国31个省区市和港澳台地区都在第一时间伸出了援助之手，及时组织资金、物资、人力、设备支援灾区。

截至目前，全省共接受捐赠资金3.75亿元，救灾物资折价6500万元。已到帐篷25000顶，棉被52000套，棉衣16000件，方便面和饮用水360吨，应急灯200个，火炉子3000个，燃煤280吨，野战干粮10万份和青稞50吨已经发放到群众手里。

现在，所有受灾群众基本上都有饭吃、有干净的水喝、有帐篷住。

玉树是一个民族地区，区域内的社会经济尚不发达，这样一场突如其来的灾难，对玉树来说，无疑是毁灭性的。如果没有党和政府的关怀和帮助，如果没有来自四面八方骨肉同胞的爱心支援，玉树面对的困难无法想象。

所幸的是，在祖国温暖的怀抱里，玉树受灾的群众还有亿万骨肉同胞。在这个伟大而温暖的社会主义大家庭里，遭受巨大创伤的玉树感到温暖。

连日来，我们一次次走过那些废墟和瓦砾堆，我们不忍踩踏，担心踩着还抱着不灭希望的生命。

在一片废墟上，一个藏族老阿妈手里牵着一个一岁多的孩子指着一片废墟对我们说，那里……那里还埋着我们家的3个人。我们看见，有4个僧侣正在那里为亡者诵经超度。

19日下午，街上已经出现了卖菜的摊点。很多临时安置受灾群众的帐篷里已经飘起了袅袅炊烟。即使废墟上一些堆满瓦砾的残破院落里也已经支起锅卡，开始烧茶做饭。在一个个安置点和救治点上，一面面党旗已经在高高飘扬。

几乎夷为平地、失去很多宝贵生命的玉树,在一片瓦砾和废墟中渐渐复苏,渐渐有了一些生机和活力。那就是生的希望。

玉树玉碎,愿所有的生命都站立成树,根连根,手牵手。
……

2013年元旦前夕,时任国务院总理温家宝又一次来到玉树,玉树震后,这是他的第三次玉树之行。2010年4月14日玉树地震发生后次日温家宝即飞抵灾区,5月2日他再次来到玉树地震灾区。两年多来,他就玉树恢复重建多次做出部署。2012年12月31日上午,温家宝登上海拔近4000米的当代山山顶,俯瞰结古灾后重建全貌。如今的结古已经大变样了。昔日的废墟上矗立着座座新房,宽敞明亮的街道纵横交错,点缀其间的民族博物馆、格萨尔广场、康巴艺术中心等极具民族特色,一个现代化的高原新城已经出现在眼前。

红旗小学是玉树灾后重建的第一批重点工程项目之一。在这里,温家宝遇到了2010年灾后到玉树考察时曾经见过的一些同学,倍感亲切。在宽敞明亮的教学楼里,看到孩子们高兴地唱起歌、跳起舞。他动情地说,经历灾难的孩子比别的孩子更坚强。灾难让我们明白一个道理,什么样的困难都可以克服。太阳总会升起,就像今天这样照耀玉树。

有800多年历史的当卡寺在地震中损毁严重,温家宝到当卡寺看望了寺院僧众,察看了新建的经堂和僧舍。他说:"我一直挂念着灾区人民,挂念着藏族同胞,挂念着寺院宗教人士。今天看到寺庙修缮一新,非常高兴。宗教是一种文化。这里很多群众信仰佛教,政府也创造了好的条件。寺庙一定要纯洁，僧侣们要守戒规，在社会上树立起好的形象。"

他说："今天我再一次到玉树，简直不敢相信自己的眼睛，一个欣欣向荣的新玉树拔地而起。玉树灾后恢复重建工作即将全面完成，我们一定要把最后的工作做好，不留遗憾。玉树各方面工作都要在原来水平上再上一个新台阶。一方有难，八方支援，是中华民族的传统，也是社会主义制度的优越性。新玉树就是一个永恒的纪念，它象征着中华民族的坚韧与不屈。"

这是这位共和国总理的最后一次玉树之行了，虽然，玉树的父老乡亲们很希望他还能再来玉树，来看看已经建设好的新玉树，可是，他毕竟是一位年过花甲的老人了。很显然，玉树的父老乡亲也想到了这一点。他最后一次来玉树时，有好几次，场面都有点失控，一群一群的藏族同胞手捧哈达涌向这位老人，只是想离他近点，再看他一眼，再听他说说话……

<blockquote>
一个国家的意志锁定在

中华版图的震中……

——摘自昂旺文章的长诗《玉树，我遗失的一百零八颗念珠》
</blockquote>

现在，绝大多数玉树灾区的城乡居民都已经住进了新房，每家每户真的分到了一套房子。我到很多人家里看过他们生活的样子。我去过的人家多为 80 平方米的那种房子，这些房屋的结构虽然不大一样，但里面的基本格局大同小异，一般都是两大间、一小间，再加一个厨房。而那两间大点的屋子也分一大一小，最大的那一间

屋子都用来当客厅，里面靠窗户的地方一般摆放一圈木质的藏式卡座，平底，有靠背，上面铺着藏式卡垫，白天当沙发坐人，晚上还可当床睡觉。屋子中间安放的一般都是双孔或三孔的藏式火炉，上面坐着茶壶和一两口钢精锅。另一间大一点的屋子都用来当主卧室。中间那一小间屋子，一般都设为佛堂，藏族人叫却康，供奉佛像，点着酥油灯。

我特别留意了一下，在这些人家的佛堂里，有一个跟以往不大一样的细节变化，那就是除了供奉着佛像以外，还有党和国家领导人的画像。他们把这些领袖画像也当佛像一样供奉着。虽然，信奉马克思唯物主义思想的共产党人并不相信这些，但是，这些有着虔诚宗教信仰的藏族同胞自己坚持要这样做。他们想用这样一种虔诚的方式表达自己内心的一种美好愿望，它所传递的是他们对党和国家的无限热爱和感恩之情。

每每看到这一幕时，我的内心里充满感动，眼眶里盈满泪水……

5

让我们再次回望2010年4月14日之后的那些日子——

"4·14"玉树地震后，青海省委、省政府在第一时间做出地震应急响应，组织动员全省力量投入抗震救灾，以最快的速度全力抢救被困群众，救治受伤人员……

14日早晨，一听到地震的消息，青海省委、省政府立即召开紧急会议，部署抗震救灾工作，强调，当下首要的任务是全力抢救生命，不惜一切代价救人。成立了以省委书记强卫为组长的省抗震救灾领导小组、以省长骆惠宁为总指挥的省抗震救灾指挥部。

14日中午,强卫代表省委、省政府就玉树抗震救灾提出要求:

人民解放军和武警部队官兵、公安民警要立即行动起来,抢救生命,救治伤员,保护人民!

全省各部门要立即行动起来,投入到抗震救灾的斗争中去!

全省广大领导干部要立即行动起来,坚守抗震救灾的各个岗位!

全省广大共产党员要立即行动起来,勇敢投身到抗震救灾中,冲锋在前,发挥作用!

全省各族群众要立即行动起来,全力以赴支援灾区抗震救灾,共克时艰!

14日下午,强卫飞赴玉树,现场指挥抗震救灾。

14日夜晚,强卫、骆惠宁陪同回良玉副总理看望慰问受灾群众。

14日深夜,强卫走访受灾同胞……

这是第一天。震后,强卫第一次玉树之行的第一天。

第二天凌晨1点,他在救灾物资发放点和伤员救治点查看灾情。凌晨2点多,他又出现在扎曲南路灾区,之后,一直在各受灾点检查慰问、指挥救灾。中午时分,来到结古南面山坳里的加吉娘重灾区。下午,又跟骆惠宁一起陪同温家宝总理继续看望慰问受灾同胞……

此后的每一天,他几乎都是这样度过的。

有人做过统计,强卫在离开青海之前,近40次奔赴玉树。玉树距西宁800多公里,往返40次就是4万多公里。八万里路,云和月,这样的跋涉不可谓不遥远。震后,他第一次去玉树,就在那里坚守了近半个月,没换过衣服,没换过鞋子,吃不好,住不好,没时间睡觉和休息,一心扑在灾区,同受灾同胞甘苦与共。到后来，衣服上印满了泥点，鞋都裂了口子，还在灾区的废墟上奔忙操劳……

震后相当长一段时间里，玉树抗震救灾和灾后重建的所有重大事项，他都亲自谋划、亲自部署、亲自督战和落实。玉树的父老乡亲没有忘记这些，他们不会忘记。虽然，此前绝大多数玉树人和他没有见过面，但是，震后的那些日子里，他们每天都能见到他。很多人只见过他一次，就再也没有忘记过。有一次，在一片废墟上，一位藏族老阿妈一眼认出他之后，一下扑到他面前，跪伏在地，泪流如雨，叩头不止。他赶忙躬身搀扶起老人，可是，刚一松手，老人又跪在地上了。当他再次搀扶老人时，自己也已泪流满面……

他曾说，一次青海行，一生青海情。他在青海6年，2100多个日夜，已然视自己为青海人了。临别青海时，他说："从今天开始，我就是一个青海人，青海就是我的家乡。"得知他离开青海赴江西就任的消息后，不少玉树老百姓都自发前往西宁去送行，有些人明知自己就是去了西宁也未必能见着，但他们依然坚持前往……其中包括震后与他碰过头的那个康巴汉子才哇。才哇说，一定得去送送他，即使见不上面，也得去……

玉树震后，那些最艰难的时刻，青海省委、省政府的主要领导始终奋战在抢险救灾的第一线，始终与受灾同胞在一起。

骆惠宁，时任青海省省长，地震当天15时20分，他就已经飞抵玉树灾区，从机场直接奔赴重灾区西杭村，面对满目疮痍的结古和遇难、受伤的乡亲，他流着泪说："乡亲们受苦了，地震造成重大人员伤亡，我的心里和大家一样难过。"在西杭村一处废墟上，他还加入救人的队伍，和大家一起救人。

随后，他在灾区现场主持召开了省抗震救灾指挥部第一次会议，作出了划分责任区、分片负责抗震救灾的重要决定。部署完毕，又深入各重灾区看望慰问受灾同胞，现场指挥救灾。在一个救人现场，他对救援人员说："只要有一线希望，就要尽全部力量救人；只要还有一个人在废墟下，就要不惜一切代价抢救到底。"这是那些天他说得最多的一句话。

在一片倒塌的房屋废墟上，他急忙扑向前去，挤进人群，向正在奋力救人的干部群众和武警官兵急切地询问："底下还有人吗？有生命迹象吗？"时间一分一秒地过去，抢救生命的战斗仍在继续。他神色凝重地说："千万不要遗漏了任何一个角落！"之后，又行色匆匆地赶去下一个救灾现场……

当日午夜，他一参加完国务院抗震救灾指挥部会议，又赶往玉树州职业技术学校的救灾现场，指挥抢险救灾，抢救被埋的学生，一直到次日凌晨还在那里呼号奔忙。

此后每一天，骆惠宁也都是这样度过的。每一天，他都有新发现的问题："一定要把所有受灾群众安置好！""全力恢复受损的基础设施。""超前谋划，及时启动灾后重建。"……

这是骆惠宁在玉树震后的头几天里说过的一些话。

从地震的那一天开始，他就担任省抗震救灾指挥部总指挥，灾后重建启动后，他又一直担任青海省玉树灾后恢复重建领导小组组长一职，直到重建结束，都在通盘部署指挥这场史无前例的重大战役。三年多来，玉树抗震救灾和灾后恢复重建一直是他心中最紧要的头等大事。三年多时间里，他到玉树的次数已经超过40次，在每一片废墟、每一个救灾现场、每一个灾民安置点、每一个重建工地上都留下了他日夜辛劳奔忙的身影。"科学、依法、统一、有序、有力、有效"这十二个字是他反复强调的一个原则。可以说,这三年多来,这是他为玉树努力去保证并不断去实践的一个奋斗目标。

2013年是玉树灾后重建的收官之年,一个物质意义上美丽的新玉树就要建成了,那么,精神家园呢?这是他不得不思考并尽快做出回答的一个问题。于是,他又多次强调,玉树的灾后恢复重建不仅要收获物质家园,更要收获精神家园;不仅要收获物质成果,更要收获一批精神成果。他把玉树灾后重建的理念提升到了一个新的境界。

玉树是三江源自然保护区的核心地带,灾后重建中的生态环境保护一直是骆惠宁高度关注的一个问题。2013年9月29日,他到玉树检查指导工作时再次强调,越到收官冲刺的关键时刻,越要像抓灾后重建一样抓生态保护,坚持文明施工,做好环境整治,推动绿色发展。当日,他还在玉树主持召开了灾后重建工作领导小组会议,这是这个领导小组在玉树召开的第27次会议,每一次都是由他主持。

他曾提出过"苦干三年跨越二十年"的奋斗目标。时间已经过去了三年,可以毫不夸张地说,在物质家园的建设上,我们确实已经做到了这样的巨大跨越。可是,精神家园呢?虽然,已经搭建了一些平台、一些公共文化设施,但那远不是精神家园的全部。很多方面,也许还需要一个长期的恢复和建设过程。这就是现实,他怎能不去面对?

郝鹏,在骆惠宁之后接任青海省省长,一到任就担任了省玉树灾后重建领导小组第一副组长。到2013年9月底,我在写这些文字时，他到青海工作的时间不过半年，但是，他已经三上玉树……第一次是4月14日至15日，第二次是7月19日至20日，第三次是9月28日至29日。

4月15日，他在称多县拉布乡兰达村走访群众时，年逾花甲的贡布老人激动地对他说："我做梦也没想到在这个偏僻山沟里也能住上这么好的房子，做梦也没想到玉树被建设得这么漂亮！共产党伟大！"他听了感动地说："群众对党和政府的感恩之情，是最生动的爱国主义教材，玉树重建就是要在推动物质家园重建的同时更加注重精神家园的重建，大力唱响共产党好、社会主义好、改革开放好、伟大祖国好、人民军队好、各族人民大团结好的时代主旋律。"

7月19日，郝鹏再次奔赴玉树。一下飞机，便驱车200多公里，来到海拔4000米以上的治多县城加吉博洛镇，深入牧民新村、学校社区、城建工地，就民生改善、生态保护、城镇建设等进行深入调研。

9月28日，他沿214国道驱车800多公里一路调研，当晚抵达玉树后，不辞辛苦，来到结古镇当代山山顶、居民小区和重点公共设施建设现场，察看工程进度和项目运营情况。次日一早，又到抗震救灾纪念馆及感恩广场、博物馆、康巴艺术中心、赛马场等地，了解工程质量、竣工时间节点等情况。

新玉树的管理运营是他此次调研的一个重点。他说，经过三年多的艰辛努力，新玉树的城市基础设施上了一个很大台阶，如今面临管理、运营好这座城市的新考验。我们能够在条件艰苦的高海拔地区打赢灾后重建这场"硬仗"，同样，也有信心打赢新城市管理这场"硬仗"。从确保今冬明春公建项目和市政基础设施正常运行起步,科学管理、规范运营好新城市……

这三年多来,共和国几乎所有的部长都到过玉树,青海省几大班子所有的领导都一次次去玉树,跟玉树同胞并肩战斗;还有,对口支援玉树、对口支援青海的北京市、辽宁省的很多领导也纷纷来到玉树,投身于抗震救灾和灾后重建的伟大斗争;还有,共和国的长子们——中央各大企业也频频伸出援手支援玉树;还有,祖国各地、各族中华儿女都情牵玉树,千里驰援,万里守望相助……所有这一切,都在苍茫高原汇成无疆大爱,谱写出我们这个时代的伟大史诗。

在这里,我不能不写到的是,青海省玉树地震灾后重建现场指挥部的历任指挥长(包括第一副指挥长),他们依次是马顺清、张建民、王令浚、徐福顺、张光荣等,他们都曾以青海省副省长的身份担任过现场指挥部的指挥长。在不同的时间段,他们依次担任现场指挥长时,他们每个人所肩负的责任和使命一定是既有共同之处,又各有侧重点。在玉树抗震救灾和灾后重建的这场伟大斗争中,他们中的每一个人,都功不可没。

他们在玉树的时候,是玉树最艰难的时刻。很难想象,为顺利推进玉树抗震救灾和灾后重建的伟大斗争,他们付出了怎样艰辛的努力。在我所能搜集到的所有文字材料中,只有一些动态的反映,却看不到他们为之前赴后继、鞠躬尽瘁的情景。很多有关他们在玉树的新闻报道中,也只有干巴巴的字眼,而没有生动地描述和记录。譬如,某月某日,谁到哪里检查或调研,提出了什么要求,而后又强调了什么,等等。没有细节,更没有情节。

我们来看几条报道的片段：

7月31日上午，拉开玉树灾后重建大会战序幕的"玉树灾后重建标志性工程开工典礼"在玉树藏族自治州玉树县结古镇格萨尔广场举行。青海省委常委、常务副省长、青海省玉树地震灾后重建现场指挥部指挥长徐福顺宣布开工，并与玉树州、相关建筑设计单位、各援建单位负责人为格萨尔广场开工奠基。

王令浚一行首先来到玉树州博物馆工地，看到开挖基坑和运送土方的车辆正在作业，王令浚高兴地说："上个月的今天我们来专程看过十大标志性工程的进展情况。到今天，整整一个月过去了，现在我们要比对一下，看看这些工程进展得如何，还存在什么问题。"

张光荣走进毛庄乡牧民定居点，详细了解了居民阿扎一家住进新居后的生活情况，他希望所有住进新居的受灾群众，铭恩奋进，努力发展生产，改善生活，在住进新家园时要展现新风貌、新生活、新气象。

马顺清强调，援建单位一定要充分考虑灾区生态环境的脆弱性和生态系统的重要性，把注重生态环境保护贯穿灾后恢复重建全过程。同时要从积极维护民族团结和社会和谐安定的大局出发，尊重玉树地区宗教信仰和民族风俗习惯，保护好民族文化遗产，把援建项目建设和民族文化保护与传承相结合。还要做好施工营地安全工作和施工人员医疗保健工作，努力创造安全、舒适的生活、生产施工环境。

在禅古村建设工地及巴塘乡辽宁援建工程营地,张建民详细了解了建设进度以及建材价格等。在听取玉树州县以及巴塘乡有关领导的汇报,了解到巴塘乡安置点危房已经全部拆除完毕,清墟工作13日下午结束,同时,牧民新居基本户型已经确定,并得到牧民群众的认可时,张建民非常高兴。

在互联网上,你只要输入他们任何一个人的名字,再输入"玉树""指挥长"等字样,网页上一下就会跳出几千个搜索结果,我浏览过这些搜索结果,大多都是这样的文字。他们每一天的重要活动都用这样的文字被记录了下来,必将永久地载入玉树灾后重建的光辉史册。

这些肯定是事实。对此,我毫不怀疑。我同意"新闻即史"的观点,真正的新闻报道应当经得起历史的检验。可是,这些报道也一定不是事实的全部,或者说,事实肯定又不完全是这样。他们每个人在玉树的时间都不算短,在那样一个非常时期,在那样一种艰苦卓绝的条件下,他们是怎样度过每一个白天和黑夜的?面对玉树、面对灾难、面对地震的废墟和重建的工地、面对风餐露宿的骨肉同胞,他们有过怎样的切身体验和感受呢?作为一个领导者,每天,他们除了提出要求、指出问题、强调重点之外,作为一个人、一个血肉之躯,他们还说过些什么?想过些什么呢?他们睡得好吗?有没有做过特别的梦?

还有,当他们走进一顶顶帐篷、一片片废墟,与那些素不相识而又似曾相识的受灾同胞握手交谈时,一定铭记过一滴眼泪滚落的样子,那时,他们又有过怎样的感触?他们是否也流过眼泪?我们不得而知,所有的报道里都没有涉及这些内容。

甘达村支部书记叶青就给我讲过一件事情,甘达村农牧民住房重建时,一天,来了一些人检查施工情况,其中有一个人他认识,是毛育生副州长。他们走到一面正在垒砌的砖墙跟前,一个人走过去仔细查看,而后又用手推了一下刚砌好的砖墙,墙摇晃了一下,差点被推倒。这时,叶青看见,毛育生赶紧上前挽着那个人的胳臂说:"小心,省长,不安全!"叶青这才知道,原来那个人比一个州长还大,是一个省长。后来,那个人又用力推了一下那砖墙,墙就倒了。那个人当时就发火了,让那个施工队立即离开玉树。后来,叶青才知道,那个人就是马顺清副省长,当时的玉树灾后重建现场指挥部指挥长。后来,甘达村的施工质量再也没出过问题。

马顺清是灾后重建现场指挥部第一任指挥长,与他一起并肩战斗的还有张建民副省长,任第一副指挥长。那个时候,玉树的抗震救灾还在继续,灾民的过渡安置还在进行,拆危清墟已经全面铺开,灾后重建刚刚拉开帷幕……举步维艰啊!那种艰难和纷繁复杂,不曾亲身经历的人绝难体会。我听好几个人讲,因为强烈的高原反应,几乎每天夜里,马顺清、张建民都会失眠,加上压力大、任务重,就更难入睡。人们经常看见,深更半夜的,他们还会深入工地上察看。中国城市规划设计研究院规划所所长邓东告诉我,玉树有很多老树被强行保下来,有两个人功不可没,这两个人就是当时任现场指挥长和第一副指挥长的马顺清和张建民两位副省长。他说,一个副省长经常跑去抢救一棵树,这样的事,他也只在玉树看到过。有人给我说,有很多次,马顺清和张建民凌晨一两点到一个施工现场去看过几棵树是否还在。玉树的很多老树就是这样被保护下来的。

  我记得,那以后,张建民还曾多次去玉树,他最后一次去玉树,是2013年10月13日的事情。那个时候,我也在玉树,我听别人说,那天他看完玉树灾后重建的一些项目之后,说过两个字:震撼!我想,在说这两个字时,他一定想起了当初满目疮痍的玉树。那时,他就在玉树,每一片废墟上都曾留下过他的足迹,他记得那些废墟。而现在,那一片片废墟上就是拔地而起的新玉树了。

  我相信,他们每个人都有很多这样的经历,而且,一直就刻在他们的心里,不可磨灭。可是,我无法描述。因为,对他们的采访在我看来是一件困难的事。尽管,我曾试图去完成这样一次采访,但是,我最终还是没能听到他们刻在心里的那些故事。我知道,那也是发生在玉树的中国故事。

我知道 结古在灾难中
又创造着一个故事
这个故事里
有泪 有痛
有今天揪心的温暖和生命
在这个故事里
还有许多的爱和爱的感恩……
——摘自昂旺文章的长诗《玉树,我遗失的一百零八颗念珠》

第五章　牧歌与叙事
牧人、房子、村庄、城市和玉树之树

> 一条小狗至死守在废墟上不肯离去
> 　　因为废墟里有它的母亲
> 一条母狗一直守在废墟上，至死不渝
> 　　因为废墟里有它的孩子
> 生命与生命的相守，就是生死相许
> 　　　　——摘自古岳《五月叙事：写给父亲的玉树》

1

　　一个孩子正在一片废墟上玩耍。这个孩子叫边君才文，今年5岁。他玩耍的地方，原来有一座砖木结构的小房子，叶青一家就住在这里。这座房子在地震中全塌了，新建的房子离那个地方有一段距离，在另一个山坡上。

这个孩子是叶青的孙子，是他老五儿子的儿子。他的老五儿子就住在那废墟上面的山坡上，那里早已经盖了新房子。叶青有很多孙子，猛然一问，他甚至说不出准确的数字。他得一个一个地数完了，才能告诉你，他究竟有几个孙子。我问他时，他回答说，大概有二十几个吧。

那天，因为我的请求，他才把我带到他原来居住的地方去看了看。那是叶青家真正意义上的第一座房屋，虽然，之前他们家也盖过一两间房子，但基本上就是一个非常简陋的窝棚，在草原深处。而在那之前的漫长岁月里，和所有的牧人一样，他们家也从未有过房子，更没有住在房子里。他们的祖先一直住在帐篷里，过着游牧生活。与房屋相比，帐篷的唯一好处就是不会倒塌，也更容易搬迁。

头发卷曲、脸膛黝黑、鼻梁直挺的叶青站在那片废墟上，指指点点地给我讲述他们家以前的房子，讲述他们赖以生存的家园。

叶青的家在玉树县结古镇甘达村，甘达村在结古往西约20公里的一面山坡上。过了扎西科走不远，从公路上远远望见的那一片新落成的村落就是重建后的甘达村。那是一片为很多人家集中建设的房屋，除了这一片集中安置区，甘达村249户中的其余人家都分散安置在附近的一些山沟里。叶青和其他几户人家建在附近一条叫尕曲的小河边，从叶青家客厅的窗户里就能看到那条小河。

2013年4月12日，我再次到叶青家里采访时，他家后面的山坡上落着一层白雪。64岁的叶青已经当了34年的村支部书记，这个20岁就入党，早在2000年就获得"全国五一劳动奖章"的老支书，心里一直装着全村900多个村民和他们的牛羊，还有每一户人家的那些房子。

甘达村有房子是很久以后的事了。一直到1959年以前，甘达村的很多人甚至还从没见过房子是个什么样子，以为天底下所有的人都住在帐篷里。

那一年，玉树草原上发生了一件大事。很多人都到巴塘草原上去开荒，说是要把整个巴塘草原变成庄稼地，种上青稞。甘达村的所有劳动力都去了。甘达村以外的很多玉树人也都去了。还有从外面来的，果洛州也来了很多人，还有从河南省过来的移民。那些河南移民太可怜了，死了很多人。直到很久以后，玉树还有一些河南人，他们就是那时候留下来的。听说在老家已经什么都没有了，他们回不去了，就成了玉树人。巴塘滩上到处都是人，到底有多少人，他说不清楚。只记得那人山人海、红旗招展的场面。他们在巴塘整整待了三年，一直在开荒，1962年才回到甘达。就在巴塘开荒时，他们才见到有人盖房子，那是他们第一次见到房子。不过，巴塘没有长出青稞来，没有，草原却遭到了破坏……

回来之后，好像是1963年吧，这里一个叫益西次成的老僧人说，他会盖房子，就让他给生产队盖了两间仓库，不到30平方米的样子，用来放生产队的财产，主要是酥油、曲拉、牛羊肉、鞍子什么的，还有一些是从富人家里没收来的东西。仓库是石木结构，墙是石头砌的，木头是用牦牛从东仲林场那边驮过来的。这是甘达最早的房子了。

甘达是纯牧区，在以前的漫长岁月里，他们一直住在帐篷里。以前，玉树牧区的牧民都住牛毛帐篷，只有东部极少数牧民冬天住房屋，农村和村镇普遍住房屋。

《玉树州志》中对牛毛帐篷的描述可谓详细，现将部分文字摘录如下：

牛毛帐篷藏语称"扎"或"巴"，用牛毛褐子缝制而成，其特点是结实耐用，柔韧保暖，容易拆迁，便于驮运，不易漏水，防虫防腐，非常适合"逐水草而居"的游牧生活。帐篷宽五至六米，长约十米，顶有帐脊，中有帐坡，帐脊和帐坡呈斜线，下有垂直及地的帐壁，整个帐篷由左右两大片连接而成，里面靠一根横梁和两根柱子支撑，外面用八根撑杆和十六根拉绳拉开绷紧，由四方八角构成的长方形的大帐篷，外观高大而里面宽敞，帐顶留有采光和出烟用的长方形天窗，天窗上缝有窗帘，可开可合。在靠近帐门的中心位置有石块砌成的藏灶，当地藏民称"塔卡"。"塔卡"呈长方形，上有三至四个灶孔，可置放锅和茶壶。灶膛一端有一平台，可置放储水锅等灶具，平台后面可储放牛粪，灶膛后壁有一斜坡状缺口，可往灶膛里拨牛粪。灶前有一灰池，专门储放牛粪灰，可利用其余热烤火取暖或加热茶水。

牧民除普遍使用牛毛帐篷外，大多还备有平时用的白布帐篷。比较富裕的人家还备有专在节庆集会和野游时用的六角和八角形的彩帐。彩帐的帐脊、帐坡、帐檐及帐壁的连接处均以黑布或蓝布压边，在帐坡和帐壁上镶有八宝图、长寿图等各种藏式吉祥图案。

叶青说，直到1984年农村实行包产到户，草原上实行牲畜作价归户以后，甘达个别人才在冬窝子盖起了房子，都是石木结构，或土木结构。除了砌墙用的石头和土坯，木头都是用牦牛从很远的地方驮过来的。一般都是两间，每间大约10平方米。有了房子，冬天就住在房子里了。

玉树草原的牧人开始越来越多地住到房子里，已经是很晚的事情了。

到了20世纪80年代末、90年代初，国家才开始在青海草原推广实施一项叫"草原四配套建设"的工程项目，其中一项配套就是通过国家、省、州、县财政按比例补贴，牧民少量自筹的办法帮助牧民在冬季草场建设定居点，一般多为土木或石木结构，每个定居点所建房屋面积也很小，小的只有20多平方米，大的也不超过50平方米。其余三项配套分别是草场网围栏、畜棚和圈窝种草。后来，这项草原配套建设工程又根据各地实际向五配套、六配套发展，增加了通路、通电项目。一些条件好的地方，也开始修建砖木结构，甚至砖混结构的房屋，面积也有所增加。不过，玉树地区因为条件所限，实现五配套和六配套的牧业点很少。定居点的房屋基本上还是跟以前一样。而且，在玉树等地，最早配套的还不是人住的房子，而是给牛羊建的畜棚。最后，才开始配套建设人居住的房屋。

直到21世纪初，我在玉树很多地方采访时，牧民定居点上已经建好的房屋依然简陋，条件有限，所以，有些房屋建好以后甚至从没住过人，除了房屋本身的缺陷原因，另一个原因是，他们依然习惯于住在帐篷里。我跟很多老人就这个问题交谈时，他们告诉我，觉得住在房子里不安全，总担心在自己睡着的时候，屋顶会掉下来。对一个一生下来就住在房子里的人来说，这听起来似乎是一件很荒谬的事情。但是，对那些祖祖辈辈从未住过房子的人来说，这是一件再正常不过的事情。虽然，住房子的人和住帐篷的人都同处一个时代、一个世界，但是，他们有着完全不同的生活习惯、风俗和文化传统。从某种意义上说，他们分属两个不同的文明，一个是农耕文明（或森林文明），而另一个则是游牧文明（或草原文明）——至于以城市为中心的现代文明（或工业文明）那应该属于另一个范畴，虽然，最终谁也不可能将现代文明拒之门外，就像一个现代牧人会经常到大城市去游逛一样。

当然，现在已经有越来越多的牧民开始住进房子里，而且，越来越习惯了，居住条件也比以前有了很大的改善。以致在昔日的很多草原上，越来越看不到帐篷了。就像随着汽车和摩托车的增加，马匹在减少一样，随着房屋的增多，帐篷就少了。但是，玉树地区普通牧人所居住的房屋依然简陋。因为他们对房屋的要求与一直住在房屋里的人还是有区别的。

对很多像叶青一样的牧人来说，他们住到房屋里是新近才发生的事情。玉树最早的房屋出现在农区和一些人口相对密集的村镇上，从区域上来看，靠近东部森林地带的地方，房屋出现的历史也最早。我在玉树县江西林区采访震后的灾后重建项目时看到，那里最早建造房屋的历史可以追溯到600多年以前，那还是现在依然保存完好的房屋。那么，你可以推想，那一带建造房屋的历史肯定应该更早一些。多年以前，我在与之相邻的囊谦县森林地带，甚至还看到过比这更早的房屋。即使是在那些森林地带，建造房屋也不是件寻常之事。这些年代久远的房屋大多为寺院所有，也有个别为历史上的千户，或百户所建。在过去的漫长岁月里，生活在那些大森林里的普通百姓却很少住在房子里。他们的居住条件甚至还不如住帐篷的人。一般他们都会住在一棵大树下面，把几根树枝斜搭在树干上，然后再覆以草木枝叶，里面那个狭小的空间就是他们的居所。直到今天，在那些地方，你还能看到这样的居所。他们居于大森林，却不取林木建造房舍。我一直百思不得其解。

而在广袤的西部大草原上，除了乡镇所在地和一些交通要道，房屋出现的历史差不多是近些年才有的事情。

《玉树州志》上对房屋的历史有这样一段记载，现摘录如下：

> 在解放前和解放后的一段时间里，玉树农区和村镇的房屋为土木结构和石木结构。土木结构的房屋用土坯砌墙或夯土筑墙。石木结构的用石片或石块垒墙，用灌木枝或石板铺在椽子上，然后上泥覆土，均为方形平顶房。普通民房盖三至八间，由"加孔"即厨房、"泽孔"即仓库、"然色"即客厅、"年孔"即卧室、"巴强"即堂屋、"切孔"即供佛室及"吉孔"即牛粪房等组成……
>
> 除少数房屋为三层外，一般民房均为一层或两层楼。过去，除千百户、活佛以及富裕人家的房屋颇具规模和比较豪华外，一般民房都比较简陋狭小。解放后，玉树居民的住房条件得到很大改善。

构成房檐的"保勒"和"嘎村"体现了玉树藏式民房的独特风格。从正前方伸出的约40公分的正方形椽头藏语称"保勒"。"保勒"饰白色，椽身为红色或墨绿色。椽头之间长约25公分的隔板藏语称"嘎村"，每块隔板饰以不同的几种颜色。在"保勒嘎村"下有约8公分宽的衬底木板。有些房屋,在第一排"保勒嘎村"下面还有一至两排"保勒嘎村"。在门楣和窗楣上方也有一至两排"保勒嘎村"。窗棂为正方形或长方形框架,框架内用木条拼成菱形、双环形、吉祥结等各种图案,并饰以各种颜色。房内柱头和大梁上饰有各种装饰图案,柱身涂红色或上红下绿。

在玉树高原东南部的深山峡谷地带还可以见到用石块垒砌的形似碉堡的碉房。这种碉房组成的村寨,小的十户八户,大的几十家。有的坐落在高高的山包上,三面临崖,一径相通。有的坐落在陡峭的山坡上,依山就势,鳞次栉比。碉房石墙上窄下宽,呈坡状,皆为长方形平顶建筑。除少数系三层外,一般为两层。凡三层者,一楼多用于堆放皮张、牛粪、柴草及圈养牲畜;二楼住人;三楼除堆放粮食及家具外,专辟一室供佛……

从20世纪80年代开始,随着社会的进步和人民生活的不断改善,新型建筑材料的使用和新的建筑技术的运用,使玉树的城镇和农村的房屋建筑发生了巨大变化,在保持藏式建筑特色和风格的基础上,不少人盖起了以砖砌墙或钢筋水泥为材料的新式藏楼,这种艳丽典雅而具有民族特色的民房称之为"玉树花"楼或"藏式阁楼"。

从这些文字中,你能看出玉树境内房屋建筑的一个大致轮廓。由此,我们可以断定,以前的玉树并没有太多的房屋。

叶青回忆说,草原上的房屋建设也是在慢慢发展的。到2000年前后,为了保护三江源,开始实行退牧还草,新建的一些房屋已经开始用构造柱,上下全梁浇筑,质量上又上了一个档次。到2010年时,甘达村243户人家,除了一个叫公保桑周的固执老头依然住在帐篷里,其余的都住到房子里了。公保桑周和他的孙子,在地震中安然无恙,已经97岁了,还活着。

2

像甘达村一样,玉树很多地方的房屋都塌了,死了很多人。

其中包括禅古村。震前的禅古村有206户,700多人,都比甘达村少一些。禅古村在地震中的死亡人数却要比甘达村多,有67人死亡,127人受伤。禅古村位于结古镇东南巴曲河边,它和甘达村一个在东头,一个在西头,是古镇结古的两个门户。甘达村是个纯牧业村,而禅古村还有农田,还种庄稼,农作物品种主要是青稞和马铃薯。这些不多的农田就在巴曲河岸的滩地和山坡上。

相传,这一带甚至整个青藏高原腹地的种植业都与大唐的那位文成公主有关,说她进藏时带来了很多种子。我不知道,当时,她有没有将带来的种子分给禅古村的村民,也不知道,那个时候,禅古村有没有人居住,不过,她肯定路过了禅古村,因为,为她而建的那座文成公主庙就在禅古村的边上。一个人对一个地方的影响会有多么深远,从这个大唐弱女子的身上,我们就能有所体会。在整个涉藏地区和藏民族的历史上,一个女人,或者一个汉族人的影响有如此之广,除了文成公主再无出其右者。一千多年来,藏族人一直都把她与那些少有的几个旷古伟人并列在一起,一代代传颂着她的芳名。在普通民众心里,她的地位相当于菩萨和度母。

她不仅把种子和先进的耕作技术带到了青藏高原,还带来了大唐先进的建筑技术——虽然,大唐那些辉煌的宫殿和宏伟的建筑群早已灰飞烟灭,无从寻觅,但我们确信,那个时代的中国大地上曾出现过人类历史上最辉煌灿烂的伟大建筑。譬如大明宫。我想,玉树地区最早的房屋建筑很可能就出现在那个时代。

那时,雨飘在你的唐朝
那时,雪落在我的吐蕃
雨淋湿了行人的衣衫
雪覆盖了你我的高原

那时,南飞的大雁穿过云层
那时,叮当的铃儿散落风中
云飘过你前世的天涯
风吹过我来生的荒野

你走到长路尽头
让最后的那次回眸成了天涯
回到梦里草原
让最初的那次漂泊变成轮回
——摘自古岳《从勒巴沟到文成公主庙》

此后的1300多年里，青藏高原上的建筑文化一直受到那个时代的深远影响。不过，就民居而言，藏民族世代所居住的牛毛黑帐篷的影响恐怕更为久远。无论是土木结构还是石木结构的民居，其实在空间的利用上都依旧延续了牛毛黑帐篷的基本格局。

玉树杰出的年轻文化学者尼玛江才先生在他的《风马界》中这样写道：

> 牛毛帐篷的木梁、木柱、绳椽，以及灶台天窗等总体建筑格局，在土石木建筑中除了材料的些许变化之外，基本没有大的出入。
>
> 我们知道，在牛毛黑帐篷的搭建过程中，首先要铺帐体，其次是钉木橛，最后便是用木柱将牛毛黑帐的木梁撑起来。当帐篷搭建方式演进到土石木建筑当中时，则成了：打地基—砌墙体—立柱—顶梁—铺屋顶的传统顺序。这与内地或国外的建筑程序有着很大的差别，并在内部结构不断扩大的过程中，有了一柱房、二柱房、三柱房……最终形成了以百柱大殿为代表的柱网式建筑结构。

包括甘达村、禅古村在内，玉树民居建筑群落基本上都是这样的土石木结构建筑。

与甘达相比，禅古更靠近城镇，也更靠近森林——禅古村后面的山坡上依然还能看到祁连圆柏的身影，从那里再往南或往东，也都能看到森林，尤其是往南走不远就会进入真正的森林地带，那是青海境内最广袤的森林之一，它与藏东南和川西大森林连成一片，是中国除大、小兴安岭之外的第二大森林。所以，禅古村有房屋的历史也比甘达村早很多，说不定还非常悠久。地震前，禅古村的绝大多数民居也都属土木结构或石木结构的平顶房。这是玉树民居的一大特点，尤以石木结构为最。从某种意义上说，它们就是用泥土、石头和木材搭建的黑帐篷。

从历史上看，玉树最早的房屋多属此类。墙体均以石板或石块砌成，再用木头梁柱架构，每根大梁直接由石墙支撑，屋内再辅以一根、两根或三根柱子，大梁之上一般没有檩条，而是直接铺设椽子，椽子之上一般铺木板，或铺设树枝柳条等，再覆以泥土。直到今天，这种房屋依然是玉树各地最普遍的民居形式，在玉树各地均有分布，以通天河为狭长中轴，囊谦、玉树和称多三县分布广泛，禅古正好处在中心位置。应该说，石木结构的房屋建筑是玉树乃至整个康巴地区最具民族风格和文化特色的建筑群落，是当地优秀民族文化的重要组成部分。

这样的房屋一般都有不太深的屋檐，但没有檐下走廊，它的优点是冬暖夏凉。它有一个致命的缺点，就是不能抗震，问题就出在那石墙上。据说，这种石头砌成的墙体，如果达到一定的厚度，处理好地基，然后再砌成塔状，用上好的黏土把每一条缝隙都填瓷实了，同样会达到非常好的抗震效果。我见过这样的建筑，在四川藏族和羌族的山寨里，在玉树也见过。甚至有一个玉树人在一个灾后重建项目中，坚持要采用石土木结构来建造一座大殿，他的理由就是，不能抗震的并不是石木结构本身，而是建筑质量出了问题。如果建筑质量本身有问题，再好的建筑材料和结构都不能起到抗震的作用。他说，如果建筑质量没问题，石木结构建筑的抗震能力应该是最好的。古今中外的建筑史已经足以证明这一点，中国古代那些用木头建造的宏伟的宫殿如果没有被毁掉，它很可能就是世界上最具抗震能力的建筑了。

这个人就是让娘寺活佛康究。他要用石头和木头建造一座大殿，整个主体建筑都不用水泥和钢筋。工程施工人员大部分来自西藏，但是，他们都没有资质，为了建造这个大殿，或者此项重建工程，寺院还专门成立了一家藏式古建筑公司，以解决施工资质问题。墙体用石头砌，砌墙的石头和黏土都从西藏运过来，大部分木料从俄罗斯进口，部分横梁用玉树囊谦的云杉，有一些装饰木料用的是无锡的香樟木，以防蛀虫。单听这些，就很震撼。他说，只要结构问题处理得很恰当，再处理好力学上的一些技术问题，石土木结构的抗震效果应该非常好。那天，我去看让娘寺的重建时，先期开工的大殿工程已完成大半，已经砌成的墙体呈宝塔状，墙面严丝合缝，光洁平整，坚固厚重。大殿主体部分的木工建筑也已完成大半，走进门厅时，木料的香气扑鼻而来。外面有一群人，正在处理那些黏土，一道道工序结束之后，细如面粉的黏土再搅拌成泥，而后用它去粘连那些石头。等泥土干透以后，整个墙体就坚如磐石了。

其实，这是让娘寺一个未完建设项目的再次延续。震前，他们已经在隆宝建设这个项目，一个规模不小的建筑群，所有的主体工程都已经完工，大殿的内部装修也正在进行。而就在这个时候，玉树地震了，整个建筑还没完工就成了地震遗址，又都处在地震带上，虽然，没有建筑物倒塌，但因为不能再用，实际上也成了废墟。震后，这个还没建好就成遗址的工程也列入国家的灾后重建项目。又得建一次了。但是，在康究看来，怎么个建法，已经不是一件简单的事了。

震前，他没想过这个问题，但是，震后，这个问题就不得不想了。玉树以前的房子几乎全塌了，全没了。灾后重建中所有的建筑采用的都是钢筋混凝土，虽然，很多建筑物在外观上尽量地保留了许多地方和民族的文化元素，但是，传统的建筑方式、建筑形态已经消失了，看不见了。那么，以后呢？这样的建筑还会出现吗？难，会越来越难。所以，他做出了一个大胆的决定，重建项目不用钢筋混凝土来建设，而是采用石土木结构的传统建筑方式来建造。这无疑是给玉树的灾后重建出了一道难题，图纸设计、工程预算等诸多方面都没有先例可参照，一切都得从零开始，包括设计单位、施工企业也得自己组建，而后拿到相应的资质才允许设计和施工。即便是这样，康究也没有退缩。他要在一场大规模的钢筋混凝土建设过程中，为玉树建造一座另类的房屋。也许，当下你可能还看不出它有什么特别的地方，但是，随着时间的推移，它会越来越显示出传统的经典魅力。

这里写的是玉树的房屋建筑，有关这座建筑深层的文化意义，在后面的文字中，我还会写到，先卖个关子，暂且不表。

话又说回来，一般家庭因为条件所限，不但墙体砌得不够厚实，而且，墙体基本垂直，黏土的品质更是堪忧，它无法做到坚固，更不会有抗震的能力。所以，玉树地震时，这一类的房屋被悉数摧毁，夷为平地。禅古的那些民居也不例外。而甘达的那些房屋尽管建造的时间很晚，但它的质量的确很成问题，它们要是能在那样一场强烈地震中安然无恙，那才奇怪呢！

可能是因为，甘达和禅古两村均在结古镇外围的缘故，不牵扯复杂的征地拆迁问题，震后，甘达和禅古两个村子同时被确定为率先进行灾后重建的两个示范点。在地震发生后的第 20 天，就开工建设了。

时任青海省省长的骆惠宁在这两个村新社区建设的奠基仪式上宣布，玉树灾后重建正式拉开帷幕。他说，禅古、甘达两村的灾后重建不是简单的恢复，而是全面的提升。在规划与设计中坚持以人为本、保护生态、尊重科学、尊重自然的思想，体现尊重民族文化和重视宗教政策，把改善生活条件与转变发展方式紧密结合起来的理念。一个布局合理、设施完善、特色鲜明、环境优美的农村新社区将出现在一片废墟上，它必将为很快启动的全面灾后重建提供成功范例。

要知道，那个时候，各项抗震救灾工作仍在继续，可是，甘达和禅古的灾后重建已经开始。短短 5 个月之后，450 余座新房已经矗立在甘达和禅古的地震废墟上，两村的灾民先后搬入新居。一时，甘达和禅古两村的重建速度被誉为是人类救灾史上的一个奇迹。

当这两个村的村民在新家园里开始新的生活的时候，整个玉树的灾后恢复重建才刚刚开始——实际上，有很多重建项目的规划还没有完全落地，其中有一些重建项目一直到两年以后才动工建设。由此你可以想见，甘达和禅古曾创造了一个怎样的重建速度。很多人都为此感到骄傲和自豪，觉得它体现了中国特色社会主义国家制度的极大优越性。

毋庸置疑，这是我们这个民族大家庭的无上荣光。我相信，每一个中国公民都感受到了这种荣耀。尤其是后来，当我们看到玉树之前同样遭受大地震的海地在灾后重建中遇到的种种难题时——其实很多国家都遇到过这样的困难，我们的民族自豪感更是油然而生。

在甘达，在禅古，乃至在玉树、汶川，相信，中国人所能做到的很多事情在这个世界上很少有一个国家能够做到。虽然，至少目前中国肯定还算不上世界上最强大的国家，但在面对大灾大难时，中国无疑显示出了一种强大的国家力量。

因为这种力量，我们才向全世界自信地宣告，三年之内全面完成整个玉树的灾后恢复重建任务。这无疑是一个时代的传奇，是一个现代神话。也因为这种力量，青海省才敢提出"苦干三年跨越二十年"的奋斗目标。

现在，三年过去之后，看着一个巍然屹立的崭新玉树，看着那曾经的废墟上拔地而起的一片片高楼和现代建筑、一条条宽敞的街道，看着一个昔日的高原小镇正变成一座现代化的城市……所有的奋斗目标都快要变成现实的时候，我们更有理由感到自信和自豪。

叶青和许许多多的玉树人从未想到过，仅仅三年时间里，这片土地上就会出现这么惊人的变化。对他们而言，最震撼的还是那些房子，那些大大小小、或高或低的房子。玉树一下子就建了那么多房子！可以肯定地说，这场灾后重建结束以后，全玉树州几乎一大半的人都要同时住进新房子里了。

可以毫不夸张地说，在很多方面，玉树已经实现的跨越也许还不止20年，甚至也不是30年，说不定还要长远一些。就民房建筑而言，最大的跨越可能就是，整个玉树的灾后重建结束以后，我们很难再看到牛毛黑帐篷式的民居建筑了。即使拉布那样的民居文化生态保护性重建，除了外观上似乎还能看到以前的某些风貌之外，其实质的建筑结构也已经发生了很大变化。

王文中先生在他的《远逝的村庄》一书中写道：

在中国建筑史上,房子的发展是最为缓慢的。从古至今,房子的变迁只经历了两个大的阶段:木架结构和水泥结构。而那种木架结构的老式房子,正面临着从历史舞台上彻底退出,钢筋混凝土的楼房已经成为这个时代的建筑主流。但从时间上看,那种古老的、土生土长的木骨泥墙的梁架结构居住形式已经延续了四五千年时间。

玉树的情况也大致如此。所不同的是,因为一场地震,原本缓慢进行的发展和变化突然加快了,原本要几十年甚至更长的时间里才能完成的变化,在两三年之内就完成了。

钢筋混凝土和框架结构为核心的现代建筑,对玉树以游牧文化元素为标志的民间传统建筑形态完成了一次彻底的改变。

3

因为这些突然"冒出来"的房屋,玉树草原上很多原本并没有村落的地方出现了一片片村庄,远远望过去,这些村庄里那整齐划一的房屋,总让人产生一种耳目一新的感觉。而原本有村落的地方,村庄的规模也似乎一下子变大了,和这些村庄一起变大的还有那些小城镇和县城,玉树州所属6个县城中除结古之外,至少还有3个县城在灾后重建中建设了新城区,加上老城区的建设项目和城镇居民的住房建设,这些小城镇的城区面积几乎扩大了一倍。结古的变化更是翻天覆地,原来的那个小镇已经出落得像一个新建的城市,无论从哪个角度看,你都已经看不到它曾经有过的样子。

不过，也有例外。2013年7月初，我在玉树县小苏莽乡、玉树县下拉秀乡的崇山峻岭和草原森林之间也看到了另一种景象。与整个玉树其他地方的灾后重建不大一样的是，这两个地方的大多数农牧民住房并没有集中建设，而是依然很分散，基本上都在每家每户原来的房屋跟前。因为受灾程度相对较轻，原来的旧房子也保留了下来，只是旁边多了一座80平方米的新房。虽然，新旧房屋的反差很大，但是总体上讲，因为新建房屋在外观设计上充分考虑了当地民族文化的元素，并没有显出太多的不协调。因为分散，建设难度加大，这两个地方的农牧民住房建设的进度没有其他地方快，但是，看上去，它更切合实际，至少眼下是这样。

小苏莽地处长江、澜沧江两大江河源区干流之间的森林地带，境内除了广袤的草原，还有大片的森林，美丽清秀的江西林场就在这里，这是青海省境内保护最完好的一片原始森林之一。7月5日和6日，我穿越这片森林，在整个林区寻访过那些刚刚建好的农牧民住房。说心里话，那些房舍真令我眼前一亮。当巴桑小兄弟小心地驾车，把我送到一道道高耸的山梁或一条条幽静的山谷里时，我看到了那些人家。它们三三两两地散落在山野之间，或白云生处，或山冈之上，房前屋后，苍松翠柏，清流碧浪，间或有畜群在远方忽隐忽现，更有炊烟缭绕，宁静与邈远就随着那白云和炊烟恣意弥漫，那可真是一派仙境。人与自然的和谐，在这里展现着极致的美态，令人流连。没想到，我会在这里看到玉树灾后重建的另一种经典样板。

如果我们把这次灾后重建看作是玉树的一次重大历史变革，那么，因为这场变革，会为整个玉树带来怎样深远的影响，目前还很难做出一个准确的判断。但是,有一点是可以肯定的,那就是很多玉树人的生活将因此而发生重大的改变。

某种意义上说,这种深刻的变化与他们已经或将要住进去的那座房子有关。小苏莽人也不例外,只是他们的改变与其他地方的改变会有很大的区别,因为,他们依然栖居在森林和草原之间,家园原本的意义并未发生丝毫变化。

可是,对很多玉树人来说,他们将要面临的可能是一种全新的改变。

从玉树当地居民的结构看,一直到今天,以游牧为生的牧人依然占据主体位置,大约应该占到80%以上——当然,现在,他们几乎已经全部实现定居,其中的相当一部分人也已经不再游牧,还有一少部分人虽然还生活在草原上,但已经没有了牛羊,还有一部分人因为保护三江源的生态环境,因为退牧还草和禁牧而迁离了原来的草原,成了生态移民。不过,他们的身份没有改变,他们依然是牧人。

以结古镇为例,震前结古的总人口并没有一个非常精确的统计数字。据粗略的统计,大约有10万人口。震后,加上援建大军,约有14万人口,他们生活在不超过13平方公里的土地上,每平方公里的人口密度超过万人。其中约8万人为常住人口,5万人左右为流动人口——多为玉树州境外的灾后重建人员,约占80%,在4万人上下。这个人口数量在青海全省除西宁之外的各州、地、市府所在地中排在前列,仅从人口规模和密度而言,结古是一个名副其实的高原重镇。

这里需要说明的是,结古当时的城镇居民不会超过4万人,也就是说在总共10万余的总人口中，非城市户口居民人数超过6万，占60%以上。如果对整个人群结构做进一步的分析，你就会发现，4万左右的城镇居民当中，结古世居的人口可能只有3万左右，还有接近1万的人口是这些年才迁居结古的，他们也都是本州牧人。而那约6万之众的非城镇户籍人口，除去部分玉树州以外的流动人口，约5万人口无一例外，几乎全部都是牧人。

看到这些数字，你不免会产生一个疑问：我为什么会事无巨细、不厌其烦地分析这些人口的构成情况。那么，现在我就告诉你为什么。因为，在一场大灾难之后，无论是组织抢险救灾，还是着手灾后重建，人都是首要的问题。一切的出发点和落脚点最后都会归结到人的身上。最初，摆在第一位的是救人；接下来是安置灾民，还是要解决人的问题；再往后是调查灾情，人还在首要位置；最后是灾后恢复重建，其核心问题还是人。只有我们把人群的结构搞清楚了，摸透了，才能做到有的放矢。

上面的分析表明，结古地区至少有5万牧民——或许他们已经或将要取得结古地区城镇居民的身份，这是迟早的事，而且，就像以往一样，有一部分人可能既保留牧民的身份，同时也会成为城镇居民——他们将要面对新的生存和生活环境。

他们离开世代居住的帐篷和草原的时间依然非常短暂，最早的也不会超过20年，而晚一些的是最近几年才发生的事情。三江源腹地大规模的生态移民是21世纪初才开始实施的一项工程，移民总投资25亿元，在青海五个藏族自治州均有生态移民，以果洛、玉树为最。如果没有那场地震，它们在结古的生产和生活方式虽然较之以前发生了很大变化，但依然没有根本改变。因为他们还是牧民，以前的草原还在原来的地方，他们中的很多人甚至还保留着以前的定居点和少量的牛羊，那是一条"后路"，有一天如果在结古生活不下去了，他们还可以回到从前的草原上。

可是，一场地震彻底改变了一切，重建后的结古将不再是原来的那个小镇，它要变成一座城市了，据说连城市的名字都已经起好了，人们正在谈论谁会任第一任市委书记和市长。那么，你能想象，一个城市60%的市民都是牧民，那会是个什么样的城市？我所担心的还不是城市的管理者将如何管理这座城市的运转和运行——尽管那肯定也是一道史无前例的难题，而是这些牧民的生存，他们不再是牧民，他们将会有一个新的身份，城市市民。那意味着，他们离曾经的草原和畜群将会越来越远，他们将生活在一座城市里。

在以前的结古，这些人的房屋大都是土石木结构的小平房，虽然数量众多，占地面积也很大，但在当地所有的房屋建筑中，这些人的房屋最大的一个特点是建筑质量差。他们中很少有住楼房的，也很少有房屋特别豪华的。而在震后，这一切都要彻底改变了。虽然，震后的结古依然规划保留了很多独户独院的民居，或平房或楼房，从这些统规自建的民居多少可能会看到震前结古的一些痕迹，但这与那些将要生活在城市里的众多牧民没有太大关系。他们中的绝大多数人都要住到一个个组团建设的楼房上去了。可以说，他们将要面对的生活难题也是史无前例的。

他们首先要面对的可能是水费、电费、取暖费、物业管理费等此前从未面对过的事情。这对一个城市居民来说，是再普通不过的事情，但是，对他们来说，这是开天辟地的事情了。他们已经离开了草原，没有了赖以生存的牛羊，没有了生活的来源，可能以前还有些积蓄，但是在迁至结古时，他们把积蓄变成了地皮和房屋，现在就什么都不剩了，那么，他们将怎么生活？将怎么面对那些没完没了的水费、电费、暖气费和物业管理费呢？

我确信，这是玉树灾后重建中所面对的最大的一个问题。其他的很多问题可能都会随着重建的结束慢慢化解和解决，唯独这个问题可能还要长期面对。这是玉树的重建者们留给未来的玉树人去破解的一道难题。怎么破解？至少目前我们还没有想到一个万全之策。

是的，他们有房子。而且，就房子而言，那恐怕是他们一生所居住过的最好的房子。可是，现在和以后，他们最担心的已经不是有没有房子的问题，而是，自己会不会住进房子里的事。因为，他们一旦住进了那些楼房里面，生活来源怎么解决？所以，从重建规划落地的那一天开始，一直到一栋栋楼房拔地而起，他们的心一直悬着。在玉树的灾后重建中所遇到的每一个难题几乎最终都能从这些人身上找到根源。他们并不是对重建有什么意见，也不是不满意房子，而是，担心未来的生活，担心他们成为纯粹的城里人之后，能不能跟这座城市融合在一起。不能说，他们的担心纯属多余。

虽然，玉树的重建者们在谋划未来的产业、未来的发展时，重点考虑的也是这一部分人的生存问题——尕桑和蔡成勇两位副州长曾给我详细地描述过这些产业的构想。但是，谁又能保证得了这些产业的发展是否契合这些人的实际呢？比如，为他们尽可能安排一些商铺，即使他们自己不会经营，也可以用出租的办法来保障生活来源。且不说，他们是否都能分到商铺，即使都能分到一间商铺，那也得他们有能力购置商铺才行。

其实，他们中的绝大多数人除了放牧牛羊什么都不会做。

在一个相对漫长的岁月里，大草原上的牧人和他们所居住的房子，以及随后出现的村庄和城镇大致上经历了这样一个渐行渐远、不断蜕变的过程。

以前，他们是牧人，住帐篷，放牧牛羊。只要有广阔的草原和足够多的牛羊，就什么都有了。住帐篷的牧人喜欢散居，他们一户户散落在大草原上……

开始住到房子里之后，他们的生活就已经有所改变了。因为，房子无法随着畜群迁徙。他们似乎被一条看不见的绳子拴在那里了。从此，他们迁徙漂泊的范围越来越小……

后来，草原上出现了集中定居的小规模草原社区，很多人家的房子建在了一起。于是，草原上出现了不少新的村庄。村庄里还建起了卫生所和学校，孩子要上学，老人要看病，他们只好留在村庄里。虽然，生活在村庄里的人还是以前的那些牧人，但他们的生产和生活方式再次发生了重大的变化。他们不但有了房子，还把老人和孩子留在了那里。于是，他们再也无法迁徙远方的牧场了……

再后来，最初的一些村庄变成了小集镇，而以前的一些小集镇变成了城镇——加快城镇化进程——这句中国农业社会提出来的响亮口号，而今也已成为草原牧业社会一个醒目的招牌……

我想要说的是，如果在一片大草原上，散落着一顶顶牛毛黑帐篷，或者远天远地的有一两座白房子或红房子，那是一种景致，是大景象，就像夜空里布满星辰是一种大景象一样。也许是因为我们习惯了这样一种景致，突然看到，一片大草原上突兀着一片片集中而建的房屋，在那些牧草的映衬下总觉得有点扎眼，有点突兀。

村庄为什么会出现在农村而不是牧区，或者说，农村人为什么要住房屋而不是帐篷,还不仅仅是因为喜好和实用,它还有更深层次的原因。因为,草原上只有牧草而没有树木,而农村有树木却没有可以散落居住的大草原。这看上去好像是一种自然现象,而实际上是两种不同的文明——农耕文明与草原文明。

村庄须有绿树掩映才好,而草原最好是一望无际。城镇乃至城市更需要绿树,如果一座城镇或一座城市只有钢筋混凝土而没有一棵绿树,那是绝难想象的,也是绝难忍受的。所以,人均公共绿地面积才会成为衡量一座城市是否适于人类居住的一个最主要的标准。在一片大草原上,无论是要走城镇化道路还是建设一座城市,草原牧人首先要学习的不是如何建造高楼大厦,而是真正的城市文明,最初的启蒙老师就是森林文明。

当然,草坪也属于绿地,所以,玉树灾后重建中专门辟出一些地要建城市绿地时,有不少牵涉到自己利益的人就说:还建什么绿地呀?整个玉树不都是绿地(草原)吗?可是,假如未来的结古或者玉树市没有真正属于一座城市的那种公共绿地,很难想象它还会是一座城市,那与一片钢筋混凝土的沙漠何异?

现在,玉树也出现了一片片村庄、一座座城镇,甚至也出现了城市,那么,接下来,我们必须要做的一件事就是在那里种上一些树——当然是在那些能长出绿树的地方,因为,地处地球第三极的缘故,玉树有一些地方即使有了村庄和城镇,我们也不可能种活一棵树——所以,我原则上坚决反对连一棵树也无法种活的地方走城市化的道路。城市是钢筋混凝土的领地,当这种坚硬无比的材料覆盖了一片草原之后,如果连一棵树也看不到,只有骄阳,没有绿荫和绿地,我们将怎样生活在这样一座城市里呢?

4

虽然"玉树"两个字只是一个译音,与树无关,但玉树有树。

我在前面已经提到玉树南部的森林就是中国第二大森林带的边缘,从那里开始,沿长江上游干流通天河与澜沧江上游干流杂曲沿岸及其部分支流流域,天然森林的分布一直延伸到海拔4000多米的高山峡谷地带,也就是说,尽管玉树很多地方根本不长树,但所属6县均有森林分布。在6个县城之中除曲麻莱之外,也都有树。尽管治多和杂多县城几乎见不到一棵乔本类的植物,但是,治多县城边上以前就生长着已经算得上高大的沙棘林,沿聂恰河往下不远就能看到祁连圆柏的身影;杂多县城边上就能看到森林;就是曲麻莱,离县城不远的长江边上也生长着祁连圆柏。而东三县称多、玉树和囊谦的县城原本就有树。

除了这些极限分布的天然森林,玉树人工造林的历史虽然不长,但也有百年以上了。据记载和传说,玉树地区人工植树的历史源于称多县境内通天河岸的拉布寺。当年,这座寺院一位叫嘉央·洛松尖措的活佛带着几名弟子,赶着500多头牦牛,前往青海东部西宁、湟源一带,徒步往返1600多公里,历时100多个日夜,驮回了约2000株树苗,那是玉树地区人工种下的第一批绿树。为了防止树苗干死,每株树苗的根部都用泥土包裹,而后又用厚厚的毛毡将每株树苗严严实实地捆扎起来,才驮在牛背上,往回走。

很难想象,在一路上,他们曾经历了怎样的艰辛,才将那些种子带到了玉树。这座寺院当时有800余僧众,驮回那些树苗之后,活佛即命全寺僧众种树,无论如何也要将这些树种活了。于是,通天河谷地有了第一片人工栽种的绿树,多为青杨,一种青海当地生的杨树。据说,后来,嘉央·洛松尖措活佛还曾带着弟子、赶着牦牛第二次去驮过树苗。又是一次披星戴月的几千里长途跋涉,又是一次为有绿树婆娑而进行的艰苦卓绝的远行,这该是何等的公德!后来,我们在拉布寺周围看到的那一大片高大的绿树都是他们无量功德的绿荫。

拉布人一直铭记着这种功德,也一直延续着造林种树的传统。他们甚至为拉布最早的那棵树建了一个庙堂,当成神一样供奉朝拜。可是,也不知为什么,至2013年春夏时,拉布寺周围的很多参天大树都突然得虫害枯死了。7月中旬,我到拉布去看那些树时,拉布寺前面那两排高大的杨树几乎已经都枯死了。早些日子,我就听说过此事,但是,没想到会那么严重。同行的人提醒,那棵树王是否也死了呢?就是那棵最早种的树。我便急忙跑过去看,还好,它依然枝叶繁茂,绿荫欲滴。我还特意为它拍了照。我想,只要它还在,只要有它的庇佑,它的子孙们就不会有事。

自那以后,以通天河流域为核心地带的玉树绿化工程从未停息过。再后来,这里还被列入国家长江防护林和三北防护林体系工程建设的重要一环,使原本断断续续、星星点点的绿色开始不断延伸,不断绵延开来。当我第一次去玉树的时候,一下了歇武山,通天河谷地里到处都能看到绿树成荫了,后来,甚至公路边上也出现了绿化带。

记得,有一次去玉树时,通天河边的公路比以前宽敞多了,也好走多了。可是,因为路面拓宽,公路两边已经成荫的绿树却不见了。到了玉树,我还一直惦记着那些树的命运。这个地方种活一棵树不易，砍掉太可惜了。我还曾专门打听过那些树的下落。他们说，一棵也没有砍，都被小心地移植到了别的地方。所谓人挪活树挪死，这个地方的树更难挪活。我就跑去看，那个地方在扎曲河边上，是一片开阔的河谷滩地。我在那里看到了那些被移植的树，果然没有一棵成活，全都枯死了。便心疼不已。

可是，过了很多年，我再去玉树时，那些枯死的树还在那个地方，一棵都不曾少。即使它们都枯干了，枯死了，视绿树如命的玉树人依旧舍不得砍掉，还让它们在那里挺立着。那些树先是没有了枝叶，之后，树枝也不见了，再后来，连树皮都脱落了，只剩一个树干，光秃秃的透着亮，像铮铮铁骨，一根根戳在那里。但是，玉树人仍旧舍不得砍掉，让它们依然以树的样子立在那里，有一些干树桩上还系着哈达，随风飘荡。那一刻，我莫名感动。

玉树之树让我再次心生感动是地震以后的事了，那是在玉树县第一民族中学的校园里。2013年4月15日，我一走进这所学校的大门，就望见了一棵并不高大的杨树，其实这所学校的校园里还有不少树要比这棵树高大得多，还新近栽种了不少云杉等针叶树种。我之所以第一眼就注意到这棵树，是因为这棵树生长的地方有点特殊，它没有长在校园的土地上，而是在一个水泥台阶上。后来，我还专门数过那台阶，那棵树在第十一级水泥台阶上。

和其他所有的学校一样，这所中学也早已经建好了，2012年第一学期开学时，孩子们就在新学校里上课了。在整个玉树的灾后重建中，学校和医院不仅是最早开工和建成的项目，也是整个灾后重建中建得最好的项目，这所中学也是。重建后的新校园里一切都是新的，新的校舍、新的教学楼、新的实验楼、新的操场和新的钟楼，等等。但是，也有两样震前的东西被完好无损地保留了下来，一样是藏文字的发明者吞弥桑布扎的塑像，在地震中没有受到任何损坏；另一样就是校园里的那些树。整个学校都被推平重建，但是，规划者和建设者们想尽各种办法把那些树一棵不少地保留了下来，包括那棵水泥台阶上的杨树。

一进校门，迎面就是一面影壁一样的建筑，像屏风，也像亭子，但不是亭子。从校门口直直往里走二三十米，便有台阶，拾级而上，迈上第十一级台阶，就到顶了，从那里望出去，整个校园尽收眼底。背面也是十一级台阶，下了台阶便可步入校园。背面的台阶上也有一棵杨树。听学校的老师们说，为了保留这两棵杨树，建设者们可是费尽了心思。树要保留，还不能挪，台阶也要修，而且，还要保证不影响树的生长，于是，这两棵杨树就出现在水泥台阶上了。为了让这两棵树能吸收到充足的养分，水泥台阶上特意留出了一个浇水的树坑，露着泥土，据说是直接通到地面的。这样，这两棵杨树即使长得再高也不会吸收不到养分了。

后来，在玉树采访的那些日子里，我曾特别留意过玉树的那些树，那些经历了地震，也经历过大规模灾后重建之后，还依然活了下来的绿树。我意外地发现，很多树都活了下来。其中有不少树木活下来的样子很像那所中学水泥台阶上的那两棵杨树。

那天下午，邓东告诉我，当初，他们做整个规划时，让每一棵玉树之树在灾后重建中都能保留下来，尤其是那些老树，一棵都不能砍掉，是他们刻意为之，并努力实现的一个重要目标。宁肯一座建筑给一棵树让路，也要保全那些老树。有很多次，有人告诉他，一个地方正在砍树，他会立刻赶到那里去抢救那些树。只要听到了类似的消息，他都会赶去抢救那些树，像是去救命一样。

但是，邓东也告诉我，保护玉树之树的目标并没能完全实现，很多原本可以保留下来的树还是被砍掉了。他毕竟不可能守在每一棵树旁，谁也不可能。玉树那么大一个重建现场，他再怎么奔忙，也是顾了东顾不了西啊。"这地方长一棵树不容易！砍了可惜。太可惜了！"谈到那些没能保留下来的树时，这位杰出的城市规划设计师直摇头长叹！

2013年4月14日，玉树地震三周年祭日。

玉树为这个特别的日子精心安排了一系列纪念活动，"绿色玉树"四个字可以说是这一系列纪念活动的主题。其中最引人注目的当是玉树历史上规模空前的一次植树活动，青海省委书记骆惠宁、省长郝鹏以及众多的领导和来宾都参加了这项活动。当天，玉树约有上万人分别在10个造林点参与种树。其中，位于琼龙路扎曲河边的造林点格外引人注目。这一天，人们在这里种下了一片具有特殊纪念意义的云杉林，林地的形状被巧妙地设计成了一幅葱郁翠绿的中国版图。版图由2698棵云杉和35块小林地组成，每一棵常青的云杉都为纪念地震中罹难的一位同胞，而每一小块林地则代表一个省、自治区、直辖市和地区，寓意感谢全国各族人民对玉树的无私关爱、援助和支持。

接下来的几天里，此项造林活动一直在继续，部队、学校、医院、各行政事业单位、企业以及各路援建大军都在结古营造出了一片片纪念林。所种植树木除了高原花灌木——那都是近代开花植物，是园林建设的上好树种——大都是川西和青海云杉，这是一种高档名贵树种，在结古地区首次大规模种植。这项活动结束时，结古将新增近30万棵绿树。虽然,玉树有百年人工造林的历史,但是,如此大规模的植树活动在当地还是第一次,2013年到2014年两年的此项投资就会超过1.3亿元。

"绿色玉树"无疑是一次重要的行动,它在整个玉树的灾后重建中所要完成的建设任务更具有深刻的象征意义。它是以生命的形式在进行一次悲壮的远行。那些天,有好几次,我沿着巴曲和扎曲两条河的沿河景观带一路走去,很多地方都已经种上了绿树。刚刚种下的云杉苗株高已经在1.5米以上,它们排成阵列,沿河岸婀娜婆娑。它们将和新玉树一起成长。

我原来还担心,那些云杉们会不会成活,因为,毕竟这是结古地区首次大面积种植云杉。可是,接下来的几个月里,我看到这些云杉不仅成活了,还长高了许多。云杉可以说是青海天然林区的当家树种,从海拔2000多米的东部河湟谷地一直到海拔接近4000米的高山峡谷地带广为分布。在海拔2000米左右的地方,它可以长到40米以上,在接近4000米的地方,只要它在那里,至少也可以长到25米以上。玉树南部大森林中主要的建群树种就是云杉,川西云杉。灾后重建中,沿扎曲和巴曲河两岸栽种的主要树种也是云杉,除了川西云杉,还有青海云杉。只要结古能长云杉,它就可以长得非常高大。

不过,云杉树苗有一个致命的缺陷,栽植后的云杉幼树头一旦折断,就永远也长不大了。它不像别的树种可以从树头折断处分杈长出一个新的树头,只要云杉苗树头折断了,它就成了一棵断头树。即使它还活着,也不会再长高了。因为是常绿树种,在干冷的冬春季节,极易受到牛羊等牲畜的啃噬,尤其是山羊,而结古多山羊。我不曾考证，结古最早养殖山羊的历史可以上溯到什么年代，但是，可以确定，结古乃至整个玉树养殖山羊的历史应该非常久远，整个玉树都有山羊分布。很显然，在玉树灾后重建中进行大规模造林绿化时，人们已经意识到了这个问题的严重性。于是，他们决定对整个结古地区散养的山羊进行一次彻底清理。玉树县林业环保局在县委常委、副县长才仁扎西的带领下，出动人员470人次、车辆55车次，用了近一个月时间在街头巷尾清理山羊，先后共清理山羊2614只。这些山羊被装上一辆辆大卡车被送往结古甘达村和仲达乡，整整运送了18车次。在甘达村和仲达乡，指定专人放养这些山羊。

这些羊儿现在还好吗？当它们被装到一辆辆大卡车送往目的地时，为了防止它们中途从车上跳下逃走，车厢之上一定还用一个网状的辅助物给罩住了，这当然是必须的。因为，即使从一辆飞驰的卡车上一跃而下对这些山羊来说，也不难做到。当它们从飞驰的卡车上望着两面的山梁向后移动时，它们是否意识到从此就要别过这熟悉的山坡，去到一片陌生的草山上生活了呢？如果意识到了，它们的心里是否起过一些波澜？也许不会。它们中一些思维活跃的同伴说不定还显得异常兴奋和激动，觉得从此可以远离闹市的喧嚣，在一片广袤的草原上享受自由的生活，那也许是真正值得向往的生活。说到底，它们毕竟是一群山羊，只要有水草丰美的山野，在哪儿啃噬青草又有什么区别呢？

虽然，结古灾后重建的一些未完工程还在继续，但是，经过重建的结古已经出落得越来越像一座城市了，尤其是那由川西云杉、青海云杉、柳树、榆树和杨树等乔木和丁香、金露梅、银露梅和红柳等花灌木组成的绿色景观带，已经让新生的结古展现出一道道迷人的风景线。这等高品位的城市绿化不仅在以前的玉树从未有过，在整个青海的所有城镇中也实属罕见。

而结古原本的另一个"风景"消失了，原来街头巷尾随处可见的那些山羊以及其他的牲畜都不见了——这曾是所有高原小镇的一大特色景观。这样的结古看上去似乎并不像是一个高原牧区的小镇，而更像是一个远离游牧生活圈的现代化城市。经历了地震和灾后重建的结古已经彻底地脱胎换骨了，它变成了另一个样子。一个从来没到过玉树的人，如果现在去玉树，一定会为它现在的样子感到惊讶，而几乎所有的玉树人都必须慢慢地适应这样的变化。

因为这些绿化景观带，有一些结古人肯定得离开他们原本居住的家园，要把自己的家园让给这些树木花草。但是，谁又能说，这些绿树花草以及所有的绿化景观带与他们的家园没有关系呢？那不就是他们自己的家园吗？

而且，玉树人是喜欢绿色的，草原是绿色的，森林也是绿色的。玉树人也喜欢树。

叶青所在的甘达草原上以前没有树，但是，灾后重建以后，叶青在自家房前的空地上种上了好几棵树。别看只有几棵树，它的意义绝不是几棵树那么简单。此前，叶青从未种过树，但是，两年前，他第一次在甘达草原上种下了这几棵树：两棵丁香、三棵杨树，还有一棵榆树。两年前的那个春天，他去结古时，在一个单位的重建工地上，发现了这几棵刚刚被挖出来的小树，那都是挖出来要扔掉的。他突然生出一个愿望，想把这几棵小树种到甘达去。他如获至宝，把这几棵小树带回了甘达，然后，精心栽培，小心呵护。过了一段时间，这几棵小树上竟然长出了几片嫩嫩的叶子，它们都成活了。

叶青为此欣喜不已。

5

我每次去玉树，结古都有新的变化。除了四面的山野，以前的结古一点都看不见了，它不再是你所熟悉的那个结古，也不再是玉树人记忆里的那个结古，便觉得陌生，有一些伤感便浮上心头。再后来，随着时间一天天过去，一个新的结古又在人们的心里慢慢鲜亮起来，熟悉起来，人们不停地把那些新增添的社区和街道名字存放在记忆里——结古一下子多出来那么多新的街道和地名，人们一时还记不住，像是到了一个完全陌生的地方，有一种"漂泊"的感觉。

但是，四面的山梁告诉他们，这里就是结古。那些山梁还在，山顶上的白云还像以前一样在那里漂浮。早晨的太阳还从原来的那个山头上升起，夜晚，月亮和那几颗熟悉的星星还在原来的地方闪烁。那是他们心中自古不曾变更的一个坐标，他们用这个坐标来定位家园的准确位置。只要这些景象还在视野之中存在，他们就不会迷失方向。无论沿着哪一条大街和小巷往前走去，最后，总能找到回家的路。在每一条大街和小巷里，他们都会仔细搜寻那些地方曾经的记忆，再用眼前的景象加以比较，而后进行替换。于是，曾经的一切忽然远去，扑面而来的是新的家园。这是确定无疑的一个事实，他们必须得面对。只有面对这个事实，他们才可以将自己的肉体、心灵和精神安顿下来。只有将自己彻底地安顿下来，一个地方，才会变成自己的家园。

在整个结古，最早勇敢面对这个现实的是那些世居结古的老居民。相对而言，他们一直在很平静地面对所发生的一切。虽然，在地震中他们的损失可能最大，可那又怎么样呢？他们还活着，这是最重要的。而且，地震过后，他们还都有一套80平方米的新房，客观地讲，绝大多数人的居住条件比震前大有改善——其中一小部分人家可能还有两套甚至多套80平方米的新房，这一部分人在地震中的损失小，个别人家不仅没有损失，可能还有赚头，这是震前乃至震后结古户籍管理混乱造成的结果，与灾后重建无关。老结古人非常豁达的理解着所有的变故。

从内心里讲，他们也许是这个世界上最豁达的人群，没有什么事情是他们不能理解和想不通的。在他们看来，不仅每一个因都会有一个不同的果，而且，更重要的是，每一个果都会推导出很多个因。这是一个可以无限循环往复的轮回，生命如此，万事万物亦如此。有了这样的一种心境，就可以平静地面对所有的一切，包括一切的灾难和无常。这也是为什么，在玉树的征地拆迁和灾后重建中没有遇到其他地方普遍会发生的那些过激甚至极端行为的根本原因。

在结古红卫路，我有一个朋友。是一个老人，一个耿直、热心肠的藏族男人，一个结古镇的普通老居民——因为，我没有征求他的意见，所以，我不能在这里随意提及他的名字。他们家在解放前是一个大户人家，整个红卫路那一片，有大半土地是他们家的，解放后，也有一大片，除了土地还有众多房屋和商铺。后来，先是土地没了——尽管玉树没有经历过土地革命；之后，那些商铺也没了；最后，连家也没了。一家人被赶出结古，到一个山沟里生活了很多年。直到改革开放后才重新回到结古，卖掉了妻子最后的一颗天珠，重新置办了家产，安顿下来。据说，那颗罕见的天珠当时只卖了十几万块钱，现在它至少能卖到千万以上。那真可谓是大起大落、大悲大喜啊！这次地震中，家又没了，幸好一家人无一伤亡。每个已成家的孩子都分到了一套80平方米的房子。他老两口住在二女儿家里，因为是统规自建区，二女儿家自己又掏了点钱，把房子的面积扩大到100多平方米。他已经很知足了，房子一建好，他们一家就住了进去，就是毛坯房，连点白灰都没有抹，更别说是简单的装修了。他老两口有独立的户口本，原本也可以分到一套80平方米的房子，可是，他坚决不要。他想，要那么多房子干什么？一些人说他傻，他说，傻就傻，房子还是不能要。国家已经为玉树花了太多的钱，他不能为国家再增添负担了。

我每次去玉树，他都会打电话叫我去家里吃饭。他在电话里总是说，你要不忙或忙完了，就到家里来，我们说话喝啤酒。虽然，我已经很多年不喝酒了，但在他家里，我还是会喝一点啤酒的。他一直让我把他们家当成自己的家，我就更不能在家里把自己当外人看。喝啤酒时，我一直在跟他聊震前震后，甚至前世今生的一些事。他显得非常平静，他说，地震中死了那么多人，对他们来说，这些房子还有意义吗？那么，活着的人呢？同样的道理，最重要的是我们还活着，而不是房子。长远地看，我们都会死。你没有在地震中死掉，这是多么幸运的一件事情啊。你得好好地珍惜生命，珍惜生活，热爱你身边的人，热爱这个世界、这个国家和这个社会，并把你的爱尽可能地传递给更多的人，传递给有情众生。更何况，现在的玉树建得确实很漂亮，这不是玉树人自己就能做到的事情。要不，他们早就会这么做。如果没有这个国家，这个社会，这一切都难以想象。这样想，住在什么样的房子里已经不重要了。

他说，这些也是他对儿女们唯一的要求。除此，别无他求。一切随缘就好。我以为，他就是世代生活在结古这片土地上的那些人中一个典型代表。我坚信，他有资格代表他们。他也说到了那些新栽的树和新开辟的景观带，他太喜欢那些树和景观带了。说，那是多么的漂亮啊，等那些树长大了，就可以到林子里坐坐。出门就是林卡，这是多么大的福报啊！还有什么不知足的呢？有了这一切，对他来说，就有了家园。而对一个人，有了家园就有了一切。他说，人最大的困惑就是贪婪。一个人要是贪婪，你给他盖多大的房子他都不会知足。

在我所认识的那些结古人当中，还有一位非常了不起的女人，叫美少。她说的一句话深深地触动了我："不幸与万幸，有时候，只有一念之差。"她说，经历过那场地震之后，当她发现儿子、女儿都还活着的那一刻，她把什么事情都想开了，以后也不会有什么想不开的事情了。

那天早晨，她6点半出门，开车带几个老人去新寨转嘛呢。13岁的儿子与她一起出门去上学。11岁的女儿当时也想一起出门，她觉得太早了，就让她晚点再出门。之后，就离开了家。到新寨没多久，第二次地震来了。她疯了一样地开车往家里跑，开到半路上时，因为人太多，车走不了，就扔下车往家跑……快到家的时候，她看见那一片房子全塌了。心想，女儿肯定是没救了。这时，她听见有个声音在喊："阿妈，阿妈……"她听出来了，那是女儿的声音。急忙转身看时，女儿已经在身边了，身上还背着书包。她抱住女儿，失声哭喊："我以为你已经死了……"当时，很多人听到了她这句话，都被这一幕震撼了,纷纷停下脚步,泪流满面。

随后,儿子也找到了。不知道那是幸福呢还是恐惧,她领着儿女走过震后的结古时,一直泪流不止。等平息下来,安顿好儿子和女儿之后,她觉得自己一定得做一些事情。可一时又不知道该做什么,就跑到红十字会去当志愿者。之后,一直在那里发放救灾物资。发放救灾物资时,她一直双膝跪在车头的顶上,不停地往车下递东西,没有换过姿势,没有站起来过。她发现,自己的双膝竟然在车头的顶上跪出了两个很深的窝窝。后来,才发现自己的右膝盖骨已经脱落了,没在原来的地方,右小腿耷拉着,像是没在自己身上,可以向任何一个方向歪过去。她站不起来了。这时,心肌炎的老毛病也开始发作。5月1日,她被一些朋友送往北京手术。因为,没经过组织安排,她的手术和治疗没有被纳入抢险救灾的统一救治范围,从而没有得到相应的照顾和救助。手术时,只有11岁的女儿在身边陪护。事后,她从未向组织提过一个字。

一个月后,她拄着双拐回到了伤痕累累的玉树。后来,灾区成立了一个新的临时机构——矛盾调解中心,她被任命为中心综合接访室主任,一直到重建结束。此后的三年多时间里,她把自己所有的心血都献给了玉树的灾后重建,为矛盾重重的玉树去化解那些解不开的疙瘩。其间,多次晕倒,出现便血。但是,她从未向别人透露过自己的这些事情。她觉得,与别人的不幸相比,自己已经太幸运了,感恩还来不及,还有什么可抱怨的呢?尽管,自己的身体出现了些问题,但是,她已经满怀喜悦,为自己的心灵,也为玉树。对美少来说,有儿子、有女儿、有玉树,就有家,就什么也不缺了。

我从这些玉树人的身上看到了很多宝贵的品质,也从他们那里学到了很多东西，其中包括他们对家园的诠释——牛毛黑帐篷或者房子，只是家园的一部分，而非全部，山川万物以及树木花草都是家园的组成部分。对一个以前的玉树牧人来说，有一顶帐篷、一群牛羊、一片草原、一片天空，就是家园；对一个以前的玉树村民来说，有一座石土木房屋、一个村庄、一片山水，也许还有几亩田地，就是家园。而对未来的玉树人来说，家园的内涵已经发生了翻天覆地的变化。它在一种什么样的程度上影响到他们以后的生活，还很难料想。但可以肯定的是，这种影响不仅来自那些高楼、街道和已经出现在眼前的城市，也来自他们内心接纳新家园的方式。如果所有的玉树人都像我的那位老朋友和美少一样，我们就可以断定，未来的玉树一定无比美好。

不过，无论重建后的玉树跨越了20年、30年或者50年，对很多玉树人来说，如果那场地震可以避免，他们宁愿不要这样的跨越。即使再长远的跨越，如果除去了建设成果，那不过是个时间而已，玉树迟早会迎来那一天。

当然，我们也可以想象这样一种结果：依照现在的发展速度，20年或30年以后，中国可能要正式跨入发达国家的行列，那么，经过灾后重建提前跨越了20年发展的玉树，再经过20年的发展，真的到了20年以后，它会发展成什么样子呢？也许，那个时候，所有的玉树人已经无从想起20年前玉树的样子了吧……

第六章　颂辞与叙事
生命极地上的援建大军

> 我不知道，是家园变成了废墟还是废墟原本就是家园
> 嵯峨山冈之上，用石头砌成的城堡
> 如菊。如莲。盛开蛮荒
> 记忆在每一根荒草的根须里慢慢爬行
> 而后沿着石阶上的阴影漫过了残垣断壁
> 宫阙坍塌。圣殿陷落。家园不再
> 父亲最后的背影就在那山冈上飘荡成了一面经幡
> 守望岁月。守望女儿灿烂的脸庞
> 　　　　——摘自古岳《五月叙事：写给父亲的玉树》

1

听丁建明先生讲新寨的重建时，我被感动了。

新寨村的重建分两部分实施，嘛呢石城和石城里面的庙宇为一部分，另一部分就是村落，北京援建村落部分。在原规划中，这个村落与其他村落的重建并没有大的区别，除了村民的住房建设，还有村道的硬化和人畜饮水工程。说白了，重建后的新寨就是一个城郊的村庄。

而据丁建明的描述，这个村庄显然已经被设计成了一个具有很高文化品位的旅游景区。村落民居依山而建，前面就是嘛呢石城和寺院。三纬九经的路网设施将这些民居与石城串缀在一起，中间地带还有三个广场。村头原来的那一眼清泉处，经精心设计之后，已经变成了以一个草地、绿树为主题的林卡。城市供排水系统和其他市政管网设施一应齐全。因为他们富有创造性的重建，灾后重建的内涵被极大地丰富了。一个城郊的村庄变成了一个旅游小镇，玉树新城有了新的延伸。这一切几乎都是他们额外添加的建设项目，那已经不是一般意义上的灾后重建，而是一种纯粹的援建了。

丁建明在讲述新寨的重建时，不停地站起来指着挂在墙上的一张五颜六色的新寨重建规划图，给我指那些广场和林卡的位置，喜形于色，就像那里不是他们援建的一个地方，而是自己新建的家园。

新寨只是北京援建玉树灾后重建众多项目中的一个角落，它远不是主体。但是，来自首都北京的援建者在这个小小村落的重建中别出心裁，精雕细刻，做到了尽善尽美。我问过丁建明，这样的援建方式，投资规模将会大大突破，资金从何而来？他说，当然是从北京市财政来了。

丁建明是北京援建玉树指挥部副指挥长,指挥长是刘永富,北京市政府副秘书长,曾任北京市建委主任。他们两个算是老搭档了,曾一同参与四川什邡的援建,也曾一同在北京重大建设项目办公室和"08办"(奥运场馆建设办)工作。由此可以想见,北京市委、市政府对援建玉树工作的重视程度。

在几支主要的援建队伍中,北京援建是一支特殊的力量。北京不仅承担灾后重建的重要任务,根据国家统一部署,早在地震之前,就已经开始对口援建玉树,援建项目遍布玉树各地。

在整个北京对玉树灾后重建的援建项目中,新寨村的重建只是一个零头,结古地区的市政管网工程才是重中之重。结古五纵十五横的城市路网、所有的路灯以及标示,包括供排水和电缆、光缆在内的所有城市地下管网都由北京援建。这些建设项目是整个玉树灾后重建工程的一个基础,这些项目能否顺利实施并完工,直接影响到整个重建工程能否运转甚至能否顺利实施。尤其是那一条条纵横交错的路网,它不仅是未来结古这座城市的生命线,也是整个灾后重建能够顺利推进的保障线。

所以,这些项目必须提前开工建设,必须尽早发挥保障作用。2010年4月14日玉树地震,短短两个月之后,纵贯结古的第一条城市干线公路打通放行。之后,每月都有新的路被打通放行。到9月以后,几乎每月都有局部路网形成。为随后全面展开的大规模灾后重建创造了先决条件。

当北京援建的大批施工队伍开进玉树的时候,玉树震后紧张的抢险救灾还在继续,整体的规划方案还没有形成,更别说是重建资金的到位了。可是，必须有一两条运输线路得尽快打通，要不整个灾区就会一直处于瘫痪状态，动弹不了。北环公路是最先确定的交通干线，他们就要从这里为灾后的结古打通一条通道。可是，施工队伍进场需要资金，而重建资金尚未拨付到位，怎么办？好在那时，刘永富、丁建明等干将组成的北京援建指挥部已经开始运转，他们向北京市政府紧急求援，从市财政借款4亿元，才使施工没有受到丝毫耽搁。事后，玉树州的很多领导都说，假如这些公路没有及时抢通，后果不堪设想。

你要知道，某种意义上说，现在的整个世界都由市场经济主导一切，凡事都讲市场规律。世上没有免费的午餐，这是当下的流行语；天上不会掉馅饼，这是典故，是古话。北京凭什么要这么做呢？如果北京在玉树的援建指挥部以重建资金尚未落实为由借故推诿，拖延时间——这是事实，你能说他们有错吗？不能。至少在法律意义上你不能说他们有任何错误。

这是不得不停下来思考的一个问题，因为这个问题牵涉到玉树灾后重建的模式。这个模式堪称中国式重建模式，也就是说，普天之下，这样的重建模式恐怕也只有中国才有。当然，在中国，也并非玉树所独有。从唐山大地震到汶川大地震，一次次大灾难之后的灾后重建，应该说都是中国式重建模式的不同样板。只是随着国家整体实力和民族凝聚力、自豪感的增强，越往后做得越好了，好像我们离自己理想中的生活时代越来越近了。

远的不说，就说汶川的灾后重建。一个地方地震，中央一句话，中东部十几个省市毫无怨言，立刻前往驰援，分片包干，独立结算，用最快的速度、最好的质量全面完成了整个灾区的重建任务。玉树的重建模式与汶川稍有区别，一样的是，也有北京、辽宁两个对口援青的省市参与援建；不一样的是，除了这两个省市，还有中国建筑、中国中铁、中国铁建、中国水电四大中央企业也参与援建。在玉树的灾后重建中，这些被誉为"共和国长子"的央企无疑承担了最繁重最艰巨的任务。

如果说北京、辽宁原本就有援青的历史任务——沿海发达地区对少数民族地区的对口援建也是一种中国式的援建模式——那么，这些企业呢？无论它是一家多大的企业，那也是企业。利益最大化，这才是企业所追求的目标，他们又凭什么要援建玉树呢？要不是一次地震，这些企业里的很多员工恐怕连玉树在什么地方都不知道——据我所知，此前这些企业没有一家在玉树开展过任何业务，这不难理解——他们都是享誉全球的大企业集团，在多个领域，他们已经稳居世界第一的位置。在玉树这种偏远艰苦的高海拔地区，没有他们所"追求的东西"，这里远离商业文明甚至工业文明和城市文明的核心地带。这些企业的子公司一年的产值大都在几百亿元以上，多的超过千亿元。用于整个玉树灾后重建的投入也不过400多亿元。而且，接到援建任务的时候，他们已经被明确告知，在玉树他们只是出力，没有利益，只有付出，没有回报。可是，因为一次地震，因为中央一声令下，他们都来了，没有怨言。来了之后，就彻底放下了利益，只记住了责任、使命和义务。

我想，我们应该了解一下这是一些什么样的企业，也许从中我们能体会并明白，为什么要让他们来援建玉树，而不是别人。在这里，就让我们来认识其中的一家援建企业——中国铁建：

中国乃至全球最具实力、最具规模的特大型综合建设集团之一。2012年《财富》"世界500强企业"排名第111位，2011年"全球225家最大承包商"排名第1位，"中国企业500强"排名第7位，是中国最大的工程承包商，也是中国最大的海外工程承包商。

公司业务涵盖工程建筑、房地产、特许经营、工业制造、物资物流、矿产资源及金融保险，已经从以施工承包为主发展成为具有科研、规划、勘察、设计、施工、监理、维护、运营和投融资的完善的行业产业链，具备了为业主提供一站式综合服务的能力。在高原铁路、高速铁路、高速公路、桥梁、隧道和城市轨道交通工程设计及建设领域确立了行业领导地位。自20世纪80年代以来，在工程承包、勘察设计咨询等领域获得了400多项国家级奖项。其中，国家科技进步奖59项，国家勘察设计"四优"奖80项，詹天佑土木工程大奖46项，国家优质工程奖140项，中国建筑工程鲁班奖74项，中国专利奖优秀奖71项。

（他们）始终坚持把回馈社会、奉献民众作为企业的神圣责任。每年为国家上缴巨额利税，为政府财政收入和国家建设做出了贡献。积极创造就业机会，每年吸纳社会劳动力超过百万人，为缓解社会就业压力和保障社会稳定发挥了积极作用。在全国发生各种灾难时，中国铁建队伍始终冲在前头，成为各地抢险救灾的主力军。（摘自《中国铁建援建玉树纪实》）

且不说北京和辽宁，这四大央企中的任何一家都可以列出一大串这样的文字，其中的每一个数据都令人叹为观止。他们无愧于"共和国长子"的美名和担当。第一次读到这些文字时，我的感觉就是四个字：舍我其谁！除了他们，我们还能找到更好的援建者吗？难，很难！

可是，玉树的灾后重建更难！

最难的是，玉树的灾后重建是在原址重建。跟汶川和其他一些地方不一样，玉树不是易地重建，而是原址重建。原址重建的最大困难在于征地拆迁和废墟清理，加上玉树没有经历过土改，几乎所有的难点与利益纠葛都牵涉到土地。这不仅给重建增加了难度，而且使建设者大量的精力都耗费在协调处理各种矛盾纠纷上。

对了，还有海拔。玉树跟内地不一样的还有海拔。

数万名援建大军中的绝大多数都来自低海拔平原地区，此前，海拔对他们来说只是一个概念，他们从来没有跟海拔有过如此亲密的接触。此次玉树之行，三年多来的每一天里他们都牢牢地记住了海拔是什么，从此再也不敢忘怀了。它看不见，摸不着，它无形无象，但又无处不在，如影随形，举手投足之间都会牵绊着你，让你身不由己，让你眩晕，让你犯困疲惫，让你凭空恶心呕吐，让你心悸、胸闷气短、血压升高，让你麻痹，让你感到沮丧，让你一直消沉下去，甚至让你万念俱灰，而后感到恐惧和绝望。一千多个日日夜夜，海拔每时每刻都深深地刻在他们的脑海中，进到身体里面，撕咬着他们的躯体，片刻也不肯离开。随时随地，每时每刻，他们都会感觉头重脚轻，嘴唇干裂，脸色发青，眼睛布满血丝。白天头疼欲裂，昏昏欲睡，而到了晚上，却睡不着觉，好不容易睡着了一会儿，稍有动静就会惊醒，一旦醒来，再也无法入睡，翻来覆去，冒虚汗。吃什么都没有胃口，胸口好像一直有一个重物压着，即使干一些很轻的体力活，也感觉很吃力。还有，记忆力也好像突然出了故障，刚刚发生的事，一转身就想不起来了。

这就是海拔。这就是海拔达到一定高度之后让人、让生命所承受的极限压力。玉树全境平均海拔超过4500米，结古地区平均海拔接近4000米，这里的含氧量不足平原地区的60%，这里有漫长的冬天和寒冷季节，短暂温暖的夏天刚刚来临就要转身离去。这里六月飞雪，即使最炎热的夏天，只要是阴雨天气，山顶就会落满白雪。这是地球高极之上大自然的大景象、大景致，也是地球生命万物极限的居留地。平原地带可以生长到七八米高的乔灌木，在海拔超过4200米的地方紧贴着地表才能侥幸生存。海拔不仅使人的体能下降，就连机械的效能也大大降低。他们还要顶着恶劣的天气赶时间、抢工期，就出现了很多不可避免的问题。

中国建筑玉树灾后重建指挥部党委书记王晓波说："玉树首开人类史上高海拔地区城镇化重建的先河。我们也参与了汶川的重建，在那里我们可以一年四季昼夜施工，但是，在玉树不行。材料供应运输线路过长，很多材料即使西宁都不能保障，造成供料时间加长。而且，环境恶劣、语言不通等客观原因，我们的大部分精力还耗费在非施工环节上。安冲乡农牧民住房建设是我们援建的项目之一，可是，我们先得修一条通往安冲的公路，才能把建筑材料运到那里。这条40多公里的路，早在2001年县上就准备修了，因为设计施工难度大，一直没有修成。我们把它修通了，仅这一条路，就亏损3000万元以上。玉树重建之难由此可见一斑。"

中国铁建援建玉树指挥部副指挥长卜宗举说:"对四大央企来说,干活并不难,难的是落地放线。在别的地方,我们能在一年之内盖好一栋30多层的高楼大厦,但在这里却修不好一栋80平方米的小平房。"

2010年5月,卜宗举就到玉树了,之后,一直在这里。从到玉树的第一天晚上就开始失眠,后来开始出现不间断的耳鸣。2011年下半年,老母亲的腿摔断了,他这个唯一的儿子也没能回去照顾。2013年6月9日下午,在中铁指挥部营地板房里,卜宗举坐在他的办公桌前跟我聊着这三年来的事情,我看见他的办公桌上有一大堆药,至少有十几种。他告诉我,指挥部几百号人几乎都靠药物和输液来维持体力。像张克勤指挥长,以前是公司工会主席、党委副书记,现在已经退居二线了,来玉树之前还做过心脏手术,还在这里坚守,为什么?他自己说,因为是一名党员,你在这里就得尽职尽责,就得好好干,因为这就是你的职业。像康北、C47片区,都是他们做的。因为拆迁难,有一些工程2013年4月才开工,也要按时完成。因为时间所迫,只能边设计、边施工、边变更,每一步都充满了矛盾、困难和挑战。说起这些时,卜宗举的眼眶里一直闪着泪光。

玉树援建者,这是一群无畏的勇士!他们用青春和热血在地球的最高处、在离太阳最近的地方谱写着一曲大爱无疆的悲壮进行曲。因为高寒缺氧,他们的艰难行进和跋涉显得尤其悲壮!

当然,也正因为高寒缺氧的严酷环境,所以,我们才说玉树震后的抗震救灾和灾后重建史无前例。在这场世所罕见的严酷斗争中,我们所取得的每一次胜利和每一个成果都堪称人间奇迹。

这是国家对灾后重建体制机制的一次新探索、新尝试，就像玉树的救灾和重建中我们汲取了汶川的经验一样，它必将为我们未来的重建积累宝贵的经验和教训。

　　各路援建大军一到玉树，大自然给他们上的第一节课就是让他们记住了海拔。之后，他们都深深地懂得了一个道理：海拔越高意味着你要付出的生存代价也越大。也许在平日里，我们可以把所有的付出都折算成一定额度的金钱或者货币，并以此来衡量我们所付出的代价是否值得。可这是非常时期，这是灾区，这是无数同胞受苦受难的地方，国难当头，谁都没有选择的余地——除非你自愿前往。国家选择你去玉树，不仅是出于信任，也是对你的考验，你是替国家和整个民族到那里尽义务和责任。在踏上援建玉树之路的那一刻起，无论你是谁，无论你属于哪一个团体，或机关或企业，或一个省或一个直辖市，你已经不仅仅是一个生命个体的人，你还是共和国的一个公民，是中华民族的一分子，你是一个更庞大整体的一小部分，你代表你的家庭、代表你所在的集体，也代表国家、代表社会、代表制度、代表整个民族。你肩上的责任就大了，你的使命就神圣和光荣了。你还能有别的选择吗？没有。

　　剩下的就是义无反顾地奉献你的汗水、心血、体力和智慧。一个人，有的时候不只是一个人，他的身后还有更多的人；一个家庭，有的时候也不只是一个家庭，它的背后还有更多的家庭。国家不只是一个名词。有国才有家，这话没错。可是，如果每一个人都没有家，都流离失所，那么，还有国吗？救火、援建，是一个个人、一个个家庭为了国之兴旺、族之绵延而舍生忘死的前赴后继，也是为了一个个人、一个个家庭的安危而感同身受的真情付出。

从这个意义上讲，每一个参与玉树抗震救灾和援建的人都是我们民族的英雄。他们在那生命极地上惊天动地的宏阔壮举就是一部英雄史诗。

这就是我要说的中国式重建模式。这个模式里，有一方有难八方支援的中华民族的传统美德，有祖国大家庭的温暖，也有中国特色社会主义制度的极大优越性，还有日益强大的国家和民族的力量和智慧。每次大灾难过后，每一个经历过和没有经历过那场灾难的人都会庆幸，我们生活在这样一个国家，生活在这样一个时代里。大江南北，长城内外，我们每一个人、每一个地方都有可能遭遇天大的灾难，我们每一个人、每一个地方都有可能无法避免那场灾难，可是，万幸！我们生活在这样一个国度里，生活在这样一个时代里。所以，我们才不会害怕，才不会孤立无援。

从汶川到玉树，我们一直在说国家力量和民族力量。这种中国式的救灾和重建模式所体现的就是国家力量和民族力量。

2

援建者，无疑是玉树灾后重建的主力军。

由北京市、辽宁省、中国建筑总公司、中国中铁、中国铁建、中国水电，省内西宁、海东、海西、海南和11家企业，人民解放军和武警部队等组成的援建大军支撑着玉树灾后重建的主战场。

——北京市承担的灾后恢复重建任务包括隆宝镇、哈秀乡整体重建，结古镇市政基础设施工程，结古镇新寨村整体打造。主要有城乡居民住房、市政基础设施、公共服务设施、和谐家园、特色产业、生态环境六大类总计114个项目,合同投资额32亿元。114个援建项目可以形象地归纳为"211工程",即整体重建2个重灾乡镇,搭建1个城市运行的骨架,打造1个特色鲜明的高原旅游小镇。他们把"爱国、创新、包容、厚德"的北京精神带到了玉树,坚守"北京首善"的信念,在完成援建项目的同时,倾力对口支援,确定对口援建玉树年度资金比例,选派优秀干部到玉树工作,重点在民生保障、公共服务、基础设施、生态建设和人才培训等领域加强支援,累计到位资金4.87亿元,确定援助项目85个,完成对口支援项目固定资产投资近2亿元。

——辽宁省负责对口援建玉树巴塘乡灾后恢复重建任务。具体包括居民住房、学校、敬老院、政权业务用房、道路、水利、桥梁等51项工程,实则投资近5.5亿元。2012年初,巴塘乡1132户居民住房已全部建设完毕,达到入住条件;学校、卫生院等14项公建设施竣工;人畜饮水、桥梁加固等27项工程完工。2012年底,道路工程全部完成,实现了"三年援建任务两年基本完成"。在圆满完成玉树县巴塘乡援建任务的同时,无偿援助1500万元支持灾区基础设施建设,被当地群众誉为"贴心人"。

——中国建筑援建最终锁定项目85个,总建筑面积44.52万平方米,计划总投资16.74亿元。主要援建内容是玉树县安冲乡农牧民住房及乡镇公共建筑、基础设施建设、结古镇城北片区城镇住房、公共建筑等建设任务。主要项目有学校(含幼儿园)5所、医院8所、农牧民住房669户、城镇住房1462户、地标性建筑2个、村通村公路75公里等其他公共建筑和基础设施项目。其中有康巴艺术中心、州行政中心两大标志性建筑,灾后最大民生项目玉树州人民医院等。2010年，中国建筑在农牧民住房建设中取得了"四个第一"：交付入住时间第一、交付入住套数第一、结构封顶率第一、施工速度第一。施工质量、建设速度走在援建央企前列，确立了中国建筑玉树援建排头兵的地位。他们把"汗水诠释责任，激情照亮玉树"作为援建宗旨，在四家央企中率先完成三年援建任务，彰显了惊人的"援建玉树速度"。

——中国中铁以交钥匙方式负责极重灾区玉树县结古镇城南片区城镇住房、公共服务、基础设施、生态环境、特色产业和服务业、和谐家园及308干线公路等方面的恢复重建项目58个。2010年10月14日，青海省政府又将下拉秀镇1000套农牧民住房交付中国中铁建设。这是一块硬骨头！住户分散，有些深山里只有一两户人家；最高施工点海拔超过4500米；无水、无电、无路、无信号，施工难度极大……增增减减，又有一些项目陆续交由中国中铁实施。最终，中国中铁建设项目达到61个，总建筑面积为76万平方米，总投资达35亿元。这是一支英勇善战、敢打硬仗的铁军，曾创下3天一层楼的"玉树速度"，谱写了"建一个项目立一座丰碑"的英雄史诗。

——中国铁建作为援建玉树的主要力量，负责54个大项120个子项目，总建筑面积77万平方米，总投资20.8亿元。在大地震发生后，第一时间驰援玉树地震灾区；第一时间捐款500万元送达灾区；第一时间向青海省委省政府递交了援建申请书；第一时间组织了以中国铁建二十一局集团为主要施工单位和中国铁建第一勘测设计院为主要设计力量的两个单位进驻现场，开展灾后重建工作。有8000多名援建者参与援建，他们秉承"开工必先、全程领先"

的理念，主动承担了援建结古镇城东片区和仲达乡居民住房、公共服务、基础设施、生态修复、和谐家园、特色产业和服务业等恢复重建项目，创造了施工速度质量等多项第一，在玉树留下了光辉灿烂的一页。

——中国水电共承担玉树灾后重建任务85项，总投资47.83亿元。现场指挥部共投入管理人员1181人、施工作业人员7456人、各类机械设备719台（套）。2012年底，电建集团所承建的6所学校项目全部竣工移交，玉树州疾控中心和小苏莽乡中心医院已通过竣工初验，各类设备全部就位，按期交付使用。小苏莽乡和称多县歇武镇1103套农牧民住房已于2011年底全部竣工移交；德宁格居住组团、下西同居住组团、扎村托弋北居住组团、德宁格滨水休闲区、扎西科三居住组团、加吉娘6个城镇居民住房项目也通过初验，交付使用。他们不计成本，不讲条件，担负了玉树灾后重建近40%的援建任务，为新玉树建设做出了重大贡献。

——兰州军区按照中央军委的统一部署，主动包建玉树州八一职业学校、玉树州孤儿学校和玉树县八一医院，成为安全坚固、设施齐全的优质工程，谱写了军地携手共建家园的凯歌。

——玉树军分区和武警玉树支队、公安消防支队视玉树为故乡，把人民当父母，坚持军地共创、军地联建，全力维护社会稳定，全力支持灾后重建，展现了人民子弟兵的风采，以实际行动深化军民鱼水情深。

——西宁市、海东市、海南州、海西州第一时间响应省委省政府号召，第一时间主动请缨，在最短的时间内完成了4个县4个乡的援建任务，在灾区群众中产生了强烈反响，谱写了各民族团结奋斗、繁荣发展的辉煌篇章。

——青海水利水电工程局有限责任公司、青海盈吉、青海一建，以及集协、金安、方正、聚盈、海北紫恒、春辉、西部建业、青海路桥等建筑公司完成了5个县11个乡镇的援建任务，在玉树灾区留下许多动人佳话……

由此可以想见，援建对玉树灾后重建的意义。

你可能已经发现，我把所有能想到的赞誉之词都堆积在这里了。但是，对各路援建大军所付出的高昂代价来说，这样一种描述显然过于肤浅和苍白。那种付出不是用高度概括的语言就能评价的，只会掩盖掉事实本身所具备的震撼力和穿透力。三年多时间、数万援建大军、每一天、每一个人、每一个项目工地、每一道建设工序、每一个组织环节、每一个动作和表情、每一个细节、每一张面孔……他们的背后都是血汗凝结成的故事，每一个故事都能催人泪下。那是一些很具体的事情，里面有钢筋、水泥、沙石、泥土、砖瓦、木头、风沙、冰雪等硬邦邦的构成，也有汗水、鲜血、眼泪、思念、牵挂、痛苦、感动、温暖等很柔软的元素。只有一层层剖开了看，你才能看到里面的东西，才能看得仔细，看得真切。

在这里，我想随意抄录一份文件，这份文件的标题是《中建八局青岛公司玉树援建项目部负责承建的工程》，它像一份菜单，对中国建筑援建玉树的项目进行了简单罗列：

　　1.玉树州康巴艺术中心：包括图书馆、文化馆、结古剧院、县剧团及小剧场、省非物质文化遗产博物馆、玉树州新华书店、青少年活动中心、州老年活动中心等；

2. 民主北居住组团配套公建：包括结古镇民主路邮政支局、玉树县工商局民主路工商所、玉树县结古镇城镇社区及村级公共服务用房、结古镇民主村敬老院、结古镇民主路社区综合服务站、民主路社区卫生服务机构、农贸市场；

3. 玉树县儿童福利院；

4. 安冲乡农牧民住房工程：2010年7月开工，2011年11月完工，由拉则村43户、英群社10户、安冲支社39户、叶吉社43＋1户（包括一个村级公共服务用房）、来叶社30＋1户（包括一个村级公共服务用房）、阿夏社36户、乃各社10户组成的住宅群；

5. 安冲乡中心寄宿小学：2011年4月13日开工，2011年8月1日完工，由教学楼、食堂、宿舍楼、教室周转房、锅炉房、附属建筑（门卫、旱厕、足球场、篮球场等）组成的教育类公共建筑群；

6. 安冲乡公建：包括派出所、幼儿园、卫生院、文化站、乡政府（政权业务、司法业务及就业综合服务平台）、职工干部周转房、敬老院、农牧业服务中心、林业站、客运站、村级公共服务用房、灯管篮球场等12个单体组成的公共建筑群；

7. 扎曲北路组团；

8. 民主北城镇居住组团：包括民主北484户、解放162户，共计646户；

9. 玉树县第一完全小学：开工日期为2010年9月，竣工日期为2011年11月；

10. 玉树县第一完全小学教师周转房；

11. 玉树州无线电监测综合楼；

12. 军区弹药库；

13. 军区骑兵训练营；

14. 妇幼保健院。

我想，这样的文字读起来恐怕更加枯燥，但我相信，每一个参与了玉树援建的中国建筑员工读到这些枯燥的文字时，都会禁不住老泪横流。因为，他们清楚，这每一个枯燥的文字背后是他们艰苦卓绝的鏖战，每一个地名、项目名称和数字都深深地铭刻在他们的心上，每次看到或想起，都会使他们的心发烫、发痛。

我真想把所有援建队伍援建玉树灾后重建的项目名录和每一个援建者的名字都列在这里，然后，对每一个项目所在的地理位置、功用和施工过程作简单的描述，并用白描的手法把每一个施工人员在这个工地上劳作的情景作如实反映。我知道，那才是真实的记录，但那无疑是一项浩大的工程，凭我一己之力，没有三年五载是根本无法完成的。

大规模援建展示了中华民族大团结的强大力量。三年多来，全党全军全民族倾力支援，援建大军艰苦鏖战，描绘了一幅党群同心、干群同心、军民同心的壮美画卷。

在民族团结伟大力量的感召下，灾区人民切身感受到了中国共产党的无比伟大，社会主义制度的无比优越，综合国力的无比强大，党和国家对少数民族地区的无比关爱，中华民族大家庭的无比温暖，更加坚定了对中国特色社会主义的道路自信、理论自信和制度自信。

如果玉树灾后重建是一部恢宏的乐章，那么，毫无疑问，这就是主旋律。每一个玉树人都听到了它扣人心弦、豪迈激越、大气磅礴的奏鸣。

如果玉树灾后重建书写的是一部伟大的民族史诗，那么，来自祖国各地的援建大军所完成的正是万马奔腾、气壮山河的主题部分。与之相比，其余的声音就成了一种衬托、补充和延伸，当然，还有对比和反差。

3

在玉树采访时，有关援建者，我也听到了一些不同的声音，无非是在说哪个地方的建筑质量存在严重问题等，有热心人还将拍摄在手机上的现场图片拿给我看。我丝毫不怀疑那些图片的真实性，因为它们就在那里，有的墙体歪斜，有的水管子里的上水直接从电源插孔里流出，有的安全通道的楼梯拐弯处一个人须侧着身才能上下……有些活干得的确不尽人意，我们真的很难将这些问题与这些企业联系在一起，不忍心，也不愿意。好在这些问题大部分都已得到整改，没有整改的部分也还在继续整改。

王晓波说："因为抢工期等客观原因，有些问题是不可避免的。还有一些问题在任何一个地方的施工中都是允许的，因为后面还有维修。严格地讲，在没有经过正式竣工验收之前，一项工程还不算完工。"

他说，为了避免这些问题，不给玉树援建留下太多的败笔，在城镇居民和农牧民住房建设中，他们推行菜单式设计，给每一户人家提供多种户型让他们选择自己喜欢的户型，每一栋房子建好以后，他们还用藏汉双语为每个住户都编印了一册房屋使用说明书，对房屋里面所有设施的使用方法——包括墙体的保养都做了详尽的说明。他们甚至还组织总公司的技术力量进行了一项青藏高原腹地施工技术难题的攻关试验，有多位中国工程院院士参与这项国家级课题的攻关任务。

在他们援建的康巴艺术中心还进行了一项重大课题的攻关试验，安装了一台以牛粪为燃料的锅炉，来实现部分区域的供暖。由清华大学承担并完成的科学试验表明，牛粪在充分燃烧时所排放的碳几乎为零。如果中国建筑的这项成果能在玉树乃至青藏高原广泛运用和推广，就能有效解决这里未来可能会出现的大气污染问题，三江源湛蓝清澈的天空就不会遭到污染。

厚德载物，善莫大焉！这真是一项利国利民的上善之举。一千年又一千年，牛粪一直温暖着玉树人的记忆。对他们来说，至少在过去的漫长岁月里，牛粪肯定是最好的能源和燃料。青藏大草原上，除了太阳，最温暖的就是牛粪燃烧的火。这里的人们每天都用牛粪烧茶做饭，也用它来驱散漫长冬天的寒冷。每一个玉树人都曾在草原上捡拾过牛粪，牧帐前随处可见的牛粪堆也是他们生活中最动人的景致。小时候，我也曾捡拾过牛粪，也有过被牛粪温暖的记忆，我知道，它对草原意味着什么。如果未来的岁月里，牛粪能释放出更充分的热量，继续温暖他们的生活，那该是一件多么值得向往和憧憬的事情啊！

为玉树重建，各路援建大军真可谓是绞尽脑汁，费尽心思。

中国铁建的前身是中国铁道兵，在共和国的历史上，几乎在所有危难险重的重大建设施工中,他们都曾立下汗马功劳。中国铁建玉树灾后重建指挥部指挥长张克勤说,他们经历过成昆铁路的建设,也经历过汶川的灾后重建,但是,以前所有的经历都无法跟玉树重建相比。他慨然道:"真是太难了!但是,回首这三年,我们都感觉,人生能有一段如此经历,足矣!"

北京援建的主要项目是大市政工程,那是一个系统。最终,这个庞大的系统工程要与遍布各个社区的子系统和更细微的用户终端系统相对接,这个系统才能运转通畅。可是,据丁建明介绍,由于施工期限所迫,他们曾多次要求所有小市政提前与他们进行设计方面的对接,却少有响应。无奈,于2011年6月20日,他们发出最后一次请求,必须进行设计对接,这算是最后"通牒"了,可是,依然没能实现。后来,又出现了自建户,不得已,大市政也做了改动,小市政的改动更大,整个变动有几千处。他不无遗憾地感慨道:"不能不说,在这种情况下,遗留了一些问题。"

虽然,现在我们还不能确定这些遗留的问题究竟有多严重,而且,有些问题也许要等到整个重建结束以后才能发现,但是,它毕竟给未来的玉树留下了一道难题。我不知道,未来玉树的城市管理者能否很快找到破解的办法,如果不能,这些问题就会一直存在,直到找到破解之法。

就像有个人评价的那样,存在的一些问题,确实是真实的现象,但绝对不是真相。我们不能把一粒沙子无限放大,说它就是所有沙子的真相。那不公平,也不合情理,更不符合实际。在玉树,我曾跟很多人探讨过一个问题,这么艰巨庞杂的重建工程中我们是否能够做到不出一点问题和纰漏?回答是否定的,在中国不可能,在世界上也很难，在玉树这样的严酷条件下更不可能做到。如果说这样一次大规模灾后重建没有一点问题，那肯定不正常。如果我们最后得出的结论是，没有一点问题，那反倒会成为最大的问题。有问题不怕，怕的是我们忽略问题的存在，对问题视而不见。视而不见，就会掩盖事实真相。

瑕不掩瑜。从整体上看，玉树的灾后重建已经成为人类救灾史上的一个光辉奇迹，必将载入史册。

而且，更多的玉树人也看到了更为真实的一面。1200多个项目分散在方圆10余万平方公里的土地上，数万名援建施工者披星戴月，爬冰卧雪，风餐露宿，在高寒缺氧的严酷环境里，整整鏖战了18个月的时间——是的，是18个月，玉树灾后重建，说是有三年多时间，可是，真正的有效施工期顶多也就18个月。为了赶工期，他们被迫在分明已经无法施工的寒冷季节还搭着暖棚日夜奋战（比如下拉秀的重建工地上），一些当地老百姓帮着给现浇筑的混凝土覆盖皮袄和棉被，用这种办法来保障施工进度和质量（比如玉树县第一民族中学的工地上）。高寒缺氧，使得至少有数十名来自祖国四面八方的援建者献出了宝贵的生命。

手心手背都是肉。受灾者是我们的骨肉同胞，援建者也是我们的骨肉同胞。

三年多下来，援建者对这片土地是否也有了全新的认识和理解呢？回望三年多在玉树摸爬滚打的日日夜夜时，他们都像是经历了一次生与死的抉择。在一次次体能极限的顽强跋涉中，生存以及生命的意义仿佛都有了新的升华。一种此前从未体验过的人生大境界展现在眼前，从广袤的高原上向着远方的地平线铺展开去。他们感觉，自己一生的命运也许就因为这三年的经历发生重大的转变。每一天的经历对他们来说，都是一次生死较量，都是一次磨炼。可是，当重建结束、援建结束，这一切都要变成一种回忆时，他们才感觉到这是一种怎样宝贵的人生经历。玉树，让他们感受到生命的无比脆弱，也切身体会了生命的无比珍贵。

灾难过后，玉树重生。重建结束，他们仿佛也在重生。

这是一组各路援建大军施工现场环境的镜头——

镜头一：仲达乡。玉树县偏远山乡，中国铁建援建玉树县农牧民住房施工现场之一。位于玉树县东北的通天河谷地，距结古有60公里。在只能容纳一辆车通行的道路上足足要跑上两个多小时，一边是陡峭嶙峋的怪石悬崖，一边是奔腾呼啸的通天河，路遇错车，只有小心翼翼地退让，才能勉强找到通过的地方，稍有不慎，就会车毁人亡。全乡4个村28个社的696户农牧民住房列入重建项目。这些人家散落在通天河岸710平方公里的山坡上，从仲达乡到最偏远的塘达村一些人家，还有12公里的山路，最窄处只有2米，为了保证施工材料及时到位，从西宁运送到现场的水泥等建筑材料，只能临时在塘达村卸车，再雇用当地村民的四轮拖拉机，一车一车再倒运到施工现场。一天只能跑四趟的拖拉机，一次最多也只能限装400块砖，因为道路险峻，紧挨河床，干砌的片石道路随时都有可能因震动而垮塌。

镜头二：安冲乡。也在通天河谷地，中国建筑援建项目施工现场之一。这里有211套农牧民住房灾后重建项目，这是玉树所有援建工程中海拔最高、生活环境最艰苦、施工最艰难、材料最匮乏、山路最艰险、农牧民住房最分散的偏远援建项目之一。项目区处于高山峡谷，一边是悬崖峭壁，坡陡沟深，一边是万丈深渊，河流湍急。最险的5公里盘山公路仅能容下一辆车单行，180度的回转弯多达十几处，晴天时候还好些，遇到雨雪天气，道路泥泞难行。路遇错车时，一方只能小心后退。行路难，运送建筑材料和设备就更难。为了保证施工材料和设备及时到位，不得不把机器设备和建筑材料两次卸载，机器拆卸，材料分散，而后用马车、三轮车，甚至肩扛手抬，多次倒运到工地。

镜头三：下拉秀乡。中国中铁援建项目施工现场之一，中铁华北分公司玉树项目部负责援建下拉秀312户农牧民住房。这些牧户分散在海拔4000米以上的群山之中，最近的施工点距州府结古有90公里的路程，最远的施工点离下拉秀乡政府还有70多公里。施工现场分散为集中施工造成极大困难，而且，大多数施工点都在深山之中，几乎与世隔绝，交通不便，通信全无，环境艰苦。其中，岗青扣、苏鲁、拉日、白玛几个村的环境条件更为严酷，项目部历尽千辛万苦专门为拉日和白马村修筑运送建筑材料的公路。如遇阴雨天气，运输车辆常常深陷泥泞而无法动弹，司机经常要等上大半天，才有可能遇到其他过往车辆和行人。不得已，他们安排专人在容易陷车和狭窄路段轮流蹲守，以避免事故，保障供应。

镜头四：小苏莽乡。中国水电集团援建项目施工现场之一。这是中电建所承建农牧民住房重建项目中最偏远的项目，平均海拔4200米。从结古镇出发，要在90公里的陡峭山路上颠簸两个多小时才能到达项目区，中间还要翻越海拔4876米的格拉神山。山路盘旋而上，全是小于90度的"肘子弯"，一年之中有大半年时间积雪覆盖山路，稍有不慎，就会酿成惨剧。物资运送成了困扰工程施工的最大难题。面对这种情况，中电建第一工区安排两台大卡车，每日两趟，人休车不停，保障物资运输，保障施工进度……

这是各路援建大军在玉树的几个施工现场。在整个玉树灾后重建的援建工地上，这只是几个小小的角落，这样的施工现场，可以列出上千个。即使我把所有的施工现场都列在这里，也反映不了数万援建大军日夜奋战的壮阔场景。但通过这些画面，我们依然可以看到这些援建者的一个侧影。

4

那么，在这里，我们就来认识一些玉树的援建者。他们不是援建者的全部，而只是生命极地上那支援建大军中的一员、一部分、一小部分。从他们身上，我们会看到整个援建大军的形象。三年多来，有5万多名援建者一直在玉树日夜奋战，他们每个人的故事都感人至深，而我无法逐一展开叙述。

张培林，汉族，北京市政鑫实公司玉树项目部职工。他到玉树援建的时候已经57岁了。对一个从没在高原上生活过的人来说，这个岁数也不小了。单位原来定的援建者名单里并没有他的名字，可是，当他得知要援建玉树的消息后，执意要来，就来了。自己来了还不算，把儿子也带来了。他说，这叫上阵父子兵。来了之后，就没日没夜地工作，没多长时间，脑血栓，累倒了，起不来了。不得已，回去了。可是，儿子一直还在王树坚守。

不仅是张培林父子，在玉树的各路援建大军中有许多父子、兄弟、姐妹、夫妻共同在玉树援建的动人故事。王天创，56岁，民和县三建经理,他的企业在称多县称文镇援建。跟他一起来援建的除了自己的施工队伍之外,还有亲弟弟、亲妹夫,三年多来,一直与他一起并肩战斗。

  在所有的援建队伍中,赵恒礼和他的施工队可能是最小的一支队伍了,总共只有100多人。作为海东化隆回族自治县援建称多县称文镇的援建者,他们负责雪吾村16户农牧民住房的重建。2010年6月25日开挖地基,10月中旬完成主体工程,因为天气日益寒冷,不得不停工。送走了所有施工人员,检查完工地之后,17日,赵恒礼也踏上了回家的路。可是,他没能回到家里,中午时分,在途中遭遇车祸,不幸身亡。上有年逾古稀的父母,下有一双儿女,儿子刚上大学,女儿还在读中学。他的离去,对这个家庭来说,不是一般的灾难。而且,还扔下了一个只干了一半的援建工程,有38万元民工工资未付,过年之前,是一定要付清的。一切重担,都落在他的妻子杨秀英肩上,一个柔弱女子怎堪这等重负?人们都在替她担心!但是,后来发生的一系列事情,让我们见识了一个女子的气魄和胆识。她先是从亲戚朋友那里借了38万元钱,支付了民工工资,而后,安顿好家里的生活,准备去玉树将爱人未完成的援建工程干完。她说那里是灾区,如果这个事干不好,她一辈子都不会安心。次年6月初,她就带着一群民工来到了雪吾村。她算是一个老板,但是,她每天都和工人们一起干活,当小工,还给工人们做饭。一开始,雪吾村的人以为她就是一个小工,后来,得知她的遭遇之后,很多人都来工地上看望她,给她送来御寒的衣被、帐篷,还有很多好吃的东西。当地的一些地材老板都以很低廉的价格给他们的工地供材料。他们遇到任何困难时,都会有人主动跑来帮助解决……

杨勉军，汉族，也是北京援建者，现场指挥部规划设计干部。2011年9月24日下午4点左右，他在新寨查看工程时，不幸被一辆车撞断10根肋骨，重伤，当时就被送到了玉树州人民医院。一个小时以后，北京前指的同事们才获悉此事，陈卫东副指挥当时就想到需要输血做手术。杨勉军是A型血，陈卫东问谁是A型血，马上到医院去。董岩等四位同志当即做好准备，如果手术，马上献血。州医院条件简陋，血库只有1800毫升A型血。陈卫东和医院商量，如果观察没有生命危险，就让杨勉军坐第二天早班飞机去西宁治疗。当晚8点，由于大量内出血，身体血液总量减少，杨勉军的体温急剧下降到32度，想要阻止体温继续下降，必须尽快手术找到出血点，止住血，同时输血，才能挽救他的生命。考虑到手术需要的输血量大，四个人的献血可能不够，北京前指又动员北京市政路桥控股集团、北京承建集团所有A型血的员工献血。这时，得知消息的玉树州委、州政府、交警支队、结古镇、新寨村的很多干部和群众都自愿来到医院准备献血。很多藏族同胞不知道自己的血型，就在那里排队验血，光排队的就有100多人，很多人都是从家里赶来的。晚上10点，手术在一间板房里进行。板房外，一台采血车开始采血。不到12点，手术成功。开刀后确定是脾脏被撞碎，实施了摘除手术，止血，输血，杨勉军脱离生命危险。而此时，那些争着为他献血的藏族同胞都已悄然离去，谁都没记住他们的名字。可是，谁都清楚，他们都是骨肉同胞，都是亲人。丁建明后来对我说，万幸！因为手术及时，加上这些藏族同胞的鲜血，杨勉军捡回了一条命。他差点为玉树搭上一条命，而玉树又给了他一条命。这是什么？这是重生。重建不就是为了重生吗？我们的援建者在用生命诠释玉树重建的意义。

重建,重生。援建玉树,让玉树重生,这是所有援建大军的使命。

中国水电集团玉树援建现场指挥部指挥长、水电四局局长王维斌,当地人称"大老王",57岁。援建玉树以来,他已经九上玉树一线,累计在工地工作时间超过一年。在指挥开展"百日攻坚劳动竞赛"时,他两次感冒,嗓子痛得说不出话来,同事们劝他去西宁休息几天,但他依然坚守在重建一线,直到"三个确保"任务目标的全部完成。除了担当公司的援建重任,他还以个人的方式进行援建,资助失学儿童,帮助困难家庭,为医院、学校捐款捐物,几乎每个月都把自己3000元的缺氧补贴花在了这些地方。徐福顺任指挥长时曾称赞道:"大老王不仅是中国水电的宝贵财富,更是玉树重建的一面旗帜啊!"

在各路援建大军中,活跃着一大批"80后"援建者。譬如,中铁建工西南、西北公司管理人员,平均年龄28岁;中铁西北院管理人员,平均年龄不到30岁,80%是"80后",80%是独生子女,80%未婚,正是花样年华。他们每个人都在透支着年轻的生命,他们奉献给玉树的不仅是一段最美的青春时光……

2010年10月15日,中铁二局建筑公司玉树项目部、来自四川的"80后"技术员龚伟第一个主动请缨到施工环境最艰苦的然美达长目给农牧民房建设工地。这里的海拔超过4500米,因为长时间在缺氧环境下劳累,身体出现了严重的高原反应,全身突发水肿,说话含糊不清。11月7日晚,同事小付和几个农民工兄弟连夜将龚伟送下山,经玉树州医院抢救才脱离了危险。病情刚刚好转,龚伟就执意重回然美达长目给工地。他说:"我是来自四川地震灾区的孩子,我知道我应该做什么。"中铁二局玉树指挥部党委书记王月明说："二局在四川，这次来的人90%都是四川人，四川刚刚经历过大地震，我们感受过全国人民对灾区的无私帮助，玉树虽然艰苦，但大家都愿意在这里坚守。"

付海，来自四川绵阳北川，一个2010年7月刚参加工作的小伙子。他得知公司要选派人员去玉树援建时，一再请求要来玉树。他说："我家乡地震时，是全国人民帮助我们渡过难关的。现在，我要去回报那些曾经帮助过我们的人。"到玉树之后，他又主动要求去下拉秀，坚持完成了下拉秀的援建任务。"80后"技术员林可历因为连续加班，很多天没睡一个好觉，有一天，他向项目经理汇报工作时，说着说着，就睡着了……

29岁的蒲建金是中国水电重建工地上的一名普通职工，因为援建，三次推迟婚期。7月29日，在征得双方老人同意后，未婚妻杜丽琴千里迢迢从四川来到玉树工地，在营地旁边一个小饭馆里，举行了简单而又终生难忘的婚礼。

蒲建金小两口不是在玉树重建工地上举行婚礼的唯一一对新人。三年多来，各路援建大军中，已经举行过上百次这样的婚礼。2013年夏天，中国建筑在美丽玉树曾为七对新人举行集体婚礼。没有红地毯，没有鲜花，一对对新人就在玉树的简易板房里步入他们婚姻的殿堂，但是，依然甜蜜、神圣和圣洁。所有在场的人都感受到了他们无比的喜悦，也把这种喜悦传递给了正在重建中重生的玉树。他们已经很知足了。因为，他们知道，比起身边的很多人，他们已经是非常幸运了。

男大当婚，女大当嫁。斯为终身大事，原本也是人生中再正常不过的一个必然经历。可是，在玉树，在灾后重建中的玉树，对各路援建大军中的很多年轻人来说,却成了一件非常奢侈,甚至有可能留下终生遗憾的事情。我们知道,援建队伍的主力是年轻人,他们中几乎有一半的人正处在婚龄阶段,他们中的很多人来玉树之前就已准备要结婚了,还有很多人才开始恋爱,甜蜜的日子刚开了个头。可是,因为玉树地震,因为援建玉树,因为日夜辛劳,联系不便,三年多来,他们回不了几次家,很多人原定的婚期一再被推迟,还有很多人原来确定的婚姻关系被解除,还有很多正在恋爱的年轻人没了对象……

中铁建一个年轻人一到玉树就去了仲达乡的重建工地,一待就是半年。那里没有任何通信信号,半年没有跟女朋友联系。半年之后,终于有机会回去了一次。回去之后才知道,女朋友以为他失踪了,一气之下跟别人结婚了。

请记住,这绝对不是个案。在整个援建队伍中这是一个比较普遍的现象。在玉树,他们所付出的不仅是青春年华,也不仅是汗水、心血和激情,还有感情……

辽宁援建巴塘乡灾后重建,三年重建任务两年基本完成。2011年底,年近花甲的尕松琼措一家就住进了新房。"我一辈子都没想过能住到这样好的房子里。真是太好了。只是苦坏了那些给我们盖房子的汉族孩子。他们在盖这些房子时,巴塘正刮着风,有好几次,半夜里,大风把他们的帐篷都吹走了,他们裹着大衣,坐在草滩上,忍受寒冷的煎熬……"一年之后,尕松琼措说起这一幕时,还流着眼泪。

不仅是北京、辽宁和四大央企的援建者,在所有的援建队伍中,每个援建者都有很多这样的故事。人民解放军和武警部队的援建将士们视玉树为故乡,建医院、修学校,收养地震孤儿,照料孤寡老人，将人民子弟兵的满腔赤诚和无私大爱都献给了玉树。即便是青海省内的西宁、海东、海西、海南和11家企业的援建者们也有很多这样的故事。

楚新生，西宁援建杂多指挥部专职指挥长，1964年出生。刚到杂多时，一根白头发都没有，现在已经有很多白发了，下巴上的胡子茬也都是白的了。三年多来，他一直在杂多坚守，天天都在工地上。原来白白净净的，现在脸色紫黑，活脱脱一个康巴汉子。他说，现在一回到西宁还有醉氧反应。杂多没电，天冷的时候，板房里坐不住，他和伙伴们就挤在车里取暖。睡觉的时候，一进板房就得钻到被窝里。

跟楚新生一起战斗的这支援建队伍里，有一个叫高俊龙的人，他到杂多援建的时候，孩子刚出生不久。之后，很长时间也回不了家。2011年，妻子就带着孩子回湖南老家了，至今未归。

还有一个叫基浩的工程管理员，母亲脑梗塞住院抢救时，他在杂多工地上离不开。上来时，女儿也才一岁，现在已经四岁了，会打电话了，每次在电话里听到女儿说，想你了，你什么时候才回来时，他都想哭一场。但是，他还得忍着，他不想让女儿感觉到自己在伤心……

海西州在治多援建。赵启龙是工程部负责规划的援建干部，是首批抵达治多的援建干部之一，来了之后，就没有离开过。来治多之前，在格尔木城建局工作，老父亲跟他一起生活。他到治多后，老父亲上了岁数，身体又不大好，身边没人照顾不行，没办法，他就把父亲寄养在别人家里。

朱开欧，一名总工程师，也是海西援建干部。因为感冒，引起脑水肿,送到县医院时就昏过去了。因为抢救及时,才捡回一条命。后来送往西宁,在医院住了40天。出院之后,又主动要求,回到治多的援建工地上了……

楚新生、基浩、赵启龙、朱开欧,他们只是各路援建大军中的几个普通代表,这样的人和事,我可以列举出几百上千甚至更多,我的采访本上至少记录着几百个这样的人物故事。可是,我想,就这些已经足够了。

我们要记住的是,有超过5万名这样的各族中华儿女参与了玉树的灾后重建。他们中的绝大多数人,除了"援建者"这个光荣的称号之外,还有一个很响亮——因而理应满含敬意,但却丝毫也没有表达敬意的名字:农民工。仅海西在治多县的援建工地上,一次就有六名农民工因为带病坚持劳作,劳累过度,献出了他们宝贵的生命。我们不能忘了,广大的农民工兄弟们为这个国家、为这个民族付出的高昂代价!

相信,玉树不会忘记。

5

玉树也没有忘记。

这三年多来,玉树各个灾后重建的援建现场,几乎每天都有当地的父老乡亲提着刚刚做好的酸奶,端着刚刚熬好的奶茶,捧着吉祥的哈达,载歌载舞,来到工地上向这些远方来的亲人们表达他们的敬意和感谢。

这是一件发生在2011年7月的事情,地点在玉树县的隆宝镇,那里是黑颈鹤的家园，也是一片美丽的草原。那时，采挖虫草的季节刚刚结束，一个老牧人突然提议，要给那些援建者熬一锅虫草茶。虽然，他们自己也从未喝过用虫草熬的茶，但是，他们想那一定非常有营养，可以让援建者们补补身子。于是，众人响应，每家每户都主动地送来了虫草，当那一条条金灿灿的冬虫夏草被放到支在草原上的四口大铁锅里时，清风吹过，虫草茶的香气就在草原上随处飘荡。据说，那一天的四锅虫草茶总共用去了2000多条上好的虫草，熬茶用的冬虫夏草至少有一斤以上。以当时的市场行情，这2000多条虫草的价值至少也有七八万元，每一锅虫草茶的价值都超过了两万元。草原上的人喜欢喝熬茶，但是，你听说过这世上有两万元一锅的熬茶吗？

在许许多多这样的感人场景中，这只是其中的一个场景，一个画面，一个角落……

2013年9月12日下午，我独自走过结古感恩大道——玉树新城最宽敞的一条大街。道路两旁新栽的绿树虽然还没有长大，但已绿荫婆娑。我抬眼望了望道路两旁的路灯，高原强烈的阳光刺得我低下了头，眯上了眼睛，顿觉眼前一片黑暗。我这才想起，现在是白天，有高原灿烂清澈的阳光照耀着，即使那些街边的灯盏都亮着，我也看不到它们的光芒。不过，我想，国家电网已经通达玉树，有了这些灯盏，玉树现在的夜晚一定格外明亮。

所以，那天晚上，我又来到这条叫感恩大道的大街上，看那些灯盏。我穿过一条街，又拐向另一条街，就来到了那条大街上。我从一条街走向另一条街时，看见所有街道上的灯盏都已经点燃，像花朵般盛开着满街满城的灿烂，恍若白日。

这是一条用来感恩的大道。它的一头是玉树博物馆，那是一个标志性的建筑，由中国铁建援建，别说是在青海，就是在整个中国大地上这样的博物馆也屈指可数。大道另一头通向巴塘草原，那里有一个机场连接外面的世界。大道一侧是康巴艺术中心和康巴风情步行街，由中国建筑援建，所有建筑物所用装饰材料都是真的石头和木头，整个这一片建筑群浓缩了藏民族建筑文化和现代建筑元素的精华。而另一侧就是格萨尔广场，广场一侧还有一组石头建筑，是一座展览馆，这些都由中国中铁援建，广场上铺设的石块都是从福建进的……离格萨尔广场不远处是另一个标志性建筑——游客接待中心，由中国中铁援建，这是由三个单体建筑物组成的一个建筑群，乍一看，像三座金字塔，但那不是金字塔，而是三顶巨型帐篷的样子，是游牧文化的典型标志。

感恩大道是玉树新城的一个中轴线，它与另一条中轴线——两河（扎曲河、巴曲河）景观带相互交错映衬，形成了玉树新城的精华核心地带——两河沿河景观带河道治理工程由中国水电集团援建。沿着这条中轴线精心规划设计和建设的这些标志性建筑，是玉树灾后重建的神来之笔，也是各路援建大军援建玉树的点睛之笔。

重建后的玉树一下多出来了很多新的大街、新的大道、新的马路，于是，也就有了很多新街道、新大街、新马路的名字。而其中有很多条路都是以援建方的名字来命名的，譬如，北京路、辽宁路、中建路、中铁路、铁建路、中电路，等等，但凡参与玉树援建的省市、企业，在玉树都有一条用他们的名字来命名的路，以铭记各路援建大军的无量功德和荣耀，世代相传。

从那大街上走过时，我看到一侧的广场上，骑在马背上的雄狮大王格萨尔显得格外高大,他仿佛也正在俯瞰这玉树新城的夜景。我想,假如他真的看到了这一切,也一定会为之惊叹的。那个时候,格萨尔广场还没有完全建好。我从工地上的一个侧门拐进广场,迈上那些台阶,走到格萨尔王的雕像之下,抬头仰望。天空里,一弯上弦月挂在格萨尔头顶,像一个装饰,使他显得更加威武。

自千年以前那个寂静的傍晚
有一匹骏马向我飞奔而来
马蹄声在大地上轰响如战鼓
有一支歌谣随它飞翔
有一双眼睛却在千年以后的初晨守望
万千里关山刀光剑影
千万里征程金戈铁马
处处是天涯。而天涯飘落
千军万马的驰骋最后就是一声悲怆的嘶鸣
所有的陪伴都如季节飘零
所有的温暖都如流水走远
你就一路独自鸣响,鸣响成了唯一的声音
天地间就此只剩下寂静
只留下一个影子
悠悠岁月就成了一条缝隙
你就是那缝隙里穿射而过的箭镞
那时鸽子的翅膀正掠过一片废墟
一片洁白的羽毛正在斜阳里飘落

> 我看见有一颗眼泪缀在那羽毛上
> 我担心它会坠落成最后的夕阳
>
> ——摘自古岳《孤独·想起格萨尔》

看着那一弯月亮,看着格萨尔,我突然很想找个人说说话。我已经约了王玉虎州长,但是,晚饭后他打电话说,有群众上访,过一会儿再说。已经过去一两个时辰了,也许这会儿他能抽出点时间。于是,我给他发了一个短信,说我正在格萨尔广场,今晚即使晚一点,我也很想跟他说说话。他说,那你就到我这里来吧。过了一会儿,他的司机就来接我了。和他的谈话一直到深夜,我才从他那儿出来。他的司机又把我从德卓滩送回民主南路的指挥部。先走过一段黑灯瞎火的土路,然后拐上南环快速路,便是一片灯火辉煌,越往前灯火越密集。进入结古城区,而后右拐,再左拐,再右拐,我就到了。一路往回时,我看到整个结古在一片璀璨中光芒万丈。因为,国家电网的进入,重建后的玉树,黑暗的日子已经结束,无比光明的日子已经开始……

第七章　赞辞与慈悲的咒语
嘛呢石·风马——精神家园的舞者

是谁在召唤着我们？
石头，石头，石头
那神秘的气息都来自于石头
它的光亮在黑暗的心房
它是六字箴言的羽衣
它用石头的形式
承载着另一种形式
每一块石头都在沉落
仿佛置身于时间的海洋
它的回忆如同智者的归宿
始终在生与死的边缘上滑行
它的倾诉在坚硬的根部
像无色的花朵

> 悄然盛开在不朽的殿堂
> 它是恒久的纪念之碑
> 它用无言告诉无言
> 它让所有的生命相信生命
> ——摘自吉狄马加《嘉那嘛呢石上的星空》

1

扎西科、西杭、红卫、当代、扎西大同、团结、新寨……这都是玉树结古的一些小地名，是一些村落和街道的名字。玉树地处青藏高原腹地，以前的结古虽然位列高原重镇，但在世界上依然是个古老的小镇，甚至就是一个大村庄。你由此可以想象，这是些多么不起眼的小地方。

一次地震，让这些小地方名扬天下。而我要说的是，玉树灾后重建开始以后，我在这些地方看到的一个场景，那是一个劳动的场面。一些老人——大多是一些白发苍苍的老太太，正从一片片瓦砾废墟之下，小心地刨挖着一块块石头、石板，生怕伤着这些石头。那情景会让人想起不久前从废墟下救人的场面。可那是石头。

我看到，他们挖出了一块石头，紧接着又挖出了一块石头，而后，从那些曾经的厂房下面和街道边上，从那些已然坍塌倾覆的各单位的院墙和楼堂地基下、废墟底下，挖出了一块又一块石头……那石头越来越多，裸露在阳光下，不断汇聚。

他们先把它摆放在干净的土地上，让阳光照耀，让清风吹拂，以驱散阴霾。而后，用一把小刷子、一根竹签，或者直接用手指甲去抠,仔细清除上面的泥巴、石灰、混凝土和别的污物。他们一边小心地剔除,一边用小刷子扫去上面的碎屑烂渣,有时候,他们还会用嘴吹掉上面的灰尘和碎屑,那感觉就像是在小心地清洗亲人的伤口。

随后,你会看到,那一块块石头上渐渐露出来的文字,藏文字,大都是六字真言,那是一句慈悲的咒语。当然,也有的石块上刻着佛像、度母,或者别的经文。因为那慈悲的咒语,这些石头都有一个名字——嘛呢石。

当一块块石头上的文字、佛像、度母和经文完全露出来,不干净的东西都清除之后,那石头上的文字和图像又鲜亮如初。这时,他们会找来一辆车,多半是他们自己花钱雇来的,再把那些石头小心地抬上车,放好,放稳当了。之后,他们也上了车,就在石头边上坐好。车开动了,他们依然小心地守护着那些石头,就像护送自己受伤的亲人。

终于,目的地到了。那个地方就叫新寨,结古镇边缘扎曲河边的一个村落。那些散落在结古各个地方的嘛呢石原来都在这里,这里是它们的家。在动荡的年月里,它们要么是被当成了牛鬼蛇神,要么就被当成了破四旧的对象,都被拉去垫了机关单位或营房大墙的地基,流离失所。结古的年轻人已经不大记得这些石头了,但那些上了年岁的老人一直惦记着这些石头的下落,他们甚至一直铭记着这些石头被填埋的地方。每次路过那些地方时,他们都会情不自禁地往墙根里望上一眼,期盼着有朝一日能将它们全部挖掘出来,送回家。

但是,他们万万没有想到的是,这些石头会因为一场大灾难得以重见天日。如果这场灾难能够避免,他们宁愿让这些石头永远颠沛流离。一代代玉树人之所以用这些刻满美好愿望的石头来构筑一个信念的城池,不就是为了生命万物的吉祥和安宁吗?

新寨有很多这样的石头,很多这样的石头在那里堆成了一个巨大无比的石堆,人称"嘉那嘛呢堆",也叫"新寨嘛呢堆"。后来,石堆的规模越来越大,越来越宏伟,已经到了很难继续用一个"石堆"来定位的程度,于是,石堆变成了城池,人们不再叫它石堆,而改称"新寨嘛呢石城"或"嘉那嘛呢石城"。

每天自清晨至傍晚,那里都有很多玉树人在转嘛呢,转郭拉。转嘛呢的人流前赴后继,从未间断过,多为老人,但也有中年人,甚至年轻人和孩子。2010年4月14日的清晨,那里也有很多人在转嘛呢,那时第一次地震刚刚过去,第二次地震还没有来临。他们在转嘛呢的路上与第二次地震半路邂逅。于是,纷纷停下转动的脚步,往回跑,往家的方向跑……可以说,很多人因为转嘛呢早起,才躲过了一劫。因为地震,那一整天,那里都没有人转嘛呢。随后的很多天里,也几乎没有人转嘛呢。那些石头已经崩塌,而后分崩离析,而后散落一地……

20多年前,我第一次走进那石头的城池时,感觉就像走进了一座迷宫、一个石头的迷阵一样,无比震撼。之后每次去玉树,我都会到那里看看,不为转嘛呢、郭拉,而只为那些石头。有一次去那座石头的迷宫时,在它后面的一排小土房前面,我找到了一些刻嘛呢石的艺人,向他们询问有关那些石头的故事。还特意从一个老阿妈手中买了两块嘛呢石,把一块摆放到那些石堆上,一块带回了家里,放在自己的书房里。其间,在整个牧区,我还看到过很多这样的石堆,譬如在拉萨、在果洛、在玉树的囊谦、在泽库的和日。那也都是一些著名的嘛呢石经堆和石经墙,但都无法与嘉那嘛呢相比高下。如果嘉那嘛呢是一座城,那么它们顶多是一座城楼,或是一段城墙。

20多年后,我再次走进这座石头的城池时,那城池也在重建,与别的灾后重建项目所不同的是,这里没有废墟,有的只是石头,满地的石头。重建者所要做的就是按照重新规划和设计的要求,让每一块石头经过重新归位、垒砌和摆放,使那些石头焕发出更加璀璨夺目的光彩。既体现景观造型设计的现代理念,又不对嘛呢石堆原本所具有的文化形态造成破坏;既要给它留足继续堆放嘛呢石块的空间,又要让它成为一个可以让游客叹为观止的文化奇观。那时,虽然重建工程才刚刚开始,可是,转嘛呢的人流已经回到那里了。

震后,很多人只是注意到市场供应恢复的情况,觉得那是标志着人们的生活正在渐渐恢复到正常状态。我的很多同行们甚至就某一个粮店、食品店、蔬菜店、理发店等开门营业的情况做过专门的报道。是的,没错,那是生活的一部分,但还不是全部。至少在玉树,人们还会转嘛呢。玉树转嘛呢的人流又回到了嘉那嘛呢城,这同样是一个标志。如果前者是物质的标志,那么,后者就是精神的标志。玉树可以说是一个全民信教的地方,这样一个地方的灾后重建,精神家园的重建较之其他地方显得尤为重要。虽然,在其他地方的灾后重建中也注重精神家园的重建,但是,很多时候,我们把重点放在了心理安慰、心理疏导等防范措施上,觉得让他们恢复健康的心理就是精神家园的重建。从某种意义上说,我们把精神家园的重建当成了可能引发的不健康因素的修复。而在玉树,这样的重建几乎没有必要，因为，他们的心理上不存在问题，至少没有普遍的严重问题。即使在那样一场大灾难之后，也不存在心理问题。这就是为什么，在震后的玉树你很少看到悲痛欲绝、哭天抹泪的情景的根本原因。

我在震后的玉树经常听到一句话：他们怎么不哭呢？不，他们也哭，只是他们哭的方式有所不同，或者说，他们不会没完没了地哭。他们知道，哭解决不了什么问题。哭，或者不哭，或者怎么哭，或者什么时候才哭，这样的问题，对他们来说，早在地震之前就已经解决。因为，他们有自己的精神家园。

在这里，很多时候，精神已经被赋予了一种有形的外表，看得见，也摸得着，就像嘉那嘛呢城。当然，还有那些寺院，那些静静立于草原一隅的白塔，那些静静安放在河边的嘛呢石，那些刻画于山谷崖壁之上的经文、佛像和度母，那些在山顶、在山口、在拉什则前猎猎飘展的经幡和落满一地的风马。还有，每家每户都有的佛堂，以及佛堂前煨桑的高台和立于门前或庭院中央挂着经幡的木杆；还有，那常明不灭的酥油灯，以及很多人手腕上、脖颈上的那一串串念珠；还有，那草原上的赛马会，以及几乎所有人都能翩翩而起和呼之欲出的玉树歌舞……所有这一切都构成了玉树人精神家园有形的外表。

在这里，你感觉，精神仿佛真的有一个家园，人们似乎随时都在准备着如何打理自己的这个家园。当然，这绝不是精神家园的全部，这个家园里有很多东西，除了他们自己，别人是永远都看不见的。只有他们自己望得见那家园里静静绽放的花朵和婀娜婆娑的树木。

其实，这里的山川万物都被赋予了一种人格化的灵魂，这里的山山水水除了我们所看到的景象之外，它们还有人格化的、神圣化的内在形象，它们也都有名有姓，都有爱恨情仇。从现在人类世界的眼光来看，也许除了看电视上网，它们几乎什么都干。现在的很多人都沉浸在虚拟的世界里，与现实世界的隔阂越来越深，他们越来越注重物质的世界和家园，以至于连自己的一双拖鞋也会妥善安顿，就是不知道该怎样安顿自己的心灵。很多时候，我们的心灵已经被家园放逐，就像嘉那嘛呢石经堆上那些曾经流离失所的石头。而你在玉树这样的地方所感受到的精神世界，从某种意义上说，也像是一个虚拟的世界，可在世代生活于斯的当地人眼里，那却同样是一个真实的世界。那个世界里的一切同样与他们的生活息息相关。所有这一切构成了另一个时空，那就是他们的精神家园。

　　如果宇宙之内的地球和地球之上的自然界是人类共同的大家园，村庄、城镇和城市是一个个小一点的家园，那么，以家庭为单位所居住的那些房屋，无论是楼房还是石木结构的小房屋，则是我们每个人更小的家园了。如此想来，精神家园的疆域在时空层面上要比人类所栖居的物质家园广阔得多，我们所能想象得到的大千宇宙无处不是精神家园的神圣疆域和领地。有人给圣索菲亚大教堂写过一句话的注解，说它是"上帝在人间的寓所"。言外之意当然是，上帝还有另外的居所，而且在人间或地球以外的地方。如此想来，你就会对玉树人的精神家园有一个相对清晰的理解和认知，也才能体会精神家园的重建对他们的意义。

　　2013年7月，我再一次去嘉那嘛呢石城时，石城的重建已经接近尾声，几乎所有的嘛呢石都已归位，还有一小部分没有摆放好，那是从四面八方不断被挖掘出来送到那里的那些嘛呢石，其中有一些很大的嘛呢石。我看到一些老人正蹲在那嘛呢石跟前，小心翼翼地清除着上面的泥土、石灰和水泥。重建后的嘛呢石城边上还建有观景台，旁边的空地上还有嘛呢广场。嘛呢石城的四周已经人流如潮。此后，我还曾多次去那里瞻仰那些石头，每一次都有新的震撼。

据说这是世界上最大的一个嘛呢石堆，被列入吉尼斯纪录。嘛呢石堆上的石块已经超过了27亿块，那说明至少有27亿个美好的愿望在这里栖居。每一块石头上都刻着慈悲的咒语、经文和吉祥图案，那都是用来祈福的，每一块嘛呢石都是一个人对生命万物最美好的祝福。可以说，那里汇集了全世界最丰富多彩的祝福和愿望。

这里不仅是一个石头的家园，也是心灵和美好愿望的家园。那些老人把那些散失的石块护送到这里，不仅是为了让那些石头回家，也是为了让自己的心灵和愿望回家。那就是归宿。

2

很显然，这也是一种恢复重建，而且，也是整个玉树灾后重建中很重要的一个组成部分。与其他灾后重建项目所不同的是，这个重建过程中看不到轰鸣的机器和热火朝天的施工场面。所有参与此项重建的人，不仅要用他们的双手去精心构架和搭建，更重要的是，还得用自己的心灵去描摹和再现一种沉淀已久的记忆。那是祖祖辈辈几百年、几千年不断叠加积累的记忆。是被久远岁月打磨过、被天地日月浸润过、被无数心灵铭记过、被一代代子孙流传诉说和激扬沉醉过的不朽记忆。那是民族的胎记，是灵魂的符号；是构成文化精神的元素，是连接过去、现在和未来的纽带，是血脉，是魂魄；

是远古先民脚印上的遗香，是祖先虔诚祭拜和叩问天地的背影，是叹息，是绝唱；是不绝如缕的遗韵，是纵贯千古的安慰和寄托，是思念，是爱恨；是生生不息的抗争与奋发，是绵延不绝的生存与毁灭，是繁衍，是生死……

那是我们安顿心灵的地方，那是我们牧放自由的地方，也是我们供奉信仰的地方。那就是我们精神的家园。较之物质的重建，精神家园的重建将会更加艰难。因为，它毕竟不像建一座高楼大厦，或在某一个行政村搞一个示范点那般来得直接，而且很快就能完成。长远地看，精神家园的重建或者建设只有不断建设的过程，而永远不会有彻底竣工的时候。

杰出的藏族作家阿来在《玉树记》中写道："他们相信，物质的重建会很快完成，但文化方面的重建会更加漫长和艰难。"也正因为如此，精神家园的重建可能比物质家园的重建更加重要。阿来也写到了文化或精神家园重建的意义："这个世界从来就是权力与物质财富至上，在当今时代，这一切更是变本加厉。但我坚持相信，无论一个国，还是一个族，并不是权力与财富的延续与继承，而是因为文化。因为那些真正作为人在生活的人，由他们所创造所传承的文化。"

嘉那嘛呢告诉我们，玉树的重建者显然已经意识到了这个问题。

时任青海省委书记骆惠宁最后几次去玉树时，反复强调的一件事就是精神家园的重建。他说，玉树的灾后恢复重建不仅要收获一个物质家园，更要收获一个精神家园。

无论是在州委书记任上，还是担任青海省玉树灾后恢复重建现场指挥部指挥长之后，旦科也一直在反复强调一件事，一定要建设好玉树人的精神家园。

他们甚至想到了要给精神家园建造一些物质的场所,譬如,玉树灾后重建中的几大地标性建筑都与精神家园有关。虽然,这些建筑物本身并非精神家园,但他们确实与精神家园有关。至少与精神世界有关的很多元素、符号、图案、器物、造像和其他实物遗存将会在这里汇集并得到保护。这些堪称宏伟的建筑物包括格萨尔广场、康巴艺术中心、玉树民族博物馆、民俗博物馆等,其中大多为当今中国建筑设计大师的作品,是他们无偿为灾区奉献的心血之作,而这些建筑物本身也赋予了卓越的思想品质和丰富的精神内涵。当然,还有玉树地震遗址博物馆、地震纪念墙等。毫无疑问,玉树在那场大灾难中所经历的一切,包括那惊天动地的救灾场面和波澜壮阔的重建过程,都将作为宝贵的精神财富对未来玉树人的整个精神世界产生久远而深刻的影响。说白了,精神家园的实质就是文化,从有关文化的诸多定义中,我们也能得出这样的结论,而这些建筑物的另一个名称就是文化设施。

不过,最早意识到精神家园重建的还是那些精神家园的忠实守护者,他们可能只是一个普普通通的玉树人,比如一个民间歌者、一个山野的土风舞者、一个格萨尔艺人、一个民族文化符号的收藏者、一个民族文化心灵和精神的守护者……但他们深知精神家园的精髓之所在,灵魂之所系。

在一遍遍思考这个问题时,我一直在读尼玛江才先生的《风马界》,我以为他的这部著作就是玉树古老精神家园的一次系统描述,其价值具有"供上帝参考"的意义。他在这部书的尾声中深情地写道:

是的，高原的昨天已然远去了，那些曾经和兽群角逐厮杀的古先民们，给后代留下了云朵般的袍袖、岩石的脊梁；那些曾经和山水相濡以沫的古先民们，给后代留下了风马的蹄声、虔诚的心灵；那些曾经和天地息息相通的古先民们，给后代留下了家园的色彩、悠远的歌声……

多年以后，我们也会像树叶一样渐次凋零，那时，一些白发苍苍的老伙伴也许也会感慨万千地望着远方。那里，曾经是迁徙生命的方向，曾经是角逐拼搏的猎场，曾经是洒下汗水和泪水的田野，曾经是希望轮回绽放的地方。在他们逐渐朦胧的目光中，那匹曾经被放飞的风马，似乎依然驮着土地、流水和火光的希望，奔驰在高原的梦里梦外。

如今，许多故人的骨骼已经被土带走，血液已经被流水带走，体温已经被火带走，而那里，也不再需要用沉重的墓石来纪念伤逝了，因为他们的气息已经化作了远方的风。所以啊！人老了就不再悲泣或哀号，他们诵祷着经文、拨动着念珠、摇转着经筒，在生命的呼与吸之间，像土地一样厚重，像流水一样柔和，像火光一样温暖。是的，他们的眼睛里栖息着一抹夕照，像是远古的篝火，等到晚风中传来如期而归的马蹄时，他们才会含着深情的泪水渐次合上双眼。

终将有一天，我们也会把躯体归还给这片恩情无边的土地，合上双眼只身走进比天际更深的内心。

在那宁静无边的最深处，你会化作轮回中一朵透亮的云。

是的，我坚信，尼玛江才所写的正是玉树人的精神家园。不过，对很多青藏高原以外的人来说，要读懂这每一个文字背后的故事还是有一定的难度。他们可能也到过玉树，但并没有看到这些优美的文字中所描述的家园。他们更多地可能记住了玉树美丽的景色，当然，还有玉树卓越的歌舞。那歌舞确实也是玉树精神家园的一种形态。玉树被誉为歌舞之乡，有一句话是这样说的："这里的人会说话就会唱歌，会走路就会跳舞。"即使一个纯粹的玉树人，大概也会认同，如果没有了歌舞，玉树人的生活也许就会失去一半的色彩。歌舞是他们生活中的一部分，在他们的生活中到处都有歌舞。

我眼前的这一对母女都是普通的玉树女性。达哇卓玛是玉树州八一职业技术学校的一位老师，已经85岁高龄的母亲嘎松卓玛就是一个牧人，但她的另一个身份就是舞者。她学走路的同时就开始学跳舞了，8岁正式成为"伊伴"——玉树伊舞的领舞者，那时，她的个头还没有笛子手的胳膊肘高，但是，玉树一些有名的舞者都跟她学过舞蹈。70多岁的时候，她给玉树艺术原生态民间歌舞团的老年舞蹈队教舞蹈。80岁以后，在家里给女儿传授舞蹈技艺。后来，她虽然躺在床上不能动了，但只要一听到音乐，一听到熟悉的旋律，她依然还有翩翩起舞的冲动。

2013年6月6日晚，在她女儿、女婿州民族中学的临时住所，我跟她女儿达哇卓玛老师聊着玉树的民间歌舞时，躺在床上的这个老人依然按捺不住，不时地舞动着两条胳膊，我能体会到，如果她能站在地上，一定会立刻手舞足蹈。

可以说，这是一个舞蹈世家。达哇卓玛有两个哥哥，一个，30年前就没了，留下一个儿子跟她过，叫曲珠才仁，在三完小当老师，平时也教舞蹈。另一个哥哥已经60多岁了，现在顶替母亲在歌舞团教舞蹈。而她本人以前是一位化学老师，现在也专职教舞蹈了，学校很支持，以前只有两个班学舞蹈，震后，她成了11个班级的舞蹈老师。

达哇卓玛告诉我，母亲是她真正的艺术老师。早在1989年上民师的时候，她就开始搜集民歌了，用的是磁带。回到家里，她就把搜集的民歌放给母亲听，对每一首民歌母亲都能说出她自己的意见，说这个地方的调子不对，那个地方的节奏快了，之后，自己唱给她听，也教她学唱。后来，在母亲的帮助下，她又开始学习舞蹈，也搜集民间舞蹈。每天晚上，总有一段时间，母女两个就在家里载歌载舞。

那天晚上，我原本打算吃过晚饭再去达哇卓玛老师家的，可在晚饭前，达哇卓玛老师打电话来说，希望我能到他们家吃藏餐，语气恳切，要是再客气就不近人情了，至少她会这么想。也许就是因为我答应去他们家吃饭的缘故，他们一家人都特别高兴。达哇卓玛老师的先生也是一位老师，在州民族中学，那两天正在北京参加一个培训班，没在家。那应该是一间空着的教研室什么的地方，比一间普通教室小一些，比一间办公室又大一点，他们一家人临时住在这里，里面有一张藏式的单人床，老人就躺在上面，旁边有一张藏式沙发，白天坐人，晚上可当床用，达哇卓玛的小儿子丁赞彭措因为感冒也在上面躺着，还有一张钢丝床，中间是一张茶几一样的藏式餐桌，上面摆了几种糖果和藏式点心。达哇卓玛老师为我们准备的晚饭简单却精致，用纯牦牛奶熬的稀饭，还有新鲜的酥油糌粑、奶茶和酸奶等。

我们一边吃饭一边说话，吃过饭，又聊了很长时间。达哇卓玛说，以前她搜集整理那些民间歌舞只是出于爱好，觉得那是一件有意义的事，没事的时候，可以慢慢做，没觉得有紧迫感。可是，地震后，她再做这些事情时，其意义已经发生了根本的变化。人生无常，很多事情如果现在不赶紧做，恐怕永远没机会做了。而且，她感觉，震后的玉树需要这些东西。物质的重建迟早要结束，经济也会发展，物质方面的生活肯定会越来越好，可是，精神的东西呢？对玉树人来说，歌舞就像是灵魂，没有了这些传承千年的东西，我们就无法回到以前的生活——她说，她指的是精神生活——那样，我们就会失去很多东西，它同样会让我们痛苦。

地震中，她身负重伤，走不了路，先是被送到西宁，后又转到成都，在医院待了一个月。离开玉树之前，她都没顾上看一眼震后的玉树变成了什么样子。在外面住了一个多月医院，她天天在电视里看着已变成一片废墟的家乡，想了很多事，也想明白了很多事。她能切身地感受到自己身上正在发生的变化，很多以前很看重的东西已经显得不那么重要了，譬如说物质的享受。

在震前，像所有玉树的其他女性一样，她也特别喜欢佩戴各种首饰，尤其是那些珊瑚珠子，别人有一颗，她就想有两颗，有了两颗还想有第三颗，总也没有满足的时候。地震彻底改变了她，那些东西已经不重要了。回来之后，她就想为玉树做点事，可是，她能做什么呢？想来想去，她决定把自己和母亲多年来搜集整理的玉树民间歌舞出一张光盘。心想，这可能是她最应该做的一件事。可是，那需要一大笔钱，她没有钱怎么办？她想到了那几颗珊瑚，那是母亲出嫁时的嫁妆，她出嫁时，母亲又把它拿出来给她当嫁妆。母亲家以前是一个百户，据母亲说，那几颗珊瑚珠子在他们家族里有很长的历史，母亲把那几颗珠子看得像自己的命一样珍贵。她想，趁母亲还在世，把这几颗珠子卖了，去出这张光盘。一旦母亲不在了，说什么她都舍不得把它卖掉的。她开始做母亲的思想工作，母亲最后同意让她卖掉其中的一颗去出光盘。之后，又做爱人蔡佩清的工作。虽然，他是个非常通情达理的男人，但在这件事情上他还是想不通。他说："这些事不是你一个中学老师所考虑的事，玉树应该有很多人去做这些事，但不应该是你。为此，你还要卖掉母亲给你的嫁妆。你想想，自己做的是不是有点过了？"但是，说归说，当他看到妻子铁了心要做这件事时，还是同意了。

可是，她不是卖掉了一颗，而是瞒着母亲把三颗名贵的珊瑚珠子都卖了，总共卖了30多万元。她拿着这笔钱到成都，找了一家最好的音像出版公司去完成这个心愿。这时，她才发现，要出版一张光盘并不像她想的那么简单，还要一遍遍地试音，一遍遍地录音，还要把自己所唱民歌的节奏与所跳舞蹈的节拍合上才行，而这对她来说是一件非常困难的事，自己感觉好像没问题，可是搞专业的一看就能看出很多毛病来。没办法，只能一遍遍地合……

在很多好心人的帮助下，最后，她搜集整理的民间歌舞集系列之一《玉树藏族民间歌舞精选》终于出版了。其简介文字中说："4·14"地震后，玉树的民间歌舞文化遗产遭到重创，随着岁月的流逝和玉树民间老艺人的离世，玉树原生态民间歌舞即将面临失传的窘境，为了拯救濒危的歌舞文化，传承和发展玉树民间歌舞，玉树州八一职业技术学校的达哇卓玛老师，一名土生土长的玉树人，捧着对玉树灾后重建的一片爱心，表达对玉树歌舞的无限热爱和执着,一心想让玉树民间歌舞走出校园,走出大山,走向世界……

玉树很多人看到光盘后说,太好了。看了你做的光盘,我们仿佛回到了以前的快乐时光,太美好了!我们不能一直生活在地震的阴影里,好像以前所有美好的东西都不在了一样。你让我们找回了很多以前的记忆,让我们相信,它们都还在,玉树的歌舞也还在。随后,她又在准备出民间歌舞精选系列之二,说不定还有之三、之四的洋洋大观。

达哇卓玛告诉我,她把以前装饰自己脖子的几颗珊瑚变成了装饰自己家园的珠宝,那应该是心灵和精神的家园,它们肯定会焕发出更加璀璨的光芒。如果真是那样,她就感到无比欣慰和自豪了。

3

扎西昂江也是一个舞者。

他比嘎松卓玛老人年轻许多,玉树地震时,他还不到50岁,玉树县仲达乡人。和嘎松卓玛老人一样,他也是一个"伊伴",一个领舞者,一个地道的牧人,比嘎松卓玛老人幸运的是,他赶上了一个好时代,成了人类非物质文化遗产"伊舞"(一种非常舒展奔放的玉树民间舞)的传承人。

还记得是2013年,有一天下午,玉树州文联副主席仁青战德先生约我到州民族中学的一间排练厅去看扎西昂江跳舞。我去了。他不是一个人在独舞,而是有很多人跟他一同起舞,还有录音伴奏。放录音的地方还放着一面大鼓,但没人敲鼓。我就站在那个地方看他们一遍遍重复一段很长的舞蹈动作,还不停地为他们拍照。除了他，其余舞者都是很年轻的小伙和姑娘，据说，他们都是玉树州民间土风歌舞团的舞蹈演员。他在教他们舞蹈，教他们伊舞，"伊"这个字的准确意思可译为且歌且舞。

也就在那天下午，我才看明白，以前在玉树，我曾很多次看到过的那种观之能让人热血沸腾的舞蹈就是"伊舞"。每次，曲终之后等待重新开始的时候，扎西昂江就会步入场中央，站定，而后等待音乐响起，而后，踩着第一个鼓点起舞，那些姑娘和小伙子便依次跟在他身后，学着他的样子起舞，抬脚、踢腿、举手、弯腰、昂首腾跃、转身抛袖……淋漓尽致的豪迈和奔放，淋漓尽致的柔软和舒展，当他们昂首尽情伸展双臂时，我感觉他们的袍袖可以化作道道彩虹，他们的指尖可以触碰到天边的草叶。扎西昂江所做的就是让他们的腾跃和旋转做到恰如其分，让他们肢体的柔软和舒展发挥到极致。他们先是朝着一个方向纵情肆意挥洒，继而围成一个圆圈顺时针忘情旋转，一般来说，人有多少，那个圆圈就可以围成多大，直至围满一片草原。

如果舞者太多，一个圆圈舞不起来，还可以圈套圈，依次推演，层出不穷。室内如斯，室外亦如斯。或围着篝火，或围着灶台，或围着火塘，或围着桑台，或围着草原……所有藏族民间舞蹈最后都能归结为一个个大大小小的圆圈。这个圆圈，我们在新旧石器时代的那些彩陶上见过，在草原赛马会上也见过，甚至在一些城市的广场上也见过。当那个圆圈出现在我们眼前的时候，我们的心灵就在那个圆圈里面，像一缕火苗燃烧成了一片光明。

而家园就在那光明里收集温暖和喜悦。

扎西昂江有五个孩子，除了老大是一个僧人、最小的女儿还在读中学之外,其余三个孩子也在土风歌舞团跳伊舞。妻子当年也是一个有名的舞者,一个"伊伴"——领舞者。

土风歌舞团成立于2009年7月,到2010年4月地震前,在不到一年的时间里,他们已经参加过第八届中国民间艺术节和第九届中国艺术节等重大的演出和比赛,而且,一举摘得"山花奖"和"群星奖"两项桂冠,声名鹊起。但这毕竟是一家民间演出团队,除了微薄的演出收入并没有其他经济来源,那么,一家人都在这里跳舞,他们将怎样维持生计呢?据仁青战德先生讲,夏天演出活动多的时候,像扎西昂江这样优秀的舞者收入也很可观,但那毕竟不是长久之计。我无法想象,一家牧人,可以不去牧放牛羊,而专司舞蹈。我原以为,倾其一生为舞者一定是一个了不起的艺术家,没想到,一个原本以放牧为生的牧人也能这样。可是,我从扎西昂江的眼神里从未看到过一丝一毫的犹豫,那眼神非常坚定,分明是一个舞者鹰一样的眼神。

即使经历了那场地震,扎西昂江也丝毫没有动摇过,而且,更加坚定。那天早晨,第一次地震时,他和儿子达哇才仁都醒了。儿子还说,这次地震持续时间还挺长的。他给儿子说,地震一般都会有两次,过一会儿还会震一次。儿子没吭声,转了个身又睡着了。过了一会儿,他先起来了,准备生火烧茶。他每天早晨差不多都是这个时候起来,然后开车去新寨转嘉那嘛呢。天天如此。不知为什么,那天早上,他心里有点不想去,好像有一种不祥的预感。刚开始生火,第二次地震就来了。他的第一反应是往外冲,他想那就是本能。蹦出屋外,回头看时,房子已经全塌了。已经看不到儿子睡觉的地方了。心里惊叫道,儿子还在里面呢!这才回过神来,跑回去,用双手在废墟里刨挖。他刨掉了两层土，手指都流血了，才挖到儿子的头，之后，脸也露出来了。这时，又来了几个人帮忙挖。没多长时间，连被子一起把儿子给挖了出来。儿子的呼吸很微弱，他赶紧开车去找一个亲戚，是个医生。那里也正在挖人，一个小孩被挖出来了，可是已经没命了，用一块白布裹着。他抽空给儿子喝了一口糌粑糊糊，感觉好像好一点了，呼吸也正常一点了……到晚上，儿子的腿才有知觉……

地震半个多月之后，他接到通知，说得去广州演出。他本来不打算去的，死了那么多人，这个时候，活着的人是不能出去的，更别说是演出了。但那是"群星奖"的颁奖晚会，他又不能不去，就去了。因为，玉树地震，他们一路上都受到格外的关怀。一到广州，就有几十家媒体的记者捧着鲜花来迎接。他很想说句感谢的话，可怎么也说不出来，那个时候，他真想放声大哭。

在广州时，还发生了一个小故事。有一天，他们在一所大学里演出。中午吃饭的时候，一群人推着一个很大的蛋糕进来了。大家还在互相询问，今天谁过生日？这时，主持人说，今天是江永尼玛先生的生日。江永尼玛是他们团的一个演员，他们都不知道哪天是他的生日，组委会的人怎么会知道呢？他们真是太细心了，连一个演员的生日都没忘记。主持人让江永尼玛说句话，他憋了半天也没说出一个字，倒是眼泪先流下来了。主持人就让他唱首歌来表达自己的心情。他唱的是《唱给阿妈的歌》。等他唱到副歌部分"阿妈，阿妈，孩儿思念你"的时候，全场的人都泪如雨下，有几个人放声大哭起来。即使平日里很难掉眼泪的人那天也都哭了。

扎西昂江也哭了，哭过之后，他感觉自己轻松了许多。他想起了舞蹈，想起了伊舞。他问自己：那是自己的魂吗？是不是自己在地震中丢了的魂又回到身上了？

我在想，舞蹈之于一个真正的舞者来说究竟意味着什么？

是灵魂，还是生命；是灵魂的姿态，还是生命的写意；是风，还是云；是婀娜的莲，还是婆娑的树；是马的驰骋，还是鹰的飞翔；是灵魂的放浪，还是生命的肆意；是歌声的影子，还是鼓点的容貌；是心灵的沉醉，还是梦幻的衣裳；是远古记忆的描画，还是遥远憧憬的色彩；是童真的遐思，还是浪漫的畅想？

都是，也都不是。

> 你曾把衣袖搭在巴颜喀拉的头顶上
> 让它变作了万道霞光
> 你曾把额头烙在各拉丹冬的冰峰上
> 让它化作了无量功德，不息涓涓，亘古流淌
> 你曾把双手的指纹印在所有的崖壁上
> 让左手印变成了白度母，右手印变成了绿度母
> 你曾把心灵摊放在通天河的冰面上
> 让它凝成万卷经文
> 让长江和她的儿女们千万年诵读
> 诵读吉祥
> 最后，你才跺了跺双脚，抖去你靴子上的泥土
> 不曾想，大地却在你的脚下成了万面金鼓
> 鼓点上喷涌而出的就是康巴的弦子和卓舞
>
> ——摘自古岳《五月叙事：写给父亲的玉树》

我不知道，嘎松卓玛、达哇卓玛和扎西昂江是不是真正的舞者，但我能确定，对他们来说，舞蹈本身就是他们的精神家园。

那么，对一个歌者呢？歌声本身是否也是他们的精神家园呢？也是。

地震后的玉树，《三江源报》复刊，玉树州文联成立，《康巴文学》《三江源生态人文》和《源》创刊，州民族歌舞团、玉树土风歌舞团也重整旗鼓……地震后的玉树，江洋才让出版了他的另一部长篇小说《马背上的经幡》；地震后的玉树，尼玛江才出版了他的民俗学著作《风马界》；地震后的玉树，昂旺文章出版了他的长诗《玉树，我遗失的一百零八颗念珠》；地震后的玉树，代尕出版了《玉树藏族民间音乐精选》……

他们都以自己的方式在重建属于大家的精神家园。我想，当每一个玉树人自己的精神家园都建好了以后，整个玉树的精神家园也就建好了。

还有很多玉树以外的人对玉树精神家园的建设或者重建也做出了杰出的贡献。他们中有歌者、有舞者、有画家、有作曲家，也有作家和诗人……仅中国作家协会就曾三次组织大批作家深入玉树采访、体验，创作了一大批反映玉树抗震救灾和灾后重建的文学作品。

其中，吉狄马加先生写给玉树的那些优秀诗作堪称典范。作为一个曾掌管青海省宣传文化领域的领导者，震后，他曾极力主张并营造全面开放的新闻宣传和舆论环境，向世界传递真实的中国声音，赢得了世界的赞誉和尊敬。回首那惊心动魄的一幕时，我们发现，那的确是一场漂亮的主动仗，主旋律一直在灾区唱响，它给了我们无穷的鼓舞和力量。

从汶川到玉树，世界的话语权牢牢地掌握在中国人自己的手里，这是一个里程碑。其中也有我的同行们所立下的汗马功劳，我由衷地为我的同行们感到自豪和骄傲。借此机会，向他们致敬。自汶川地震后，我对我的这些同行们突然肃然起敬——汶川、玉树，无疑将成为中国新闻史上最光辉的字眼，永不磨灭。在汶川地震时，中国新闻人就让全世界见识了他们的职业操守、责任心、使命感和良知；在玉树地震时，又翻开了新闻采访和报道向世界全面开放的新篇章，使中国故事更加动人、中国声音更加动听。

不过，从长远看，诗人吉狄马加那些光辉非凡的诗作，对玉树则更具有精神架构的意义。《献给明天》《玉树，如果让我选择》《嘉那嘛呢石上的星空》等，都是当今中国诗坛的上乘之作。我以为，《嘉那嘛呢石上的星空》应列当今世界最伟大的诗篇之一，其瑰丽奇崛的深邃意境，实为当代中国诗坛所少见。它不仅属于玉树，同时也属于整个世界。它丰富了人类精神家园的本质内涵，拓展了人类心灵时空的精神版图，堪称玉树灾后重建最重要的精神成果之一。诗人深刻的艺术思考和悲悯情怀在这里得到了淋漓尽致的表达。那是诗人对人类心灵最深情的抚慰，是对心灵世界的终极冥想和体验，也是对人类精神家园最深沉的吟诵。它让我们懂得，因为土地和家园，也因为灾难和救赎，诗歌必将在人类的精神家园里抒写更加光荣的历史，并以它的方式验证恒久的可能。

"从某种意义而言，诗人就是民族和人类的心脏，他永远站在苦难、不幸和悲伤的人们一边，诗人是人类面对命运打击而从不失去明天的向往的精神引领者。当我们回顾人类所经历的所有的不幸和灾难，我们都会看到诗人的身影穿行在人类心灵和道德的高地，他们的歌唱,是对每一个生命的尊重和抚慰,因为有了他们的存在,人类心灵和灵魂的伤口,才会在很短的时间痊愈。"(吉狄马加语,见《玉树,我遗失的一百零八颗念珠》序言)。

石头在这里

就是一本奥秘的书

无论是谁打开了首页

都会目睹过去和未来的真相

这书中的每一个词语都闪着光

雪山在其中显现

光明穿越引力,蓝色的雾霭

犹如一个飘渺的音阶

每一块石头都是一滴泪

在它晶莹的幻影里

苦难变得轻灵,悲伤没有回声

它是唯一的通道

它让死去的亲人,从容地踏上

一条伟大的旅程

它是英雄葬礼的真正序曲

……

沿着一个方向,嘉那嘛呢石

这个方向从未改变,就像刚刚开始

这是时间的方向,这是轮回的方向

这是白色的方向,这是慈航的方向

> 这是原野的方向，这是天空的方向
> 因为我已经知道
> 只有从这里才能打开时间的入口
> 嘉那嘛呢石，在子夜时分
> 我看见天空降下的甘露
> 落在了那些新摆放的嘛呢石上
> 我知道，这几千块石头
> 代表着几千个刚刚离去的生命
> 嘉那嘛呢石，当我瞩望你的瞬间
> 你的夜空星群灿烂
> 庄严而神圣的寂静依偎着群山
> 远处的白塔正在升高
> 无声的河流闪动着白银的光辉
> 无限的空旷如同燃烧的凯旋
> 这时我发现我的双唇正离开我的身躯
> 那些神授的语言
> 已经破碎成无法描述的记忆
> 于是，我仿佛成为了一个格萨尔传人
> 我的灵魂接纳了神秘的暗示
> ——摘自吉狄马加《嘉那嘛呢石上的星空》

所有这一切都属于精神家园的重建。

我曾仰望过嘉那嘛呢石上的星空，仰望过唐古拉和巴颜喀拉皑皑的白头，仰望过高地玉树，仰望过玉树的心灵。几千年来，玉树人一直"诗意地栖居"在这片高地上。

在开始本书的写作之前,我一直以为,玉树有很多人比我更有资格写这样一部书,不是因为别的,只是因为他们就在玉树栖居——这就足够了。而且,我还跟玉树的作家朋友就此做过专门交谈,可是,他们都不想写,他们为什么不写?他们在害怕什么?我不知道。也许,很多年以后,他们中一定会有人写这次地震,可那时,所有的一切都已经离我们远去,所有的伤口也已经愈合。不曾远去的也许只有家园,精神和心灵的家园。

4

我想,风马也是舞者,它在长风和天空里起舞。舞者的身姿像雪花和云彩,在心灵里飘落……

风马界。我想,对一个普通的玉树藏族人来说,风马驰骋的世界就是精神家园的疆域。无论是谈论文化还是家园重建,在玉树,我们都绕不开这个辽阔的疆域。因为,玉树民众都信奉藏传佛教。而无论哪一种宗教,除却了意识形态范畴形而上或形而下的思想,更广义的层面上,它也是一种文化,甚至是一种文明。从源头上讲,西方文明的核心体系就是基督教和天主教文化。所以,毋庸讳言,玉树民族文化或精神家园的重建都离不开藏传佛教,这也是我们国家的民族宗教政策以及法律所赋予民众的自由和权利。

在玉树,或者在整个涉藏地区,如果你问一个普通老百姓,什么是精神家园?我想,他首先想到的很可能是一座寺庙。他们不知道文化为何物,尽管他们举手投足之间都透着文化的气息,所谓文化的一切元素也都与他们的生活息息相关。文化就依附在他们的身上，附着在他们的生活里。

认识康究活佛，在我是一种缘分。

那天，我去治多县采访，途经隆宝，在隆宝也约了几个人要采访。隆宝是一片水光山色的草原，是黑颈鹤的家园，也是一个国家级自然保护区。每次，路过那里，我都会在那里稍作停留，看看山和草原，也看看那吉祥的鸟儿黑颈鹤。一到隆宝，我们先去德吉岭看那一大片灾后重建的民居。从德吉岭回到公路上前往隆宝镇时，同行的索珍老师说，路右侧不远处是让娘寺的重建工地，说他们正在用石木结构建造一座大殿，问我，要不要去看看？我说，隆宝有人等，晚上还要赶到治多去，先不去了，从治多回来时再去看。

次日下午3点左右，我们从治多回到隆宝。便拐向左面的草原，去看让娘寺的重建。下了公路，没走多远，远远地望见了一个工地，必是让娘寺无疑了。再往前去，快到工地了，又远远地看见，工地前的草地上有一群人，有一个人身着金黄色法衣，旁边还有一个僧人撑一把金黄色大伞，给那个人遮挡阳光，便觉得这个人的身份非同一般。索珍老师也觉察到了，他自言自语：是不是康究活佛回来了？又往前靠近一点了，他还在自言自语：好像还真是，很像他。

康究活佛就在那顶黄伞之下等着我们抵达。后来才得知，他正在纽约大学专修两年的英文，前一天才从大洋彼岸赶回来，那天上午刚到这里，寺院上有一些灾后重建的手续必须由他亲自办理。在那片草地上，他刚刚选好建造护法殿的位置。早一天，或晚一天，我们都无缘谋面，便更觉得这是缘分了。他也这样说。

可能正是这样一份机缘，他很有兴致地带领我们参观寺院正在修建的大殿工程，一边走，一边在随身带着的平板电脑上，给我展示大殿局部的一幅幅设计效果图。我在前面的文字中已经写到了这座建筑，这里不再赘述。我想要说的是，那天下午的一些印象。

康究活佛引领我们走进已经建好的门厅，站在靠近殿堂大厅的第二排廊柱那里，给我描述那个大厅以后的样子，印象最深的是，他对光线的描述。他说，一座殿堂的光线不能太强，所以，对窗户等一些光源的位置以及设计理念要求非常苛刻。相对而言，石木结构在体现一座建筑的空间感上是有难度的，你看到了这些很高的立柱，它就是用来体现空间感的。从外面看上去有两层、三层，甚至中间部分还要高些，可是真正的大殿里面却只有一层。这样就有了一定的高度，空间感就出来了。而整个建筑所有窗户的光线都能照射到大殿里面，它们互相交织，而后变幻出一个奇妙的光芒世界。一个人走进这座建筑，里面的光线不能太暗，也不能太亮。你随时能感觉到光明，随时都被一片光芒照耀。但每一缕光线都非常柔和，而且恰到好处。要让某个地方透进来的一束光芒必须照到需要它的地方，比如一尊佛像的头部，或是别的什么地方。"既然是大殿，就要让每一缕光线都体现出一种神圣的威仪感。当然，还有音乐，仿佛是从天边飘来却又在耳边轻轻萦绕回荡的音乐，也能体现一种宁静渺远的感觉。"他不经意间说出的这句话，顿时令我肃然起敬，不只是对身旁的人，也对这座建筑和想象中的那一缕光线和音乐。

走到大殿背后的时候，我看到那里有一些切割整齐的白石头，其中有的石头上已经刻着佛像或者别的吉祥图案，也有的刻着经文或者真言。活佛说，这些石头是用来装饰后墙的，除了这些石头，整个后墙上还会镶嵌一些很大的石头，这些石头都有一两吨或好几吨重。因为附近找不到这样的石材，都在外地加工，上面也刻着佛像或吉祥图案。这些大石头要嵌进整个墙面，像是墙被镂空了的感觉。要让整座建筑的每一个细节都经得起推敲，都有观赏的价值。这样，一座建筑就不只是一座建筑了，它同时也是文化。看上去，我们好像正在盖一座房子，其实，我们真正要做的是保留并传承一种文化。他说，虽然，这样做比盖一座水泥建筑的成本要高出几倍，可是，值得，也更有价值和意义。

他说，以后在玉树，你到处都可以看到非常漂亮甚至华丽的水泥建筑，但新建的石土木结构的建筑将会越来越少，更别说是这样一座大殿。而华丽的东西往往会流于轻浮，不够深沉，也不够庄严。所以，一座好的建筑物对所用材料是很挑剔的。木头和石头的质感和韵味不是水泥和钢筋所能比的，它是原始的，原生态的，承载着太多的自然气息和文化元素，每一块石头、每根木头都透着生命气息，与人类的生命与精神息息相通。那就是血脉。

他还说，一座好的建筑就像在一块很大的玉石上精雕细刻，是艺术。它应该在文化传承上形成一个新的参照点，保留一些东西，给玉树乃至世界留下一个不一样的样板。而且，它就像一件传世的艺术品，越往后，这样的建筑越无法做了，不仅因为它的造价昂贵，还因为这样的技艺会不断失传，很可能会慢慢消失。所以，我们不仅要建一座当今世界罕见的房子，还要传承、保护和延续这样一种技艺。这里的每一个工匠，不只是在施工、在建造，更多的还是一种创造和创作。他们不是简单的施工技术员，就像历史上的鲁班一样，他们是匠人。古今中外，真正称得上匠人的人都是艺术家。

想象中，由这样的工匠所建造的一座建筑就不只是一座建筑了，它同时也是一座精神的殿堂。早期列入《世界遗产名录》的那些建筑大都是这样的杰作。譬如，卢克索神庙、圣米歇尔山、圣彼得大教堂、圣索菲亚大教堂、佛罗伦萨大教堂，等等。圣彼得大教堂的建造过程耗费了120年的时间，凝结了布拉曼特、米开朗基罗、贝尔尼尼等几代艺术大师的心血。这样的建筑已经不只是一座建筑了，它已经超越了尘世对美的理解，抵达了永恒之美的彼岸。在一篇介绍圣米歇尔山的文字中有这样一句话："对人类而言，它是上帝遗落在大海上的珠宝，指引朝圣者寻找精神家园的回归之路。"

康究令人钦佩的地方还不止于此，他们在隆宝重建的这组建筑不是普通意义上的一座寺院，而是让娘寺的一所人文学院。他希望这里能成为未来草原上传承弘扬人类优秀文明的一座殿堂，包括民族古老的建筑文化都能在这里找到一种长久延续的可能。我想，这已经超出了建筑的层面而直抵精神的家园了。

最后，我们又回到了大殿的门口，从那里走出去，而后又回来，回到了原点。回到原点之后，康究抬头望了一眼天空说："你看这里的天空多么清澈啊！"说着，回过头去看那座正在修建的大殿，而后，又回过头来看着我，像是在等待我提问，又像是在问我：一座什么样的建筑才能配得上如此清澈的天空呢？

我答不上来，但又不好移开自己的目光，就一直看着他。他笑了笑说："去那边喝茶。"我没有回头看那边，却仿佛已经看到前方正有青铜茶炊等我。

回来的路上，我们路过一个山口，那是隆宝和结古之间的一个制高点。山头上挂满了风马旗和经幡，山口落着厚厚一层纸印的风马，远远望去像落雪。我们在山口停下拍照时，我在想，我也在风马界了。

这时,风正从那山口呼啸而过……

5

2013年4月14日,地震三周年祭日。

清晨7点,18岁的当卡寺尼师永吉拉姆和伙伴们在晒佛台北侧的帐篷里开始点燃酥油灯。未来的三天里,她将和当卡寺的另外19名尼师日夜守护这些酥油灯,以保持在法会期间不灭。

这一天,很多玉树人都参与了一项种树的活动。但是,这一天的玉树还有一项或者几项重要的纪念活动也在同时进行。玉树州的当卡寺、结古寺、禅古寺等各大寺院分别举行祈福大法会超度地震遇难者,特别是当卡寺在后山举行的晒佛活动和佛教无派别祈愿大法会格外引人注目。从一大早,人们就从四面八方向这里汇集。一直到下午两三点以后,通天河谷地里穿梭的人流还在络绎不绝。

这是一幅长70米、宽50米的巨型唐卡,画幅面积达3500平方米。唐卡上的主佛像是四臂观音,另外还有四大教派的30多位尊者和护法神像、吉祥天母等,几乎所有有名的佛像都在上面了。据说,由著名热贡艺人宗哲拉杰先生策划绘制的这幅唐卡新创造了一项吉尼斯纪录。这当是他创造的第二项吉尼斯纪录,十余年前,他就曾以一幅长达600多米的巨幅唐卡《中国藏族文化艺术彩绘大观》创下了第一个吉尼斯纪录。

玉树地震后,宗哲拉杰先生一直想为玉树做点事,比如修个纪念塔什么的,最后才决定作一幅唐卡。有一天,他见到时任青海省政协主席的白玛,因为白玛是玉树人,就把自己这个想法告诉了他,想听听他的意见。没想到,受到白玛主席的特别称赞,说这个有意义。随后,白玛主席还动员政协委员中的一些企业家帮助他一起实现这个心愿,并跟当卡寺联系,在地震三周年的时候,在当卡寺举行晒大佛纪念仪式。当卡寺僧众觉得这是一种奇缘。

当卡寺属藏传佛教噶玛噶举派,是玉树地区一座历史悠久的佛教寺院,距今已有800多年的历史。第一世的都穆曲杰巴查道代受其上师杜松钦巴的嘱咐,至康地结热山区的噶松嘎母山洞修行,建造寺院。当巴查道代至山区问路时,遇一老者名叫本他结布。老者恭敬地端给他一碗牛奶,并为其带路,缘起甚佳。此山洞位于文成公主入藏时修建的大日如来庙东侧,山势险峻,仅山鹰方能飞过。巴查道代到达后,以其神通在山洞石壁处,穿凿石孔垂吊法鼓。当时附近并无水源,他用伏藏法将水掘出。巴查道代于此山洞修炼,并得成就。据记载,当卡寺正是为巴查道代所创建。

原来的当卡寺旧址在离现在的当卡寺不远处的半山腰上,2009年9月,因山体滑坡,僧众早已迁离旧址,住在帐篷里了,正准备搬迁寺院,还没搬迁就地震了。后来,他们把那次山体滑坡也视作地震的预兆,如果没有那次山体滑坡,僧众很难躲过一劫。所以,震后全寺僧众更是满怀慈悲,全力救苦救难。每逢地震周年祭日,他们都会举行祈愿法会,为所有亡者诵经超度。能在三周年祭日举行这样一次晒佛大法会,是一种无量功德。

在所有玉树人的心里,当卡寺的这幅唐卡最牵动人心的还不是它的幅面之广大,而是用丝线绣在佛像下方的一长串名字,共有2680名,那是玉树地震中遇难者的名字,2800多位死难者中有一些的名字还不能确定,所以,唐卡的下方还留有一些空地方,留待日后补齐。如果那些失踪者和无名氏的名字一直不能确定,那地方也只好那么空着了。很多人专程前来,不仅是来瞻仰大佛,更是来凭吊亡者和寄托哀思的。

我是早上9点多从结古出发前往当卡寺的,还没到寺院,从山下老远的地方就望见了大佛。大佛早已展开在整个一面山坡上,只是上面还盖着金黄色幕帘。那山有一个名字,叫扎西盖廓,前两个字的意思是"吉祥",后两个字的意思是"老鹰的头"。山坡之下,桑烟缭绕,人头攒动。四面的山坡上,早已站满了人。佛像顶部的山顶之上,有房舍的残垣断壁在晨光中勾勒出清晰的轮廓,嵯峨有致,与对面山顶上的皑皑白雪相映生辉。那里是扎西尼姑寺以前的旧址,尼姑寺搬至山下以后,留下了那些残垣断壁。

上午10时许,遮盖佛像的金黄色幕帘自下而上徐徐卷起。山谷里,顿时法号齐鸣,喇叭里响起僧人高声念诵的六字真言:嗡嘛呢叭咪吽。那时,我刚刚爬上对面的山坡。我从站着的和席地而坐的人群中穿行而过时,我听见所有的人都在齐声念诵。齐声吟唱的声音就在四面山坡上汹涌。闭目倾听时,那悲怆宏阔的声响如滔天巨浪,似有穿透悠悠岁月的力量。

灾难过去
桑烟缭绕在太阳的臂弯
菩提树结满的果实
连成一百零八颗念珠
所有的吟诵

只为逝者

只为人间安康

只为祝福我们简单　纯粹的生活

——摘自昂旺文章的长诗《玉树，我遗失的一百零八颗念珠》

晒佛仪式之后，在当卡寺震后临时搭建的拱棚大经堂里，来自玉树全州各大寺院的近3500名僧人聚集在一起，为所有玉树地震遇难者的亡灵诵经超度。

当天，结古寺也举行了一项为亡者诵经祈福的纪念活动。他们的活动没有在寺院里举行，而是在扎西大同的山坡上。那里有一个天葬台，那是一个渡口，震后，近2000名亡者从那里上路。三年前，结古寺500多名僧人在这里为他们送行。三年后，这500多名僧人又来到这里，再一次为他们祈祷超度。

这一切，似乎都表明，三年前开始举行的那场葬礼仿佛仍在继续。如此大规模、高规格的送葬礼仪在玉树的历史上从未经历过。请千万不要小看了这种丧葬礼仪的意义，这不仅为了亡者的灵魂，更多的是为了让生者得到安慰。

那天，我一直在山坡上走，没到寺院里去，但是，从山坡上看，整个当卡寺的灾后重建已接近尾声。一个多月之后，5月31日，我再次到当卡寺，还见到了寺管会主任曲加和僧人更秋彭措。他们告诉我，除了大经堂的彩绘部分还在进行之外，所有的重建都已经结束，整个重建工程国家的投资达到4172万元。

据玉树州委统战部部长周洪源介绍，震后，整个玉树先后有92座寺院被国家列入灾后重建，总投资超过9.9亿元，其中有4座寺院易地重建，它们是禅古寺、当卡寺、让娘寺、大吉寺。绝大多数寺院的重建都已接近尾声。

在整个玉树的灾后重建中，寺院的重建无疑是一个非常重要的组成部分，甚至一些原本没经过政府批准而建成的寺院，震后也一视同仁地列入了重建规划。由此可见，国家对这些寺院重建的重视。

毕竟，玉树可以说是一个全民信教的地方，这样一个地方的灾后重建不可能没有寺院的重建。这样一个地方的人要重建自己的精神家园，也不可能没有寺院的重建。

毕竟，寺院是他们精神家园的一个重要组成部分。对这一点的认同至关重要，对玉树人来说是这样，对所有参与玉树灾后重建的人来说更是这样。每一座寺院里，不仅有经堂和经卷，不仅供奉着佛像和菩萨，也不仅有僧舍和僧人，还有传承几百年上千年的历史文化，还有，被这历史文化熏染过的四面八方的信众。而这些也不仅是玉树一个地方的民族文化，不仅是玉树人自己的文化，它也是中华民族文化的重要组成部分。中华文明之所以传之久远，之所以绚丽多彩，之所以历久弥新，之所以光辉灿烂，就是因为中华多民族大家庭共同哺育的结果。

2013年6月，我去澜沧江上游的杂多县。一天下午，一个叫永红的曲麻莱藏族男人，一个县委常委、副县长，带我们去看一片森林。森林的边缘，在一片河谷滩地上，生长着一片祁连圆柏，一种古老的柏树，它们一棵棵长成了一个圆，而周围没有其他树木，只有绿绿的青草地。永红站在那片柏树跟前，自豪地对我说，你猜猜，这些柏树有几棵？没等我回答，他急不可耐地说，猜不出来吧！告诉你，整整56棵。这就是一片中华民族之林，这是56个民族啊！

永红可能没有注意到,那一刻,我真的被深深地触动了。我想,那不是简单的感动,而是一种震动。那是心灵被他突然击中的感觉,猝不及防。他那近乎天真的样子,几乎让我落泪。

那一刻,我在想,这个人多么热爱他的国家啊!继而,我也想,难道他们的精神家园不也是我们的精神家园吗?我们和他们,是彼此,还是非此即彼?他们和我们,是阶级兄弟,还是骨肉同胞?无论是谁,在一个如此热爱他的国家的人面前,你突然会发现,自己其实很渺小,也很不起眼,甚至很卑劣。而当一个国家的所有人都像这个人一样的时候,这个国家就会从骨子里变得无比强大。而生活在这样一个国家的人必然也会拥有无比美好的精神家园。所以,从某种意义上说,任何一个地方的精神家园,不是靠一次大规模的重建就可以一蹴而就,那是一个非常漫长的建设过程。所有物质的建设可能都有结束的时候,而精神的建设只有开始,永远没有结束。玉树也一样。

从这个意义上讲,我们的精神家园还在,玉树的精神家园还在。它需要建设,却无需重建。需要重建的只是已经被地震毁坏的有形建筑和工程。

永红让我明白了一个道理,很多时候,我们的物质家园和精神家园之间并不是截然分开的,它们互为依存。一堆木头是物质,它可以建造一座农舍,也可以建造一座大殿。一棵树或一片树林,当然也是物质的,但它也可以长成精神的样子。永红特意带我去看的那片柏树是这样,很久以前,释迦牟尼身后的那一棵菩提树也是这样。

永红也让我记住了一个事实,对所有无私的关怀、爱心和情意以及慈悲,玉树都不曾忘记。玉树不会忘记。

《玉树不会忘记》是一台大型民族歌舞剧的名字,地震一周年之际,为表达对党中央、国务院和全国各族同胞的感恩之情,玉树特意组织排练了这台歌舞剧,到全国各地巡回演出。除了中央民族大学舞蹈系学生参与伴舞之外,整场演出所有的演员都是玉树人,而且,很多都是牧民。他们把真诚、真心和真情带给了全国各族人民,一场场的感恩演出,一次次的感人肺腑,一遍遍的鞠躬谢幕,也让我们一次次在泪雨纷纷中铭记着玉树。首场感恩演出在北京天桥剧场举行,当时还任全国人大常委会委员长的吴邦国、副总理回良玉等中央领导出席观看。演出开始前,时任玉树州委书记旦科简短致辞,我记得他的声音有点颤抖,还没说几句话,眼泪就下来了。之后,演出正式开始。当电视画面切换到观众席上的时候,我看见几乎所有人的脸颊上都挂着眼泪,吴邦国委员长眼眶里也闪着泪光。

我们之所以流泪,不仅是因为感动,还有欣慰。因为我们能从这些玉树同胞的身上切身地感受到,虽然玉树遭受了特大自然灾害,但是,玉树并没有倒下;虽然,玉树同胞的物质家园已被毁坏,但他们的精神家园还在。那个家园就在他们的心灵深处。心灵才是精神真正的家园。我们需要做的就是与他们一起去抚平心灵的伤痕,让所有的伤口愈合,让所有的阴霾散去。而后,让生活继续,让高原上灿烂的阳光继续在他们的脸庞上闪耀着醉人的光芒。

永红带我去看的那片柏树在一条河的岸边,河的彼岸是一个村庄,村庄里有一个很老的庄园,那就是格吉百户的庄园。格吉百户隶属囊谦千户,曾是澜沧江上游格吉部落的首领,在杂多算得上是一个传奇式的人物。百户庄园已经破败,但是,庄园四周绿树掩映,层层垒砌的嘛呢石墙围绕着庄园,绿树和嘛呢石墙之上经幡飘荡。

那天下午，从那庄园跟前走过时，我仿佛走在现实世界的边缘，心想，自己离精神的世界已经不远。

玉树在三条大河的源头，这三条大河就是长江、黄河和澜沧江。我在《写给三江源的情书》一书的后记中曾写下这样一段文字：

> 三江源是三大母亲河的源头。那是一个冰川、雪山和高寒草甸组成的莽原，那是一个滋长牧歌、神话和自由的世界，那是一个万物生灵共存共荣的殿堂，那是我心灵的祖坟和精神的家园。

玉树不仅是玉树人的家园，也是我们每一个人的精神家园。

从玉树机场出来往结古走不远，快到禅古的时候，公路右侧的山坡上立着一排标语牌，上面写着一行大字"感谢党中央国务院！感谢全国各族人民！"在玉树的很多山坡上，我都看到过类似这样的大字标语，有一些标语是用一块块石头镶嵌而成。每次看到这些醒目的大字，我都在想，这些感恩的话语也许会永久的存在，过了很多年以后，当现在活着的这些人都老了，它也许还在。

那么，有一天，一定会有一个玉树的孩子指着这些字问他们的爷爷奶奶一个问题："这些文字是怎么留在这山坡上的呢？怎么像是从土地上长出来的一样呢？"我想，那时，肯定会有一个老人把孙子拉到身边，坐在那山坡上，给他讲述2010年4月14日发生在玉树的一场灾难，讲述随后发生在玉树的那些中国故事。

我想，这故事一定会温暖一代代玉树孩子的心灵。因为，这是一片将任何一个故事都能传之久远的土地，所以，格萨尔史诗在这片土地上的传唱才可以经久不衰,已经成为他们精神家园的一个殿堂。很久以后,如果玉树还有格萨尔艺人行走和说唱,说不定,他们甚至会把这三年的故事也揉进格萨尔的史诗里呢。熟悉格萨尔史诗的人知道,这部史诗里不难找到类似的痕迹。

  酥油灯已经点燃。桑烟已经飘摇。风马已经升腾。音乐已经响起。

  之后,英雄的史诗开始……

尾 声

  如果你在2010年4月11日之前去过结古，并细细品味过这个高原小镇，你就知道以前的玉树藏族自治州州府所在地是个什么样子。它不是不好，它很好，也很安静，甚至也美好，也有两条清澈的小河穿城而过。

  一到夏天，河边也长满了青草，开满了花朵，四面坡上的那一层绿，仿佛一直那么明亮。山顶拉则的经幡与天空飘过的白云一起飘荡，总有一只鹰的翅膀从山冈寺院金顶的光辉里滑过，从哪个方向你都看不到它在大地上的阴影。

  山下丁字路口的那一派繁华与喧嚣也总是那么不慌不忙，每天都有人流与车流在那里汇聚。很多时候，行驶的车辆会在路口停住，开车的人摇下窗玻璃与另一个或两个方向过来的车和人打招呼聊天。堵在后面的车辆也不着急，停下来，等前面车上的人把话说完。如果等不及了，才按一下喇叭。这时，前面车上的人也不急着把车开走，而是从车窗里伸出头来，冲着后面车上的人笑一笑，才开着车往前走。

以前的结古，几乎所有大点的商业和经营场所都集中在丁字路口的那个三角地带，几条从远方延伸过来的公路，从西宁、四川和境内称多、曲麻莱方向，在歇武山下会合成一条，通向结古。一到歇武，一路都是下坡，所有的车辆都开得很快。

最终它们都会来到这个丁字路口，慢下来。有些车辆还要继续往西南直行，那也得过了这个路口，才能加快速度——以前玉树州属机关单位以及驻军部队都在这个路口西南的路两侧——再往前过扎西科河谷，翻过山就到隆宝滩了。有些车辆需要左拐，也得过了这个路口，才能过桥往东南——以前玉树县所有单位的地盘都在这个方向，再往前就是巴塘草原——再往前，路分两岔，一条通往囊谦和杂多，一条路通往四川和西藏——囊谦的路也能通往四川和西藏。

以前结古的基本构架都以这个丁字路口为轴心，由此伸展出去的三条路，既是结古的骨架，也是通向远方的出口。结古所有的小街道、小巷道都是这三条路的分岔，小巷一直伸向四面的山坡，结古本地人几乎都住在这些小巷深处——后来东西两面山坡的人家已经住到半山腰了，尤其是西面。

如果这是一棵大树，那三条大路就是树干，大路两侧的那些小路小巷就是这棵大树的枝杈了，根都在这丁字路口。无论是本地人，还是外来者，无论从哪条小路走进结古，你要出来，最终还得回到这三条大路上，都得回到这个丁字路口，再做打算。

所有小巷，甚至大街上，偶尔也会看到几只藏羊或一头牦牛在大摇大摆地走来走去，因为不喜欢这样的环境，它们大多都走得垂头丧气，无论看到谁，都视而不见。如果你以前没见过藏羊或牦牛，你也许会感到稀奇，不由得收住脚步，想跟它们打声招呼，再拍个照什么的，但在它们眼里，你什么都不是，你的种种举动除了增加它们的厌烦，还是厌烦。所以，羊粪、牛粪、马粪之类的东西，在结古也是随处可见的。再早以前，经常会看到，州委州政府或县委县政府门口的电线杆或树干上还拴着几匹马……

以前，那些小巷深处山坡上的人家都养藏獒或藏狗，那些獒犬几乎认识每天从那里进出的每一个人，也熟悉他们身上的味道和走路的姿势。住在小巷深处的人也熟知它们准确的位置，从那小巷里走过时，即便偶尔也会听到獒犬的吠叫，也根本引不起他们的注意，他们依然走他们的路。那些獒犬叫几声，也就不叫了，依然匍匐在地，睁一只眼闭一只眼，像是在没完没了地睡觉。

你要是个外来者，是过客，是第一次走进这些小巷，那你就得当心。一来，你不知道那些獒犬的位置；二来，那些獒犬也不知道你的来路，一不小心，你就会被吓到，甚至被咬。走着走着，说不定从什么地方窜出一条狮子一样的大獒或狐狸一样的藏狗，直扑你的脚下，猝不及防。有时，它们心情不错，会事先给你打声招呼，佯装吠叫几声，以试探你的反应和胆识。更多的时候，它们心情都不好，尤其是遭到意想不到的打扰后——第一次走进这样的小巷道，出于好奇，你总免不了要东张西望，它们最讨厌这个，可能觉得你是个偷窥者——这种情形之下，它们从不事先打招呼，你似乎也没听见狗叫声，一条獒犬的嘴说不定已经快咬住你的一条小腿了。

一般来说，到这一步，它们还是在试探，是一次试探性的攻击，你如果足够淡定，一点也不慌张，小腿也不发抖，是个有胆识的主儿，它们也会就此打住，往后一缩，让你继续走你的路，只用几声更加虚张声势的狂吠来送你走远。可是，据我的观察和经历，这世上没几个人经受得了一条藏獒的试探。受到突如其来的惊吓，免不了要惊慌失措，继而小腿发抖，继而惊恐地尖叫，这正是一条獒犬所希望看到的场面，它要是还没咬住你的小腿，那就是你的造化了。当然，一般这时，狗主人的一声当头断喝总会及时响起，你才躲过一劫……

如果你在2010年4月14日之前从没到过结古，那么，我所说的这一切，你都无从记忆。结古依然很美，也很安静，它跟你见过的任何一座不大不小的现代城市有很多相像的地方，又有很多不同。它浓郁的地域文化特色和鲜明的民族个性，让你眼前一亮，感觉第一眼看到，你就已经喜欢上了这座小城。你会不由得赞叹，没想到这青藏高原腹地还有这样一座漂亮的现代城市。

尽管这个地方依然是结古，但更多的时候，我们已经不叫它结古了。以前的玉树州府、玉树县城结古镇已经是一座城市，改称玉树市了。虽然，玉树市所辖区域还有广阔的草原、森林以及高山河谷，结古依然是玉树州的政治、经济和文化中心，但以前的结古镇已经是玉树市已建成的城区，是一座真正的城市了。

不过，以前结古的那个丁字路口还在，熟悉结古的人仍能一眼认出它的所在，在这座城市里，它依然处在一个核心地带。但它已经不是这座城市唯一的中心，甚至已经不是中心了——从整个城市的规划布局看，它甚至已经处在边缘地带了。

以前，在结古，无论从哪条路走出去，用不了多长时间，你都能从这一头走到另一头。现在，无论朝哪个方向，你都很难一次走出城区以外，尤其往巴塘、扎西科和新寨方向。以前去结古，我用一两个小时就能把整个结古绕一圈，现在每次去，我只能沿扎曲两岸的人行步道走走，就得返回。

当然，那个丁字路口依然还在，也还是一个重要的路口，依然呈"丁"字形，所有当地人依然叫它丁字路口。由这个路口延伸出去的基本格局跟以前没有大的变化，路口周边依然是最繁华的地段，路口对着的三个方向，如果你站在以前电影院前面的小广场，依顺时针方向看过去，你的左侧是玉树州博物馆，左前方是格萨尔广场，正对面不远处是玉树大剧院。

所不同的只是，玉树这座城市已经有很多个这样的路口，无论进出玉树，其他几个路口的位置比它更为重要。如果从现在的这个丁字路口出发，无论从哪个方向出玉树，你都得经过好大一片城区，得经过很多路口，才能到最后一个路口。

穿城而过的扎曲、巴塘两条河上，以前只有一座大桥，现在每隔一段都有一座大桥，每一座桥的风格样式都不一样，这些桥连接着所有的主干道和小街小巷。而且，今天的玉树市有了更多的大街小巷，那些小巷也很宽敞明亮，小巷深处依然是人家，但路上已经见不到牛羊，也听不到獒犬的吠叫了。

即使个别人家还养着一条像狮子一样的藏獒或狐狸一样的藏狗，它也不可能窜出来吓着你了。无论再凶猛的狗，一到了城市，就变温顺了。而结古已经是一座城市了，它不再需要看家护院了，在城里，它们以前的职责已由人类来替代。它们变成了纯粹的宠物，衣食无忧，唯一的忧愁是，能出去溜达的时间越来越宝贵了。

2010年4月14日。在时间上，这个日子把结古或玉树市分成了两个部分，一部分永远留在了以前，一部分成了现在——当然也会变成未来。它还不像是一个纪元，而更像是一个时间断裂的切口或断层,留下了一道沟壑或黑洞。眼睛能看得见的切口或断层日渐模糊,眼睛看不到的切口或断层却无处不在。

时隔十余年,我依然不想再提那个日子所发生过的事情。玉树人喜欢用"震前"和"震后"两个词来区分记忆里自己生活的这个地方,好像那是两个地方,其实也在小心地回避一个日子,回避那道切口或断层。

虽然,跟所有的玉树人一样,今生今世,我都无法忘记那一天,但是,相信所有的玉树人也和我一样,谁也不想再回到那个日子之前。既然那个日子不可避免,假如能回到那个日子之前,就意味着我们还会经历那个日子,还会失去曾在那个日子失去的一切。

我们不会忘记那个日子,是因为我们要一遍遍地确认当下眼前所拥有的一切是否足够美好,是否足够珍贵,若是,我们该怎样珍惜,才不辜负所有的牺牲和付出的高昂代价。还要一遍遍地从曾经的记忆汲取足够的智慧和力量,来辨认未来要走的路。毕竟,未来的路还很长,甚至比所有的过往岁月都要漫长。

失去一切的记忆已经足够让我们鼓起勇气,面向未来。

更何况,新玉树在眼前已经展现出来的勃勃生机和迷人景象也足以让我们满怀豪情,让未来的玉树变得更加美好。因为那个日子失去的一切,让玉树人更加懂得如何去爱脚下的这片土地。诗人昌耀曾如此吟唱:"爱的繁衍与生殖,比死亡的戕残更古老、更勇武百倍。"

2013年4月至10月写于西宁和玉树
2013年11月至2014年3月改于西宁
2021年4月删减修订于西宁